뜨거운 양철 지붕 위의
고양이 · 유리 동물원

Cat on a Hot Tin Roof · The Glass Menagerie

CAT ON A HOT TIN ROOF
& THE GLASS MENAGERIE
by Tennessee Williams

CAT ON A HOT TIN ROOF
by Tennessee Williams

THE GLASS MENAGERIE
by Tennessee Williams

세계문학전집 238

뜨거운 양철 지붕 위의 고양이·유리 동물원

Cat on a Hot Tin Roof · The Glass Menagerie

테네시 윌리엄스

김소임 옮김

민음사

차례

뜨거운 양철 지붕 위의 고양이

그리고 당신, 내 아버지여, 저 슬픈 높은 곳에서,
당신의 격렬한 눈물로 나를 지금 저주하고, 축복해 주기를 빕니다.
편안한 밤으로 순순히 들어가지는 마십시오.
죽어 가는 빛을 향해서 분노하고 분노하십시오.
—딜런 토머스

등장인물

마거리트

브릭

딕시 어린 소녀

메이 어떤 때는 형수, 며느리로 불린다.

구퍼 어떤 때는 아주버니, 형으로 불린다.

할머니

수키 흑인 하인

할아버지

투커 목사

닥터 바우

레이시 흑인 하인

아이들

무대 디자이너를 위한 해설

무대는 미시시피 강 유역 델타 지대에 위치한 대농장 저택의 침실 겸 거실로 쓰는 방이다. 이 방에는 2층 베란다가 집 전체를 둘러싸듯 붙어 있다. 아주 넓은 두 개의 문이 베란다를 향해 열려 있어서, 하얀 난간 뒤로 맑은 여름 하늘이 보인다. 극이 진행되는 동안 하늘에는 황혼이 지고 밤이 되어 가는데, 극중 시간은 휴식 시간 십오 분을 제외하고는 공연 시간과 똑같다.

방의 스타일은 아마도 델타에서 가장 큰 목화 농장주의 집에 대해 기대하는 것과는 다를 것이다. 방은 극동 지역의 분위기를 띠면서 빅토리아 양식으로 꾸며져 있다. 평생 이 방을 같이 썼던 한 쌍의 노총각, 그러니까 원래 주인이었던 잭 스트로와 피터 오첼로가 살던 때 이후로 별로 바뀐 것이 없다. 다시 말해 이 방은 어떤 유령을 불러내야 한다. 보기 드문 사랑을 보였던 인간관계가 부드럽고 시적으로 이 방을 엄습한다. 아마도 상관없거나 불필요한 말일지도 모르지만, 이전에 나는 로버트 루이스 스티븐슨*이 말년을 보낸 사모아 섬의 집 베란다를 찍은 빛바랜 복사판 사진을 본 적이 있다. 거기에는 열대 지방의 햇볕과 비를 맞은 대나무나 고리버들로 만든, 풍화되어 버린 현관 가구들이 부드러운 빛을 내고 있었다. 이 극의 무대를 생각할 때 나는 그 사진을 떠올렸다. 맑은 여름날 오후의 그 빛이 주던 아름다움과 편안함, 그리고 안도감이 떠올랐다. 그 빛은 어떤 일이 벌어지더라도, 죽음에 대한 공포조차도 부드럽게 어루만지고 달래 주는 듯했다. 무대는 인간의 극단적 감정을 다루고 있는 연극의 배경이 되므로, 배후에 부드러움이 필요한 것이다.

한쪽 벽에 있는 화장실 문을 통해서 옅은 청색 타일과 은빛 수건걸이가 보인다. 반대편 벽에는 복도로 나가는 문이 있다. 두 개의 가구에 대해서 언급할 필요가 있는데, 하나는 커다란 2인용 침대이다. 이 침대는 연출상 필요할 때마다 자주 사용되어야 하며, 침대에 앉은 사람들이 잘 보이도록 표면이 약간 경사져 있어야 한다. 다른 하나는 무대 뒤쪽 커다란 두 개의 양문형 문 사이 벽에 기대 있는, 우리 시대의 독특한 기념비적인 괴물이라고 할 라디오와 전축(스피커 세 개가 달린 하이파이), 텔레비전, 그리고 많은 술잔과 술병이 들어 있는 장이 하나로 합쳐진 거대한 콘솔형 캐비닛이다.

---

* 『지킬 박사와 하이드 씨』를 쓴 영국의 소설가.

이것은 연한 은색에 반사경 같은 오팔 빛이 뒤섞여 있는데, 실내의 세피아(황갈색을 띤 금빛) 색조와 바깥 베란다와 하늘의 시원한(흰색과 청색) 색조를 색채로 연결해 주고 있다. 이 기념비적인 가구 한 점(?!)은 등장인물들이 직면한 문제들로부터 벗어나서 숨고 싶어 하는, 위로와 환상을 섬기는 매우 완벽하고 꽉 짜인 작은 성소와도 같다…….

무대 장치는 지금까지의 묘사에서 암시한 것보다 훨씬 덜 사실적이어야 한다. 천장 바로 아래 벽들은 공기 속으로 신비롭게 녹아 사라져야 한다고 생각한다. 무대 장치는 하늘이 지붕처럼 덮여 있어야 하는 것이다. 별과 달은 마치 초점이 맞지 않는 망원경 렌즈를 통해서 관찰한 것처럼 희뿌연 자국들로 암시되어야 한다.

그 밖에 더 생각나는 것이 있나? 아, 그렇다, 무대 장치의 모든 문 위에는 청색과 호박색 창틀을 낀 부채꼴 채광창(펼친 유리 부채 모양의 채광창)을 달아야겠다. 그리고 무엇보다도 무대 디자이너는 발레 무대에서처럼 배우들이 (그들의 불안과 탈출의 욕구를 드러내기 위해서) 자유롭게 움직일 수 있는 공간을 제공하는 데 심혈을 기울여야 한다.

때는 여름 저녁이다. 이야기는 두 번의 휴식 시간을 지나며 연이어 진행된다.

1막

막이 오르자 문이 반쯤 열린 화장실에서 누군가가 샤워를 하고 있다. 한 젊고 예쁜 여성이 걱정스러운 표정을 하고 침실로 들어와 화장실 문 쪽으로 간다.

마거리트 (물소리보다 더 크게 외치면서) 목 없는 괴물들 중 하나가 나한테 뜨거운 버터 비스킷을 던져서 옷을 갈아입어야만 해!

(마거리트는 말이 빠르면서도 남부 특유의 길게 끄는 말투를 가지고 있다. 긴 대사를 할 때는 신부가 미사곡을 부를 때 쓰는 발성 기교를 사용하여 거의 노래하듯 하고, 자기 호흡 한도를 넘어서 말을 하기 때문에 숨을 헐떡이게 된다. 때때로 마거리트는 "다―다―다다!" 하는 가사 없는 노래를 대사 사이에 끼워 넣기도 한다.)

(물소리가 멈추고, 브릭이 아직 나타나지 않은 채 마거리트를 부른다. 브릭이 마거리트와 이야기할 때는 무관심 또는 그보다 더 심한 것을 감추려고 예의상 관심 있는 척하는 특징이 있다.)

브릭 뭐라고 했어, 매기? 물소리가 요란해서 못 들었어…….

마거리트 글쎄, 내가! 방금 말했잖아! ……저 목 없는 괴물 중 하나가 내 예쁜 레이스 드레스를 망쳐 놔서 옷을 갈아입어야만 한다고오…….

(그녀는 화장대 서랍을 열었다가 발로 차 닫는다.)

브릭 구퍼의 애들을 왜 목 없는 괴물이라고 불러?

마거리트 목이 없으니까! 이유가 충분하지 않아?

브릭 걔들 목이 없어?

마거리트 안 보이잖아. 작고 살찐 머리통이 작고 살찐 몸통 위에 어떤 연결 부분도 없이 얹혀 있다고.

브릭 참 안됐네.

마거리트 참 안됐지, 비틀 목이 없어서 목을 비틀 수도 없으니까! 그렇지 않아, 여보?

(드레스를 벗고 상앗빛 새틴 레이스 속치마를 입고 선다.)

그래, 걔들은 목 없는 괴물이야, 목 없는 사람들은 모두 괴물이지…….

(아이들이 아래층에서 날카롭게 소리를 지르고 있다.)

들었어? 쟤들 소리소리 지르는 것 들었어? 목도 없는
데 성대는 어디 있는지 모르겠네. 오늘 저녁 식탁
에서 어찌나 신경질이 나던지 머리를 뒤로 젖히고
아칸소 주를 넘어 루이지애나와 테네시까지 들릴
정도로 소리를 지를 뻔했다니까. 당신의 매력적인
형수에게 말했어. "메이, 저 귀한 아기들을 방수 처리
된 식탁보를 깐 다른 식탁에서 먹이는 게 어떨까? 레
이스 식탁보가 너무 예쁜데 쟤들이 엉망으로 만들고
있잖아." 메이가 눈을 엄청 크게 뜨더니 이러더라고.
"아아니이이! 아버님 생신에? 내 참, 아버님이 날 용서
안 하실 거야!" 근데 저 목 없는 괴물 다섯이 음식을
보고 침을 흘려 대니까 아버님은 식탁에 앉자마자
이 분도 안 돼 포크를 내려놓으며 소리를 지르시는
거야. "제발, 제발, 구퍼, 저 돼지 새끼들을 부엌에 있는
여물통으로 데려가지 못하겠냐?"라고. 글쎄, 우스워서
죽는 줄 알았다니까!

생각해 봐, 브릭, 애가 다섯이나 있는데 여섯째가 또
나오잖아. 시골 장터에서 동물 구경시키듯이 떼를
지어 애들을 여기 데리고 온 거야. 참 내, 애들한테
온갖 재주를 다 부리게 한다니까! "얘야, 할아버지께
이거 어떻게 하는지 보여 드리렴, 저거 어떻게 하는지
보여 드려라. 아가씨, 할아버지께 네 의견을 말씀드

려야지. 예쁜이야, 할아버지께 보조개를 보여 드려라. 오빠야, 할아버지께 물구나무를 보여 드려라.” 이런 식으로 계속 한다니까. 시종일관 당신이랑 내가 애를 낳지 못했고, 그래서 애도 없고 쓸모도 없다는 걸 은근히 빗대면서 말이야! 물론 우스꽝스럽지만, 저들이 노리는 게 뻔하니까 너무 역겨워!

브릭   (관심 없이) 저들이 노리는 게 뭔데, 매기?

마거리트 참 내, 뭔지 당신도 알잖아.

브릭   (등장하면서) 아니, 난 모르는데.

(브릭은 욕실 문가에 서서 수건으로 머리를 말리고 있다. 한쪽 발목이 부러져서 깁스로 고정한 상태라 수건걸이에 의지해 있다. 소년처럼 몸이 날씬하고 단단하다. 아직 그의 외모가 술로 인해 망가지기 시작하지는 않은 것이다. 그의 또 다른 매력은 싸움을 포기한 자가 갖는 서늘한 초월의 분위기이다. 하지만 어쩌다가 방해를 받게 되면, 맑은 하늘에 번개가 치듯 뭔가 번득하는 것이, 깊은 내면은 전혀 평온하지 못하다는 것을 보여 준다. 아마도 더 강한 빛이 비치면 녹아 버릴 듯한 기미가 보였을 테지만, 베란다를 통해 들어오는 희미하고 따뜻한 빛은 그를 부드럽게 비춰 주고 있다.)

마거리트 저들이 뭘 하려는 건지 말해 줄게, 자기! ……당신에게서 아버지 재산을 가로채려는 거야. 그리고…….

(다음 말을 하기 전에 순간적으로 굳는다. 개인적으로 민망한 말을 털어놓으려는 듯 목소리가 잦아든다.)

……아버님이 암으로…… 돌아가시게 된다는 것 이제 우리 다 알고 있잖아…….

(아래쪽 잔디밭에서 어떤 목소리가 들리는데, 멀리서 사람들이 길게 소리를 빼며 서로를 부르는 것이다. 마거리트는 맨살을 드러낸 아름다운 팔을 들어 올리고 가볍게 한숨을 쉬면서 겨드랑이에 분칠을 한다.)

(눈썹을 똑바로 올리기 위해 확대경의 각도를 조정하다가, 일어서면서 짜증스럽게 말한다.)

이 방에는 햇빛이 너무 많이 들어와서…….

브릭   (조용히 그러나 날카롭게) 우리가 그렇던가?

마거리트 우리가 뭘?

브릭   아버지가 암으로 돌아가신다는 걸 알고 있던가?

마거리트 오늘 통보받았어.

브릭   아…….

마거리트 (대나무 블라인드를 내리자, 금빛 무늬 그림자가 방으로 길게 드리운다.) 그래, 방금 통보받았어……. 난 놀라지 않았어, 여보…….

(마거리트의 목소리는 음역이 넓고 음악적이다. 때때로 그녀의 목소리는 소년의 것처럼 낮아져서, 그녀가 아이가 되어 남자아이들 놀이를 하는 이미지를 갑작스레 떠올리게 한다.)

나는 지난봄에 여기 오자마자 낌새를 알아차렸어. 당신 형이랑 형수도 틀림없이 알고 있었을 걸, 내가 장담해. 여름마다 시원한 스모키 산맥*으로 떠나던 자들이 올여름엔 왜 빽빽거리는 애들을 데리고 뻔질나게 이리 쳐들어오는지 설명이 되잖아. 그리고 요즘 들어 레인보 힐에 대해 왜 그렇게 자주 언급을 하겠어. 당신 레인보 힐이 뭔지 알아? 영화에 나오는, 알코올 의존자랑 마약 중독자 치료로 유명한 곳이잖아.

브릭   난 영화에 안 나오는데.

마거리트   안 나오지, 그리고 당신은 마약도 안 하고. 그랬다면 레인보 힐에 들어갈 완벽한 후보자였을 텐데, 여보. 저자들은 당신을 거기로 보내려는 거야. 내가 아무리 반대하더라도 말이야! 그래, 내가 아무리 반대해도 저들은 당신을 거기로 보낼 거야, 저들에게 그것보다 더 기쁜 일은 없거든. 그러고 나면 형이란 사람이 돈줄을 쥐고서 우리에게 찔끔찔끔 송금해 주다가, 우리 대신 수표에 서명해서 언제든지 맘대로 우리 신용 거래를 끊어 놓을 거야! 개새끼! 당신 어떻게 생각해, 여보? ……글쎄, 당신은 할 수 있는 한 그런 일이 생기도록 도와주었던 거야. 생각할 수 있는 모든 방법을 동원해서 그들의 계략을 도와주고 선동하고 있는 셈이야. 직장을 그만두고, 술 마시는

---

* 미국 동북부에 있는 그레이트스모키 산맥.

일에나 전념하고 있으니! 어젯밤에는 고등학교 운동장에서 발목까지 부러뜨리고. 뭘 했다고? 장애물 넘기를 했다고? 새벽 두세 시에 말이야? 정말 특이하다! 신문에 났더라.《클락스데일 레지스터》'사람 사는 이야기' 칸에 짤막한 기사가 났더라고. 왕년의 유명한 운동선수가 어젯밤 글로리어스힐 고등학교 운동장에서 혼자 육상경기를 했는데 몸 상태가 약간 좋지 않아서 첫 번째 장애물도 넘지 못했다고! 아주버니 구퍼 씨 왈 그 뉴스가 AP 통신, UP 통신 등 모든 P자 들어가는 통신사에 나가지 않도록 힘을 썼다더군.

하지만 브릭? 당신에게는 아직 유리한 점이 하나 있어!

(위의 말들이 홍수처럼 빠르게 쏟아지는 동안, 브릭은 대조적으로 하얀 침대 위에 한가롭게 누워, 옆구리나 배를 조심스럽게 댄 채 뒹굴고 있다.)

브릭   (삐딱하게) 무슨 말 했어, 매기?

마거리트 아버님이 당신을 총애하신다고, 여보. 그리고 아주버니와 형수란 사람, 그 애 잘 낳는 괴물 메이는 못 견뎌 하신다니까. 내가 어떻게 아느냐고? 그 여자가 가장 좋아하는 화제인 쌍둥이 낳으면서 무통분만을 거절한 얘기를 꺼낼 때 아버지 얼굴에 스치는 표정을 보고 알았지! 그 여자는 모성이란 여성이 온전히 겪어 봐야 하는 경험이라는 거야! …… 모성의 경이로움과 아름다움을 완전하게 음미하기 위해서 말이지. 하! 그리고 아주버니란 사람을 분만실에 들어오게 해서 옆에 세워 놓았다지. 모성의 "경이로움과 아름다움"을 놓치지 않게 하려고 말이야! 목도 없는 괴물들을 낳으면서 말이지…….

(이런 식의 말을 마거리트가 아닌 다른 사람이 했다면 반감을 샀을 것이다. 마거리트는 이 말을 묘하게 우습게 만든다. 눈알이 계속 반짝거리고, 기본적으로 너그러움이 배어나는 웃음으로 목소리가 떨리기 때문이다.)

……이 두 사람에 관한 한 아버님은 나랑 같은 사고 방식을 갖고 계셔! 나에 대해선, 글쎄, 나는 아버지를 가끔가다 웃겨 드리고 아버님은 나를 다 받아 주시지. 사실! ……난 때때로 아버님이 자기도 모르게 내게 '욕정'을 느끼시는 게 아닌지 의심을 하곤 해…….

브릭 왜 아버지가 당신에게 욕정을 갖고 계시다고 생각하는 거지, 매기?

마거리트 내가 아버님과 얘기를 할 때면 언제나 내 몸을 향해 눈을 내리깔고, 내 가슴에다 눈길을 주며 입술을 핥으신다니까! 하하!

브릭 그런 식의 말은 역겹군.

마거리트 당신더러 바보 천치 같은 청교도 결벽주의자라고 말한 사람 없었어, 브릭?

죽을 날이 가까워 온 노인네가 칭찬받을 만한 내 몸매에 주목하셨다는 건 좋은 일이잖아.

하나 더 알려 줄까? 아버님은 메이하고 구퍼가 애를 몇이나 낳았는지도 모르셔! 식탁에서 "애가 몇이나 되나?" 하고 물어보시더라니까. 마치 형하고 형수가 처음 만난 사람인 것처럼 말이야! 어머님은 아버님이 농담하신 거라고 하지만, 그 노인네는 농담한 게 아니었다고, 절대 아니야!

애가 벌써 다섯이고, 여섯째 아이가 나올 예정이라고 알려 드리자, 놀라시는 게 좋아하시는 것 같지는 않았어…….

(아이들이 아래층에서 소리를 지른다.)

이 괴물들아, 떠들어 대라!

(갑자기 명랑하고 매력적인 미소를 지으면서 브릭을 향한다. 하지만 브릭이 자기를 쳐다보지 않고 희미해져 가는 금빛 허공을 걱정스러운 표정으로 바라보고 있다는 것을 알아차리자, 미소는 사라진다.)

(이렇게 계속해서 거부당하는 것이 그녀의 성질을 '사납게' 만드는

것이다.)

　그래, 당신도 저녁 식탁에 같이 있어야 했는데, 여보.

(그녀가 남편을 "여보."라고 부를 때마다 그 말은 부드러운 애무처럼 들린다.)

　우리 아버님 참 좋으셔, 세상에 그렇게 좋은 노인네 안 계시지. 하지만 아무것도 보고 싶지 않다는 듯이 고개를 수그리고 음식만 드시더라니까. 메이와 구퍼는 아버님 바로 건너편에 나란히 앉아 마치 매처럼 아버님 얼굴을 뚫어지게 보더라고. 목 없는 괴물들이 얼마나 귀엽고 똑똑한지를 나불거리면서 말이야!

(마거리트는 목과 가슴에다 한 손을 대고 흔들면서 낄낄거리는데, 긴 목은 아치 모양을 이룬다.)

(앞 무대로 이동해서 그 장면을 목소리와 동작으로 재현한다.)

　목 없는 괴물들은 식탁에 둘러앉았어. 어떤 놈은 높은 의자에, 어떤 놈은 『지식의 책』 위에 앉아 있었지. 모두들 할아버지 생신 축하한다며 요란한 종이 모자를 쓴 채로 말이야. 저녁 식사 내내 당신 형이랑 형수는 한시도 쉬지 않고 서로 찌르고 꼬집고 발로 차면서 신호를 주고받더라고! 멍청한 사람 하나 등치려는 사기 도박단 같았다니까. 착한 어머니조차, 그렇게 눈치 빠르거나 영리한 분이 아닌데도 마침내 알아차리고는 "구퍼, 너하고 메이는 무슨 신호를 그렇게 서로 보내는 거냐?" 하시더라니까……. 정말 닭고기가 목에 걸려 숨 막혀 죽는 줄 알았다고!

(마거리트, 화장대로 돌아와서는 아직 브릭을 쳐다보지 않고 있다. 브릭은 딱히 뭐라고 정의하기 어려운 표정으로 아내를 쳐다본다. 재미있어한다고 할까? 충격을 받았다고 할까? 경멸한다고 할까? 부분적으로는 그런 것도 있지만 부분적으로는 다른 뭔가가 있다.)

당신 형 구퍼는 아직도 멤피스 지역 플린 가문의 메이 플린과 결혼함으로써 대단한 신분 상승을 이루었다는 착각을 하고 있어.

하지만 구퍼 씨가 모르는 뉴스가 하나 있지. 플린 집안은 돈밖에는 가진 게 없었어, 그나마도 망했지만 말이야. 성공한 벼락부자에 불과했지. 물론 메이 플린은 내가 내슈빌 사교계에 진출하기 팔 년 전에 멤피스에 진출했지만, 난 워드 벨몬트 대학에 다니면서 멤피스에서 온 친구들을 사귀었고, 크리스마스나 봄방학 때 서로 방문하기도 했거든. 그래서 멤피스 사교계에서 누가 명망 있는 인물이고, 누가 아닌지를 알게 됐어. 플린네 아버지는 자신이 가지고 있던 연쇄점이 도산하자, 주식을 은밀히 조작하다가 연방 형무소에서 감옥살이를 할 뻔했다니까. 메이가 목화 여왕이었다는 사실도, 잊어버리기라도 할까 봐 저자들이 수시로 알려 주는데 나는 하나도 안 부러워! ……볼품없는 수레 위 놋쇠 옥좌에 앉아 길 한복판을 지나가며, 길가에 서 있는 별 볼 일 없는 인간들한테 미소 짓고, 고개 숙여 인사하고, 키스나 날리는 거잖아…….

(보석 장식이 박힌 샌들을 꺼내서 화장대로 달려간다.)

글쎄, 재작년에 수잔 맥피터스가 뽑혔을 때 그 애한테 무슨 일이 벌어졌는지 알아? 불쌍한 수지 맥피터스에게 무슨 일이 벌어졌는지 당신 몰라?

브릭 (멍하니) 몰라. 불쌍한 수지 맥피터스에게 무슨 일이 벌어졌는데?

마거리트 누가 그 애 얼굴에 담배 즙을 뱉었다고.

브릭 (꿈꾸듯이) 누가 그 애 얼굴에 담배 즙을 뱉었다고?

마거리트 그렇다니까, 어떤 늙은 술주정뱅이가 게이오소 호텔 창에 기대서 내다보며 "이봐, 여왕, 이봐, 이봐, 거기, 여왕 마마!"라고 소리를 질러 댔어. 불쌍한 수지는 위를 올려다보며 빛나는 미소를 날렸는데, 그 인간이 바로 그 불쌍한 수지 얼굴에다 대고 담배 즙을 쏴 버렸다니까.

브릭 허, 당신이 그 일에 대해서 뭘 안다고.

마거리트 (명랑하게) 내가 무얼 아느냐고? 거기 있었어, 내가 봤다니까.

브릭 (멍하니) 웃겼겠네.

마거리트 수지는 그렇게 생각하지 않았어. 히스테리를 부렸어. 마귀처럼 소리를 질러 대더라고. 퍼레이드를 중단하고 그 애를 왕좌에서 끌어내려야 했어. 그러고는…….

(거울에 비친 남편의 모습을 보고 가볍게 숨을 헐떡거리더니, 몸을 돌려 그와 마주한다. 열 셀 동안의 시간이 흐른다.)

……왜 나를 그렇게 쳐다보는 거야?

브릭 (조용히 휘파람을 불면서) 그렇게라니 뭘, 매기?

마거리트 (두려워하며 격렬하게) 지금 막 당신이 나를 쳐다보던 눈매 말이야. 그러고 나서 거울 속에서 나와 눈이 마주치자 휘파람을 불기 시작했지. 어떻게 설명해야 할지 모르겠는데 내 피를 얼어붙게 만들었어! 당신 최근에 자주 날 그렇게 쳐다보던데 그러면서 무슨 생각을 하는 거야?

브릭 당신을 쳐다본 거 의식 못 했어, 매기.

마거리트 글쎄, 나는 의식을 했다고! 당신은 무슨 생각을 한 거야?

브릭 뭘 생각했는지 기억도 안 나, 매기.

마거리트 내가 안다고 생각하지 않아? ……그렇지? ……내가 안다고 생각하지……?

브릭   (냉정하게) 뭘 안다는 거야, 매기?

마거리트 (적당한 표현을 찾으려고 애쓰며) 내가 이렇게…… 끔찍
         하게! ……변했다는 거…… 냉혹해지고! 광적이 되고!

(그러고는 거의 부드럽게 덧붙인다.)

         ……잔인해지고!!
         요즘 당신은 그걸 알아차리고 있는 거야. 어떻게
         알아차리지 않을 수가 있겠어? 괜찮아. 난 더 이상
         예민하게 상처받지도 않아.

(이제 다시 기운을 차린다.)

         ……하지만 브릭? 브릭?

브릭   당신 뭐라고 그랬어?

마거리트 뭐라고 말하려던 참이야. 난 외로워. 무척이나!

브릭   누구나 다 그래…….

마거리트 사랑하는 사람과 같이 사는 게…… 완전히 혼자 사는
         것보다 더 외로울 수도 있어! ……사랑하는 사람이
         자기를 사랑해 주지 않는다면 말이야…….

(침묵이 흐른다. 브릭, 쩔뚝거리며 무대 앞쪽으로 와서는 마거리트를
처다보지도 않고 묻는다.)

브릭   혼자 살고 싶어, 매기?

(다시 침묵. 마거리트, 급하게 상처받은 숨을 고르고 나서)

마거리트   싫어! ……절대로! ……그러지 않을 거야!

(또다시 숨을 헐떡인다. 그녀는 소리 지르고 싶은 충동을 억지로 억누른다. 우리는 그녀가 일상적인 대화를 할 수 있는 상태로 돌아오기 위해서 일부러 애쓰고 있다는 것을 알 수 있다.)

당신 샤워 잘했어?

브릭   응.

마거리트   물은 시원했어?

브릭   아니.

마거리트   하지만 기분은 상쾌해졌지, 응?

브릭   나아지긴 했지…….

마거리트   당신을 훨씬 더 상쾌하게 만들 게 뭔지 난 알지.

브릭   뭔데?

마거리트   알코올로 마사지하기. 아니면 향수, 향수로 마사지하기!

브릭   그건 운동하고 난 후에 좋지. 하지만 난 운동을 안한 지 좀 됐거든, 매기.

마거리트   그래도 당신은 몸매를 잘 유지하고 있잖아.

브릭   (무심하게) 그렇게 생각해, 매기?

마거리트   술을 마시면 외모를 망치게 된다고 늘 생각해 왔는데, 완전히 내 착각이었어.

브릭   (얼굴을 찌푸리며) 그래, 고마워, 매기.

마거리트   내가 아는 술꾼 중 살이 안 찌는 사람은 당신뿐이야.

브릭   나도 살이 물러지고 있어, 매기.

마거리트 조만간 당신도 물렁물렁해지겠지. 스키퍼도 그때 물렁해지기 시작하던 참이었어…….

(말을 갑자기 멈춘다.)

미안해. 난 꼭 아픈 데를 찌르고 만다니까……. 난 당신 외모가 미워졌으면 좋겠어. 그렇게 되면, 성(聖) 매기의 순교자 같은 희생이 좀 더 견딜 만해질 것 같으니까. 하지만 그런 행운도 없네. 당신은 술을 마시기 시작하고 나서 진짜로 더 멋있어진 것 같아. 그래, 당신을 모르는 사람이면 한때 당신 몸의 힘줄이 긴장되고, 근육이 팽팽히 당겨져 있었다는 걸 생각도 못 할 거야.

(아래 잔디밭에서 크로케 하는 소리가 난다. 가까이서 또 멀리서 나무망치로 치는 소리, 작은 목소리들이 들린다.)

물론 당신은 이기고 지는 거에 상관없이 경기를 하듯 늘 초연한 면이 있었지. 이제 당신은 시합에서 진 거야, 진 게 아니라 경기를 그만둔 거지. 당신은 아주 늙었거나, 가망이 없는 환자들에게서나 나타나는 보기 드문 매력, 즉 패배자의 매력을 지니고 있어……. 당신은 너무 침착해, 너무 침착해, 질투가 날 정도로 침착하잖아.

투커 목사 (우측 무대 밖에서) 자, 여기를 봐라, 애야. 어떻게 쳐야 하는지 보여 줄게!

마거리트 크로케를 하는구나. 달이 떴어. 하얗다. 약간 노르스름해지려고 하네…….

잠자리에서 당신은 정말 멋졌어…….

잠자리 상대로는 정말 훌륭했어. 그건 당신이 무관심했기 때문이었던 것 같아. 그런 거 맞지? 그 일에 대해서 결코 불안 같은 게 없잖아. 자연스럽게, 마음 편하게, 천천히, 완전한 자신감을 가지고, 더할 바 없이 침착하게, 여자에 대한 갈망을 표현하기보다는 숙녀에게 문을 열어 주거나 식탁에 앉히는 것처럼 말이야. 당신의 무관심이 섹스할 때 당신을 더 멋지게 만들어……. 이상하지? ……하지만 사실이야…….

투커 목사 아! 멋진데요.

닥터 바우 그러게요. 제가 목사님을 막았네요.

마거리트 당신이 나랑 절대로, 절대로, 절대로 다시 섹스를 하지 않을 거라고 내가 생각한다면…… 나는 아래층 부엌으로 내려가서 제일 길고 예리한 칼을 찾아 내 심장에 정통으로 꽂을 거야, 맹세할 수 있어!

투커 목사 조심해요, 놓치겠소.

닥터 바우 날 모르시는군요.

마거리트 내가 갖지 못한 한 가지는 패배자의 매력이야. 난 아직도 싸우는 중이고, 이기고 말 거야!

(크로케 나무망치로 공을 치는 소리가 들린다.)

투커 목사 음…… 당신은 너무 잘 빠져나가서 상대하기 어렵군.
마거리트 ……뜨거운 양철 지붕 위의 고양이에게 승리란 무엇
일까? ……알고 싶어…….

견딜 수 있는 만큼, 아마도, 그 위에 머물러 있는
것이겠지…….

닥터 바우 뱀장어처럼, 맙소사, 뱀장어처럼 말이죠!

(크로케 하는 소리가 더 들려온다.)

마거리트 오늘 밤 늦게 나는 당신에게 사랑한다고 말할 거야.
아마 그때쯤이면 당신은 취해서 내 말을 곧이듣겠지.
그래, 크로케를 하고 있군…….
아버님은 암으로 죽어 가고 있어…….

당신은 무슨 생각하고 있었어? 날 쳐다보다 들켰을
때 말이야. 스키퍼 생각을 하고 있었어?

(브릭이 목발을 집어 들고 일어선다.)

아, 미안해, 용서해 줘. 하지만 침묵을 지키는 것만으로
되는 건 아니야! 아냐, 침묵의 법칙은 안 통해…….

(브릭은 카운터로 가서 재빨리 한 잔 마신 뒤, 머리를 수건으로 문지른다.)

침묵의 법칙은 안 통한다고…….

당신의 기억이나 상상 속에서 뭔가가 곪고 있을 때, 침묵한다고 해결되는 건 아니야. 그건 마치 집에 불이 난 것을 잊어버리려고 불난 집 문을 닫거나 잠그는 것과 같다고. 하지만 외면하는 걸로 불을 끌 수 있는 건 아니지. 침묵하면 일은 증폭돼. 침묵 속에서 자라서 곪아 악성이 된다고…….

(브릭, 목발을 떨어뜨린다.)

브릭   목발을 떨어뜨렸어.

(머리를 문질러 말리는 건 그만두었지만, 하얀 목욕 가운을 입은 채 수건걸이에 기대서 있다.)

마거리트   내게 기대.
브릭   아니, 내 목발이나 줘.
마거리트   내 어깨에 기대.
브릭   당신 어깨에 기대기 싫어, 내 목발을 달라고!

(이것은 갑자기 번개가 치는 것처럼 말해진다.)

목발을 집어 줄 거야 아니면 내가 마루에 무릎을 꿇
고서…….

마거리트   여기, 여기, 받아, 받아!

(목발을 던져 준다.)

브릭   (절뚝거리며 나와서) 고마워…….
마거리트   우리 서로 소리 지르면 안 돼, 이 집에는 벽에도 귀가
달렸거든…….

(브릭은 술을 새로 한잔하기 위해서 절뚝거리며 술 장(欌)으로 직행
한다.)

……그렇지만 당신이 목소리 높인 것 오랜만에 듣는
다. 평정의 벽에…… 금이라도 간 건가?

……좋은 징조 같은데…….

수세에 몰린 선수가 신경질을 부리시는군.

(브릭이 몸을 돌려 새로 따른 술잔 너머로 마거리트를 향해 침착
하게 미소를 짓는다.)

브릭   아직 안 났어, 매기.
마거리트   뭐가?

브릭   이걸 마음이 평온해질 만큼 마시게 되면 머릿속에서 찰칵 하는 소리가 나거든…….

내 부탁 하나 들어줄래?

마거리트   들어줄 수도 있을걸. 무슨 부탁?

브릭   그냥, 그냥, 목소리 좀 낮춰 줘!

마거리트   (거칠게 속삭이듯이) 그 부탁 들어줄게, 아예 다물지는 않더라도, 조용조용 말해 줄게. 당신이 내 부탁대로 파티가 끝날 때까지 그 잔만 마신다면 말이야.

브릭   무슨 파티?

마거리트   아버지 생신 파티.

브릭   오늘이 아버지 생일이던가?

마거리트   오늘이 아버지 생신인 거 당신 알잖아!

브릭   아니, 몰라, 잊어버렸어.

마거리트   어쨌든, 내가 당신 대신 기억했어…….

(둘은 싸우고 난 아이들처럼 숨이 턱까지 차서 말한다. 격렬하게 싸우다가 떨어진 아이들처럼 둘 다 깊은 숨을 몰아쉬고, 멍한 눈초리로 서로를 쳐다보며 몸을 떨고 헐떡거린다.)

브릭   잘했군, 매기.

마거리트   당신은 이 카드에 몇 글자 끼적거리기만 하면 돼.

브릭   당신이 몇 자 휘갈겨, 매기.

마거리트   당신 필체여야만 해. 이건 당신이 드리는 선물이야. 내 선물은 드렸어. 당신 글씨여야 한다고!

(둘 사이에 긴장이 다시 고조되고, 목소리는 또다시 날카로워진다.)

브릭   나는 아버지 선물 안 샀어.

마거리트 내가 당신 대신해서 샀어.

브릭   좋아. 그러면 당신이 카드를 써.

마거리트 그래서 당신이 아버지 생신을 잊어버린 걸 알려 드려야겠어?

브릭   난 생일 잊어버렸어.

마거리트 그걸 증명할 필요는 없잖아!

브릭   난 그 일로 아버지를 속이고 싶지 않아.

마거리트 그냥, '사랑해요, 브릭 올림!'이라고만 쓰라고, 제발······.

브릭   싫어.

마거리트 해야만 해!

브릭   하기 싫은 일은 어떤 것도 할 필요 없어. 내가 당신과 계속 같이 사는 데 있어 동의한 조건들을 당신은 자꾸 잊어버리는군.

마거리트 (자기도 모르게 말이 튀어나온다.) 난 당신과 같이 사는 게 아니야. 같은 우리를 차지하고 있을 뿐이지.

브릭   서로 동의한 조건들을 잊어선 안 돼.

소니   (무대 밖에서) 엄마, 그거 나한테 주세요. 내가 먼저 가졌어.

메이   쉿.

마거리트 그건 불가능한 조건들이야!

브릭   그러면, 당신은 왜······?

소니   그거 줘, 줘!

메이   저리 가!

마거리트   쉿! 거기 누구 있어요? 누가 문밖에 있어요?

(복도에서 발소리가 난다.)

메이   (밖에서) 잠깐 들어가도 돼?

마거리트   아, 당신이군! 물론이지. 들어와, 메이.

(메이가 여성용 활을 높이 쳐들고 들어온다.)

메이   브릭, 이거 당신 거예요?

마거리트   이런, 형수……. 그건 내 다이애나 트로피예요. 학교
         다닐 때 대학 간 활쏘기 대회에서 탄 거죠.

메이   무기를 좋아하는 혈기왕성한 보통 아이들로 가득한
         집에 이런 걸 놔두다니 아주 위험한 짓이에요.

마거리트   "무기를 좋아하는 혈기왕성한 보통 아이들"은 자기
         것이 아닌 물건은 손대지 말아야 한다는 교육을
         받아야겠는데.

메이   매기, 이봐, 자기도 애가 생기면 그게 얼마나 웃기는
         말인지 알게 될 거야. 이거 어디에다 넣어 잠그고
         열쇠는 손 안 닿는 데다 치워 줄래?

마거리트   형님, 어느 누구도 당신 애들을 해칠 음모를 꾸미고
         있지 않아. 브릭하고 난 여전히 활쏘기 특별 면허를
         가지고 있어. 우리는 사냥철이 시작되면 바로 문

레이크로 사슴 사냥하러 갈 거야. 난 쌀쌀한 숲 속을
개들과 함께 달리는 걸 너무 좋아해. 달리고, 또
달리고, 장애물을 뛰어넘기도 하고…….

(활을 들고 붙박이 옷장 안으로 들어간다.)

메이 다친 발목은 어때요, 브릭?
브릭 아프지는 않아요. 그냥 가려워요.
메이 아 참! 브릭, 브릭, 저녁 식사 후에 아래층에 왔어야
     했는데! 애들이 공연을 했거든요. 폴리는 피아노를
     치고, 버스터와 소니는 드럼을 치고, 딕시와 트릭시는
     불을 끄고서 반짝이는 장식이 달린 요정 의상을 입고
     발끝으로 춤을 췄다고요! 아버님께서 진짜 환하게
     웃으셨어요! 정말로 환하게 웃으셨다니까요.
마거리트 (붙박이장 안에서 날카롭게 웃어 대며) 아, 그랬겠지.
     우리가 그걸 못 보다니 가슴이 아프네!

(다시 들어온다.)

     그런데, 메이. 왜 애들한테 개 이름을 지어 줬어?
메이 개 이름?
마거리트 (상냥하게) 딕시, 트릭시, 버스터, 소니, 폴리! ……개
     네 마리하고 앵무새 한 마리 같잖아…….
메이 매기?

(마거리트가 미소를 지으며 돌아본다.)

　　　　　왜 그렇게 고양이같이 굴어?

마거리트　내가 고양이니까 그렇지! 그런데 왜 자긴 농담을 못
　　　　　받아 줘, 형님?

메이　　　재미있는 농담이야 나도 최고로 좋아하지. 우리 애들
　　　　　진짜 이름 알잖아. 버스터는 로버트고 소니는 손더스,
　　　　　트릭시의 진짜 이름은 마린 그리고 딕시는…….

(아래층에서 구퍼가 "이봐, 메이! 중간 휴식 끝났어!" 하고 메이를 부
른다. 메이는 문으로 달려가면서 말한다.)

　　　　　중간 휴식이 끝났네! 나중에 봐요!

마거리트　딕시 진짜 이름이 뭔지 궁금하네?

브릭　　　매기, 고양이처럼 군다고 도움 되는 거 없어.

마거리트　알아! 그런데 **왜!** ……내가 이렇게 고양이처럼 된 거
　　　　　지? ……질투에 사로잡히고, 갈망에 빠져 있기 때
　　　　　문인가? ……브릭, 로마에서 산 멋있는 산동 비단
　　　　　양복하고 당신 이름 첫 글자가 새겨진 실크 셔츠를
　　　　　꺼내 놨어. 내가 커프스단추를 끼워 줄게. 아주 가끔
　　　　　가다 당신에게 끼워 주는 멋진 별 모양의 사파이어
　　　　　커프스단추 말이야…….

브릭　　　깁스한 데다 바지를 어떻게 입어.

마거리트　응, 입을 수 있어, 내가 도와줄게.

브릭　　　난 옷을 차려입지 않을 거야, 매기.

마거리트 그냥 하얀 실크 파자마나 입을래?

브릭   그래, 그렇게 하지, 매기.

마거리트 고마워, 너무 고마워!

브릭   그럴 거 없어.

마거리트 아, 브릭! 얼마나 더 계속되어야 하는 거야, 이 형벌
        은? 받을 만큼 받지 않았어? 내 형기를 마치지 않았
        어? 사면…… 신청을 할 수는 없을까?

브릭   매기, 당신 술맛 떨어지게 구는군. 요즘 들어 당신
        목소리는 집에 불난 걸 알리러 2층으로 뛰어 올라온
        사람 같아!

마거리트 그래, 놀랄 일도 아니지, 이상한 일도 아니야. 내가
        어떤 기분이 드는지 알아, 브릭?

        난 언제나 뜨거운 양철 지붕 위의 고양이 같은 기분이
        들거든.

브릭   그러면 지붕에서 뛰어내려, 뛰어내리라고, 고양이들은
        지붕에서 뛰어내려도 다치지 않고 네 발로 착지할 수
        있어!

마거리트 아, 그래!

브릭   그렇게 해! 제발 그러라고…….

마거리트 뭘 말이야?

브릭   애인을 만들어!

마거리트 내 눈에는 남자가 당신밖에 안 보여! 눈을 감아도,
        당신만 보인단 말이야! 왜 당신은 추해지지 않지,
        브릭? 왜 당신은 살이 찌거나 추해지거나 해서 내가

견딜 만하게 해 주지 않느냐고?

(복도 쪽으로 달려가서 문을 열더니 귀를 기울인다.)

음악회가 아직도 진행 중이군! 잘한다, 목 없는 것들, 잘하는구나!

(문을 쾅 닫고는 거칠게 잠근다.)

브릭　　왜 문을 잠근 거야?
마거리트　둘만의 시간을 조금 가지려고.
브릭　　그래 봤자라는 거 알잖아, 매기.
마거리트　아니, 내가 뭘 알아…….

(베란다 문으로 달려가 문에 쫙 걸쳐서 장밋빛 실크 커튼을 친다.)

브릭　　바보 같은 짓 하지 마.
마거리트　당신한테 바보짓 해도 괜찮아!
브릭　　난 안 괜찮아, 매기. 내가 부끄럽다고.
마거리트　부끄럽다니! 나 좀 그만 괴롭혀. 이런 상태로는 계속 살 수가 없어.
브릭　　당신이 동의했잖아…….
마거리트　알아, 하지만…….
브릭　　……그 조건을 받아들이겠다고!
마거리트　**못 해! 못 하겠어! 못 한다고!**

(브릭의 어깨를 꽉 잡는다.)

브릭   놔 줘!

(브릭, 몸을 빼낸 다음 작은 침실용 의자를 잡더니, 사자 조련사가
서커스에서 커다란 고양이 과 동물에게 응수하는 것처럼 잡은 의자
를 들어올린다.)

(다섯을 셀 정도의 시간이 지난다. 매기는 주먹으로 자신의 입을
누르며 브릭을 뚫어지게 쳐다보더니, 날카롭고 신경질적인 웃음을
터뜨린다. 브릭은 잠깐 심각한 채로 있다가 싱긋 웃더니 의자를
내려놓는다.)

(닫힌 문 사이로 할머니가 부르는 소리가 들린다.)

할머니   아들아! 아들! 아들아!
브릭   왜요, 엄마?
할머니   (밖에서) 오, 아들아! 아버지에 관해 최고로 좋은
         소식을 들었단다. 난 그냥 뛰어 올라왔어, 네게 당장
         얘기를 해 주려고 말이야……

(문고리를 잡아 흔든다.)

         ……이 문은 왜 이러니, 잠근 거니, 뭐 하러? 너희는
         집 안에 강도라도 있다고 생각하는 거냐?

마거리트 어머니, 브릭이 옷을 갈아입고 있어서요, 아직 옷을
        다 안 입었어요.
할머니   괜찮다. 브릭이 벗고 있는 거 보는 게 처음은 아니
        니까. 자, 문을 열어라!

(마거리트가 얼굴을 찡그리며 잠긴 복도 쪽 문을 열기 위해 가자, 브
릭은 재빨리 껑충거리면서 화장실로 가 문을 차서 닫는다. 할머니가
복도에서 사라진다.)

마거리트 어머니?

(할머니가 늙은 불도그처럼 숨을 헐떡거리면서 반대편 베란다 문을
통과해 마거리트 뒤로 나타난다. 키가 작고 뚱뚱하다. 예순의 나이에
몸무게는 76킬로그램으로 항상 숨차 한다. 마치 권투 선수처럼, 아니
스모 선수처럼 늘 긴장해 있다. 그녀의 '가문'은 할아버지의 가문보다
약간 우월하지만 큰 차이는 없다. 검은색 또는 은색 레이스 드레스를
입고 있는데, 번쩍이는 보석이 적어도 50만 개는 달려 있다. 매우
진지하다.)

할머니   (마거리트를 놀라게 하며 큰 소리로) 여기…… 구퍼와
        메이 방의 베란다 문을 통해서 왔다. 브릭은 어디
        있니? 브릭……. 거기서 빨리 나와라, 아들. 난 시간이
        별로 없어. 네게 아버지에 대한 소식을 알려 주고
        싶어서 그래……. 집에서 문을 잠그고 있는 건 싫구
        나…….

마거리트 (명랑한 척하며) 그러신 거 알아요, 어머니. 하지만 사
        람들은 자기만의 시간이 필요하잖아요, 안 그래요?

할머니   아니야, 내 집에서는 아니다. (쉬지 않고) 드레스는 왜
        벗었니? 그 레이스 드레스가 너한테 잘 어울리던데.

마거리트 저한테 잘 어울리는 거 알죠. 그런데 식탁에 같이 앉
        았던 귀여운 친구가 제 옷을 냅킨으로 써 버렸거든
        요. 그래서요……!

할머니   (바닥에서 스타킹을 주워 들면서) 뭐라고?

마거리트 아시잖아요, 어머니도. 메이하고 구퍼가 애들에 관한
        거면 얼마나 발끈거리는지……. 고마워요, 어머니…….

(할머니, 투덜거리면서 주워 든 스타킹을 마거리트의 손에 건네준다.)

        ……애들이…… 좀 나아져야 한다는 말을 해 줄 수도
        없다니까요…….

할머니   브릭, 서둘러라! ……이런, 매기. 넌 애들을 좋아하지
        않는구나.

마거리트 전 애들을 **아주** 좋아해요! 너무 사랑해요, 잘 자란
        애들 말이에요!

할머니   (부드럽게 애정을 담아) 너도 아이를 낳아서 잘 키우
        려무나. 항상 구퍼하고 메이 애들 흠만 잡지 말고.

구퍼   (계단에서 큰 소리로) 저기요, 저기요, 어머니. 배치랑
        휴 간대요. 어머니께 인사하려고 기다리고 있어요!

할머니   좀 기다리라고 해. 금방 내려갈 테니까!

구퍼   그러죠, 어머니.

(할머니는 화장실 문 쪽으로 가서 소리친다.)

할머니   아들? 거기서 내 목소리 들리니?

(대답 소리가 분명치 않게 들린다.)

오크스너 병원의 실험실에서 상세한 결과를 보내 줬는데 완전히 음성이란다. 처음부터 끝까지 전부 다 음성이래! 아버지에게는 아무 문제가 없으시다는 거야. 그냥 경련성 결장이라고 부르는 사소한 기능 장애가 있을 뿐이란다. 내 말 들리니, 아들아?

마거리트   들려요, 어머니.

할머니   그러면 왜 아무 말을 안 하는 거니? 하느님 맙소사, 이런 소식을 들었으면 소리라도 질러야지. 나는 소리를 지르게 되던데. 정말이야. 나는 소리소리 지르며, 엉엉 울다가, 무릎을 꿇고 거꾸러졌단다! ……봐라.

(치마를 들어 올린다.)

무릎을 부딪쳐서 생긴 멍 좀 볼래? 나를 일으켜 세 우느라 의사 두 명이 붙었단다!

(웃어 댄다. ……할머니는 늘 자기 혼자서 요란하게 웃곤 한다.)

아버지가 내게 성을 내며 노여워하셨지! 하지만 멋진

소식 아니냐?

(화장실을 향해 서서 말을 이어간다.)

우리가 그렇게 마음고생을 했는데, 아버지 생신날 그런 소식을 들었으니. 그 소식을 듣고 아버지가 얼마나 안심이 되셨는지, 감추려고 했지만 나를 속일 수는 없지. 아버지 자신도 거의 우실 뻔했다니까!

(아래층에서 인사하는 소리가 시끄럽게 들리자, 어머니는 문 쪽으로 달려간다.)

구퍼   어머니?
할머니   그 사람들 보내지 말고 거기 붙들어 둬! …… 자, 옷 갈
         아입어라. 네 발목 때문에 아버지 생신 파티를 이 방
         에 올라와서 할 거야……. 쟤 발목은 어떠냐, 매기?
마거리트 부러졌어요, 어머니.
할머니   부러진 건 나도 안다.

(복도에서 전화벨 소리가 울린다. 흑인 하인이 "폴리 씨 댁입니다."
라고 답하는 소리가 들린다.)

아직도 많이 아파하느냐는 말이다.
마거리트 저도 잘 모르겠어요, 어머니. 브릭한테 아픈지 아닌지
         직접 물어보셔야 하겠는데요.

수키   (복도에서) 멤피스인데요, 폴리 마님. 멤피스의 샐리
        마님이에요.
할머니   알았다, 수키.

(할머니는 복도로 달려 나가고, 전화받는 소리가 크게 들려온다.)

        여보세요, 샐리 고모. 잘 지냈어요, 고모? ……네, 그
        래요. 내가 막 전화하려던 참이었어요. 제기랄……!
마거리트 브릭, 그만!

(할머니, 목소리를 더 높여 고함을 지른다.)

할머니   고모? 게이오소 호텔 로비에서는 전화하지 말라고 했
        잖아요. 호텔 로비가 워낙 시끄러우니까 내 말소리가 안
        들리는 것도 당연하지요! 자, 들어 봐요, 고모. 오빠
        건강에 심각한 문제는 없대요. 방금 소식을 들었는
        데…… 경련성! ……**경련성** 결장만 문제래요…….

(할머니, 복도 쪽 문에 나타나서 마거리트를 부른다.)

        ……매기, 여기 와서 저 멍청이 전화 좀 받아라. 하도
        소리를 질렀더니 숨이 차구나!
마거리트 (나가서 상냥하게 전화받는 소리가 들린다.) 샐리 고
        모님? 브릭의 처 매기예요. 목소리를 들으니 반갑
        네요. 제 소리 들리세요? 네, 됐군요……. 어머님이

말씀하시려던 건요. 방금 오크스너 병원에서 결과를 받았는데, 아버님은 경련성 결장이시라는 거예요, 고모님. 그래요, 경련성 결장 말이에요. 안녕히 계세요, 고모님. 곧 뵙게 되기를 바랄게요!

(아마도 샐리 고모가 말을 다 마치기 전인 듯한데 전화를 끊는다. 복도 쪽 문을 통해서 돌아온다.)

제 말을 다 알아들으셨어요. 귀가 어두운 분들한테는 소리를 지르기보다는 발음을 분명하게 해 줘야 하더라고요. 돈 많고 연로하신 코르넬리아라는 숙모님이 계셨는데, 귀가 아예 안 들리셨어요. 그런데 제가 귀에 바짝 대고 단어 하나하나를 천천히 또박또박 말씀드리면 알아들으시더라고요. 제가 밤마다 《상업적 매력》이라는 경제 신문을 읽어 드렸지요. 광고란까지 다 읽어 드렸는데, 한 글자도 놓치지 않으셨어요. 그런데 참 인색한 노인네였죠. 돌아가실 때 제가 뭘 받았는지 아세요? 구독 만기가 남은 잡지 다섯 권이랑 독서 클럽 회원권, 서재를 가득 채운 지루하기 짝이 없는 책들이 다였어요! 그것 말고는 전부 이분보다 더 인색하고 심술궂은…… 동생한테로 갔다니까요!

(이 말을 하는 동안 할머니는 물건들을 정리하고 있다.)

할머니   (벗어 놓은 옷이 널린 붙박이장을 닫으면서) 샐리 고모는
          정말 문제야! 네 아버지 말씀이 고모는 항상 뭔가
          달라고 손을 내민다는 거야. 그이 말이 맞아. 그 불
          쌍한 노인네는 항상 도와달라고 손 내밀면서 살아
          왔으니까. 네 아버지는 줘야 할 만큼도 안 주시는 것
          같더라고.

구퍼   어머니! 빨리 오세요! 베치랑 휴가 더 못 기다린대요!

할머니   (큰 소리로 외치며) 지금 간다!

(뛰어나간다. 복도 쪽 문에서 돌아서서 집게손가락을 들어 올리더니,
처음에는 욕실 문을 가리키고 뒤이어 술 장을 가리킨다. "브릭이 술을
마시고 있었니?"라는 의미다. 마거리트는 고개를 뒤로 젖히고 눈썹을
치켜 올리면서 마치 무언극 동작이 전혀 이해가 안 된다는 듯이 모르
는 척한다.)

(할머니는 다시 마거리트에게로 달려온다.)

          제기랄! 모르는 척 좀 그만해라! ……저 애가 저걸 많
          이 마셨느냐는 말이다.

마거리트 (조금 웃으면서) 아! 저녁 먹고 나서 하이볼* 한잔했을
          거예요.

할머니   웃지 마라! ……결혼 후에 어떤 젊은이들은 술을

---

* 위스키나 브랜디에 소다수나 물을 타고 얼음을 넣은 음료.

끊고, 어떤 이들은 마시기 시작하지! 브릭은 전에는
술을 건드리지도 않았다……!

마거리트 (소리를 질러 대며) **그 말씀은 공정하지 않아요!**

할머니 공정하건 안 하건 간에 내가 딱 하나만 물어보자. 너
잠자리에서 브릭을 만족시켜 주니?

마거리트 브릭이 저를 만족시켜 주는지는 왜 안 물어보세요?

할머니 그건 내가 아니까…….

마거리트 둘 다에게 관계된 일이잖아요!

할머니 뭔가 잘못되었어! 너는 애가 없고, 내 아들은 술을
마시고.

구퍼 빨리요. 어머니!

(구퍼가 아래층에서 부르자, 할머니는 문으로 달려가면서 위의
대사를 한다. 문 앞에서 돌아서서 침대를 가리킨다.)

할머니 결혼이 깨지게 되면, 그건 바로 저기, 바로 저기에
원인이 있는 거야!

마거리트 그건…….

(할머니는 휙 하니 방을 나가더니 문을 쾅하고 닫는다.)

        ……공정하지 않아요…….

(마거리트는 혼자 남게 된다. 완전히 혼자가 된 것을 스스로도
느낀다. 그녀는 몸을 오그리고 어깨를 웅크리더니, 주먹을 움켜쥔

채 양팔을 들어 올리면서, 마치 예방 주사를 맞는 아이처럼 두 눈을 꼭 감는다. 다시 눈을 뜨자, 보이는 것은 기다란 타원형 거울이다. 그녀는 바로 거울로 달려가서 찡그린 얼굴로 들여다보며 "너는 누구니?"라고 말한다. ……그리고 몸을 다시 약간 웅크리더니 높고 가늘고 비웃는 듯한, 전과는 다른 목소리로 혼자 대답한다. "나는 고양이 매기야!" ……화장실 문이 약간 열리고 브릭이 그녀를 부르자, 재빨리 자세를 바로 편다.)

브릭   어머니 가셨어?
마거리트   가셨어.

(브릭, 화장실 문을 열더니 빈 술잔을 들고 절뚝거리며 나와서 술 장으로 직행한다. 부드럽게 휘파람을 분다. 그를 지켜보기 위해서 마거리트의 머리가 길고 가느다란 목 위에서 돌아간다.)

(말을 시작하기 전에, 마거리트는 침을 삼키기도 어렵다는 듯이 손을 목 아랫부분에 불안하게 올려놓는다.)

당신도 알다시피, 우리 성생활은 정상적으로 서서히 사라진 게 아니라, 그럴 때가 되기 훨씬 전에 갑자기 끝나 버렸어. 그러니 또 갑자기 다시 살아날 수 있을 거야. 그래서 내가 매력적으로 보이려고 노력하는 거고. 다른 남자들이 나를 보듯이 당신이 나를 쳐다볼 때를 위해서 말이야. 그래, 다른 남자들이 나를 보듯이. 남자들은 아직도 나를 쳐다봐, 그리고 보는 걸 즐긴다고. 흠. 어떤 남자들은 나한테 자기들…….

봐요, 브릭!

(마거리트는 긴 타원형 거울 앞에 서서 자기의 가슴과 엉덩이를 두 손으로 만진다.)

내 몸이 얼마나 탄력 있는지 좀 봐! ……하나도, 한 군데도…… 처진 데라고는 없다고…….

(마거리트의 목소리가 간청을 하는 아이처럼 여리게 떨린다. 이 순간, 브릭은 몸을 돌려 마거리트를 쳐다본다. 서드 다운*에 득점을 해야 할 시, 한 선수가 다른 선수에게 공을 패스할 때의 표정이다. 마거리트는 첫 번째 휴식 시간이 될 때까지 관객을 완전히 장악해서 전혀 주의가 흐트러지지 않게 해야 한다.)

다른 남자들은 여전히 나를 원해. 내 얼굴이 가끔씩 긴장되어 보이기는 하지만, 나도 당신처럼 몸매 관리를 해 왔고 남자들은 찬사를 보내지. 내가 길거리에 나가면 아직도 고개를 돌리고 쳐다본다니까. 글쎄, 지난 주 멤피스 시에서는 내가 어딜 가든 남자들이 눈에 불을 켜서 옷에 구멍이 날 뻔했다고. 컨트리 클럽이고 식당이고 백화점이고 간에, 내가 만나고 지나친 남자들은 하나같이 나를 잡아먹을 것처럼 쳐다

---

* 미식 축구에서 세 번째 공격 시기를 가리키는 말.

보거나 돌아보더라니까. 글쎄, 앨리스가 뉴욕에서 온 사촌들을 위해서 연 파티에서는 그중 제일 잘생긴 남자가…… 2층까지 나를 쫓아 올라와서 화장실 안까지 막 따라 들어오려 하더라고. 문 앞까지 와서 강제로 밀고 들어오더라니까!

브릭   왜 들어오게 하지 않았어, 매기?

마거리트   첫째로, 난 그렇게 천한 여자가 아니거든. 내가 유혹에 빠지지 않았다는 건 아니야. 그 사람이 누군지 알고 싶지? 바로 맥스웰네 소니 도련님이시라고.

브릭   아, 그래, 맥스웰네 아들 소니. 그 사람 괜찮은 엔드 러너였는데, 등에 부상을 입어서 그만둬야 했지.

마거리트   이제 부상은 다 나았고, 미혼인데다가 아직도 나한테 홀딱 빠져 있어!

브릭   그렇다면 그자를 화장실에 못 들어오게 한 이유를 모르겠군.

마거리트   그러다 누구한테 들키라고? 난 그렇게 바보는 아니야. 언젠가 내가 누군가와 바람을 필지도 모르지. 내가 그러길 당신이 모욕적으로 갈망하고 있으니까 말이야! ……하지만 내가 그렇게 한다면, 분명히 알아 두셔, 그건 그 사람과 나만이 아는 시간과 장소에서라는 거. 왜냐면 나는 결코 불륜이 다 뭐다 해서 이혼할 핑곗거리를 주지는 않을 거거든…….

브릭   매기, 나는 불륜이다 뭐다 하는 걸로 이혼하지는 않을 거야. 당신 그걸 몰라? 제기랄. 난 당신한테 애인이 생겨야 마음이 좀 놓일 거라고.

마거리트　난 위험한 짓은 안 할 거야. 안 해. 난 그냥 이 뜨거
　　　　운 양철 지붕 위에 머물러 있을래.
브릭　　　뜨거운 양철 지붕 위에 머물러 있는 건 불편할 텐데……

(나지막하게 휘파람을 불기 시작한다.)

마거리트　(브릭의 휘파람 사이로) 그래, 하지만 나는 할 수 있는
　　　　한 머물러 있을 거야.
브릭　　　나를 떠나도 되잖아, 매기.

(브릭이 휘파람을 다시 불기 시작한다. 매기는 그를 쏘아보기 위해서
몸을 돌린다.)

마거리트　그러고 싶지도 않고, 그렇게 하지도 않을 거야! 게다가
　　　　내가 떠난다고 해도, 당신은 아버지에게서 받는 돈
　　　　말고는 한 푼도 줄 돈이 없잖아. 아버지는 암으로
　　　　돌아가시게 되어 있단 말이야!

(처음으로 아버지의 불길한 운명에 대한 자각이 브릭의 의식 세계를
뚫고 들어간 듯이 보인다. 브릭이 마거리트를 바라본다.)

브릭　　　방금 어머니가 아버지는 돌아가시지 않는다고 했어.
　　　　결과가 괜찮다고 했어.
마거리트　어머니가 그렇게 생각하시는 거지. 저자들이 아버
　　　　지한테 한 얘기를 어머니도 똑같이 들으셨거든. 아버

지가 속아 넘어간 것처럼 속고 계시는 거야. 불쌍한
노인네들…….

하지만 저자들이 오늘 밤 어머니에게 사실을 말한
다고 했어. 아버님이 잠자리에 드시면, 아버지가 암으
로 돌아가신다는 말을 어머니에게 할 거야.

(화장대 서랍을 쾅 하고 닫는다.)

　　　　……악성에다 말기래.

브릭　　아버지도 알고 계셔?

마거리트　참 내, 환자가 그걸 어떻게 알겠어? 아무도 "당신은
　　　　죽어가고 있습니다."라고 말해 주지 않아. 환자들을
　　　　속일 수밖에 없다고. 환자 자신도 스스로를 속여야만
　　　　하고.

브릭　　왜?

마거리트　왜냐고? 왜냐하면 인간들은 영생을 꿈꾸거든, 그게
　　　　이유야! 하지만 대부분의 사람들은 천국에서가 아니
　　　　라 이 땅에서의 영생을 원하니까.

(마거리트의 유머 감각에 브릭은 짧고 묵직한 웃음을 내뱉는다.)

　　　　그래……. (마스카라를 만지작거린다.) 그렇게 된 거라
　　　　고요, 어쨌든……. (주위를 둘러본다.) 내가 담배를 어
　　　　디다 났더라? 메이하고 구퍼하고 다섯 괴물들이 다

있는데, 집에 불을 내고 싶지는 않아!

(마거리트, 담배를 발견하고는 탐욕스럽게 빨아 댄다. 연기를 내뿜고 나서 말을 계속한다.)

> 그래서 오늘이 아버님의 마지막 생신이라고. 그리고 메이하고 구퍼는, 그걸 알고 있거든. 그래, 저자들은 그걸 알고 있다고, 그렇다니까. 저자들은 오크스너 병원에서 제일 먼저 소식을 들었어. 그래서 저 목 없는 괴물들을 데리고 여기로 쏜살같이 달려온 거라고. 그래서 그런 거야. 당신 그거 알아? 아버님이 유언장을 만들지 않으셨다는 거? 아버님은 평생 동안 유언장이라고는 만들지 않으셨어. 그러니까 아버님에게 최대한 강한 인상을 남기기 위한 운동을 벌이고 있는 거지. 당신이 술주정뱅이고 내가 애를 낳지 못한다는 것을 가지고 말이야.

(브릭은 잠깐 동안 마거리트를 지긋하게 바라보더니, 뭔가 날카롭지만 잘 들리지 않는 말을 웅얼거리며 재빨리 베란다로 절뚝거리며 나간다. 베란다는 해가 져서 빛이 바랜, 이미 많이 바래 버린 금빛 황혼에 잠겨 있다.)

마거리트 (미사곡을 부르듯 계속한다.) 당신도 알잖아, 나는 아버님을 좋아해, 나는 진짜로 그 노인네를 좋아한다니까, 정말로 그래, 당신도 알지……

브릭　　　(희미하고 모호하게) 그래, 당신이 그렇다는 거 알고
　　　　　있어…… .

마거리트　상스럽고, 육두문자도 쓰곤 하시지만 그래도 나는 항
　　　　　상 아버님을 존경해 왔어. 왜냐하면 아버님은 아버님
　　　　　그대로니까. 아버지는 솔직히 다 털어놓는 분이니까
　　　　　말이야. 아버님은 신사 농사꾼으로 바뀐 게 아니야, 여
　　　　　전히 미시시피 노동자 그대로라고. 전에 잭 스트로와
　　　　　피터 오첼로 영감의 농장에서 감독으로 일하셨을
　　　　　때랑 똑같은 노동자라고. 하지만 아버님은 그걸 손에
　　　　　넣은 다음 델타 지역에서 가장 크고 훌륭한 농장으로
　　　　　키우셨지……. 나는 언제나 아버님을 좋아했어…….

(무대 전면으로 나온다.)

　　　　　그래, 오늘이 아버님의 마지막 생신이야. 안타까운
　　　　　일이지. 하지만 난 사실을 직시하려고 해. 술주정
　　　　　뱅이를 돌보려면 돈이 필요하고 최근에 그 일을 내가
　　　　　맡게 되었다는 걸 말이야.

브릭　　　당신이 나를 돌봐 줄 필요는 없어.

마거리트　아니, 그래야 해. 한 배를 탄 두 사람은 서로를 돌봐
　　　　　야 하거든. 적어도 에코 스프링*이 다 떨어졌을 때 살
　　　　　돈은 있어야 하잖아. 그냥 10센트짜리 맥주로 만족할
　　　　　수 있어?

＊ 버번위스키 상표.

메이와 구퍼가, 당신이 술꾼이고 내게 애가 없다는
이유로 아버님 재산을 받지 못하게 우릴 밀어내려는
계획을 하고 있어. 하지만 우리는 그 계획을 무찌를
수 있어. 우리는 그 계획을 무찌를 거야!

브릭, 당신도 알겠지만, 나는 살면서 내내 처절하고
지긋지긋하게 가난했어……. 그건 사실이야, 브릭!

브릭   아니라고는 안 했어.

마거리트   항상 견디기 힘든 사람들한테 알랑거려야만 했어.
그들한테는 돈이 있고 나는 찢어지게 가난했으니까.
당신은 그게 어떤 건지 몰라. 글쎄, 말하자면, 당신이
에코 스프링에서 1600킬로미터쯤 떨어져 있는 기분
같은 거야! ……그리고 발목이 부러진 채…… 목발도
없이 그 술을 향해 가야만 하는 것과 같은 거라고!

찢어지게 가난해서, 꼴도 보기 싫은 친척들에게 알랑
거려야 하는 심정이 그런 거라고. 그 사람들한테는
돈이 있고 내게는 물려받은 옷가지와 곰팡내 나는
3퍼센트짜리 오래된 정부 채권밖에 없었으니까. 우리
아빠는 술을 좋아하셨어. 아빠는 당신이 에코 스프
링을 사랑하듯이 술을 사랑하셨지! ……그리고 불
쌍한 우리 엄마는 그 오래된 정부 채권에서 나오는
월 150달러를 가지고서 사회적 지위를 유지하고 체면
을 지키기 위해 애쓰셨다고!

내가 처음 사교계에 나왔을 때, 그해에 내가 가진

파티복이라고는 달랑 두 벌뿐이었어! 하나는 엄마가 《보그》 잡지에서 본을 떠서 만들어 준 거고, 다른 하나는 내가 싫어하는 거만한 사촌한테서 물려받은 거였어!

……당신과 결혼할 때 입은 웨딩드레스는 할머니가 입으셨던 거야…….

그래서 내가 뜨거운 양철 지붕 위의 고양이같이 된 거라고!

(브릭은 아직도 베란다에 있다. 누군가 아래층에서 온화한 흑인의 목소리로 "브릭 서방님, 안녕하셔유?" 하고 부른다. 브릭은 그 말에 대답이라도 하듯이 술잔을 들어 올린다.)

젊어서는 돈이 없어도 돼, 하지만 늙어서는 돈이 없으면 안 돼. 늙으려면 돈이 있어야 해. 왜냐하면 돈 없이 늙는다는 것은 정말 끔찍하거든. 둘 중에 하나여야 해. 젊거나 돈이 있거나. 늙어서 돈이 없는 건 안 돼……. 그건 진리야, 브릭…….

(브릭이 멍한 채로 부드럽게 휘파람을 분다.)

자, 이제 옷 다 입었어, 옷 다 입었다고. 이제 더 할 일이 없네.

(쓸쓸하게, 거의 두려워하듯이)

나 옷 입었어, 다 입었다고, 더 할 일이 없어…….

(안절부절못하고 무작정 왔다 갔다 하면서 혼잣말을 하듯이 이야기
한다.)

내가 뭐를……? 아! ……내 팔찌…….

(말을 하면서 각각 여섯 개로 된 팔찌 묶음을 양 손목에 끼기 시작
한다.)

그 일에 대해서 많이 생각해 봤는데, 내가 언제 실수
를 했는지 이제 알겠어. 그래, 당신한테 스키퍼와의
일에 대해서 사실대로 털어놓은 게 내 실수였어.
절대 고백해서는 안 되는 거였어. 치명적인 실수였지.
당신한테 스키퍼와의 일을 말한 것은 말이야.
브릭   매기, 스키퍼에 대한 건 입 다물어. 정말이야, 매기.
스키퍼에 대해서는 입을 닥치라고.
마거리트 당신 이해해야만 해. 스키퍼와 나는…….
브릭   내가 심각하지 않다고 생각하나 봐, 매기? 내가 조
용히 말하니까 착각하고 있는 거야? 자, 매기. 당신
위험한 짓을 하고 있어. 당신은…… 당신은…… 당
신은…… 누구도 장난쳐서는 안 되는 걸 가지고 장
난을 하고 있다고.

마거리트 이번에는 당신한테 꼭 해야 하는 말을 끝까지 하고
야 말겠어. 스키퍼와 나는 사랑을 나눴어, 그걸 사랑
이라고 부를 수 있다면 말이야. 우리 둘 다 그렇게
함으로써 당신에게 조금 더 가까이 갈 수 있었기 때문
이야. 그래, 당신은 개자식이야, 당신은 사람들에게
너무 많은 것을 요구해. 나에게나 그에게나, 당신을
사랑하게 된 망할 놈의 병신 새끼들에게나 말이지.
한 패거리나 있었다고, 그래, 나랑 스키퍼 말고도 한
패거리가 있었어. 당신은 당신을 사랑한 사람들에게
빌어먹게도 많은 걸 요구해. 당신은…… 우월한 존
재라 이거지! ……신 같은 존재라 이거야! ……그래
서 우리는 사랑을 나눴어, 그게 당신이라고 상상
하면서. 우리 둘 다 말이야! 그래, 그래, 그런 거야!
진실이야, 진실이라고! 그게 뭐 그리 끔찍해? 나는
맘에 들어, 진실이란 건 말이지……. 그래! 당신한테
말하면 안 되는 거였는데…….

브릭 (머리를 부자연스럽게 고정시키고 약간 쳐든 채로) 내게
그걸 말해 준 건 스키퍼였어. 당신이 아니었다고,
매기.

마거리트 내가 당신한테 말했어!

브릭 스키퍼가 말한 뒤였어!

마거리트 누가 했던 그게 무슨 상관이야……?

딕시 내가 네 나무망치 가졌다. 내가 네 나무망치 가졌어.

트릭시 나 줘, 나한테 줘. 그거 내 거야.

(브릭이 갑자기 베란다 바깥쪽으로 몸을 돌리더니 소리를 지른다.)

브릭   애야! 어이, 아가야!

어린 소녀 (멀리서) 뭐예요? 브릭 삼촌?

브릭   식구들한테 다 올라오라고 해! ……모두들 다 2층
        으로 데려와.

트릭시   내 거야, 내 거야.

마거리트   난 그만둘 수 없어! 사람들이 다 있는 앞에서 당신한
        테 이 얘기를 계속하는 수밖에 없어, 그래야 한다면
        말이야.

브릭   애야! 가라, 가라고, 알겠지? 내가 말한 대로 하럼,
        사람들을 부르라고!

딕시   알았어요.

마거리트   이 이야기는 꼭 해야만 하는데 당신은, 당신은! ……절
        대로 못하게 하지!

(마거리트 흐느껴 울다가 진정된다. 그리고 거의 침착하게 말을 이어
나간다.)

        그건 아름답고 이상적인 거야. 그리스 신화에 나오는
        것같이 말이야. 당신이 당신 자신인 이상, 다른 어떤
        것도 될 수가 없지. 그래서 끔찍한 거야. 왜냐하면
        그 사랑은 만족을 줄 만큼 유지될 수도 없고, 공공
        연하게 터놓고 이야기할 수도 없으니까.

브릭   매기, 그만둬.

마거리트 브릭, 당신은 나를 믿어 줘야만 해. 브릭, 나는 그거
        전부 다 정말 이해한다고! 난, 난 그게…… 고귀
        하다고 생각해! 내가 존중한다는 말 진심인 거 모
        르겠어? 내 요지는, 내가 말하고자 하는 요점은, 인
        생은 계속되어야 한다는 거야. 삶에 대한 꿈이…… 사
        라진…… 후에도 말이지…….

(브릭은 목발을 갖고 있지 않다. 그는 가구에 기댄 채 목발을 집기
위해서 움직이고, 마거리트는 자기 밖에 있는 어떤 힘에 사로잡힌
것처럼 말을 계속 이어간다.)

        우리가 대학 다닐 때 글래디스 피츠제럴드랑 나랑
        당신이랑 스키퍼 그렇게 두 쌍이 데이트했던 게
        기억나. 그건 당신과 스키퍼의 데이트에 더 가까웠지.
        글래디스랑 나는 당신들을 돌봐 주기 위해서 쫓아다
        니는 셈이었어! ……외부적으로 좋은 인상을 주기
        위해서 말이야…….

브릭   (목발을 반쯤 치켜들고 마거리트 쪽으로 몸을 돌린다.)
        매기, 내가 이 목발로 당신을 후려치면 좋겠어? 내가
        이 목발로 당신을 죽일 수도 있다는 거 몰라?

마거리트 하느님 맙소사, 이 사람아, 당신이 그런다고 내가
        상관할 것 같아?

브릭   사람이란 평생에 한 번은 진정 선하고 진실한 뭔가
        를 갖는 법이지. 진실하고 위대하고 선한 무언가 말
        이야! ……내게는 스키퍼와의 우정이 그거였어…….

당신은 그것을 더럽다고 하고 있어!

마거리트　난 더럽다고 하는 게 아니야! 나는 깨끗하다고 말하는 거야.

브릭　내게 위대하고 진실한 단 한 가지는 매기, 당신과의 사랑이 아니라, 스키퍼와의 우정이었어. 그런데 당신은 그것을 더럽다고 하고 있어!

마거리트　그렇다면 당신은 내 말을 듣고 있지 않았던 거야, 내가 하는 말을 이해하지 못한 거라니까! 나는 그걸 너무 깨끗하다고 말해서 결국 스키퍼를 죽게 한거라고! ……당신 둘은 얼음 위에 보관해야만 하는, 그래, 부패해서는 안 되는 뭔가를 공유하고 있었어, 그래! ……그리고 그것을 간직할 수 있는 냉동고는 죽음 뿐이었다고…….

브릭　난 당신이랑 결혼했잖아, 매기. 왜 내가 당신하고 결혼을 했겠어, 매기, 내가 만약……?

마거리트　브릭, 말을 끝내게 해 줘! 나도 알아, 믿어 줘……. 나도 알고 있다고. 당신들 둘 중에서 무의식적으로 나마 완전히 순수하지 않은 뭔가를 갈망한 사람은 스키퍼뿐이었다는 거! ……좀 건너뛸게. 내가 대학을 졸업하던 초여름에 우리는 결혼했지. 그리고 우리는 행복했어, 그랬지, 우리는 더할 나위 없이 행복했지. 사랑을 나눌 때마다 천국에 가는 기분이었잖아! 하지만 그해 가을 당신과 스키퍼는 풋볼 영웅으로 남기 위해서, 프로 풋볼 영웅이 되기 위해서 멋진 취직자리를 다 거절했지. 당신은 그해 가을 딕시 스타스를 조직했어. 그 친구와 영원히 같은 팀 동료로 남기 위해서였지! 하지만 그건 올바른 게 아니었어! 두 사람에게, 그리고 나한테도 말이야! 스키퍼는 다시 술을 마시기 시작했고…… 당신은 척추 부상을 당했지……. 당신은 시카고에서의 추수감사절 경기를 뛰지 못했고, 톨레도에서 병원용 침대에 누워 TV를 보고 있었지. 나는 스키퍼와 함께 있었어. 스키퍼가 술에 취했기 때문에 딕시 스타스가 졌지. 우리는 그날 밤 블랙스톤이라는 술집에서 밤새도록 같이 술을 마셨어. 호수 위로 차가운 새벽이 다가오고 있을 때, 우리는 취해서 어찔해하면서 구경하기 위해서 나왔지. 나는 말했어. "스키퍼! 우리 남편을 그만 사랑해. 그게 안 되면 당신이 사랑한다는 걸 인정하게 해 달라고 그에게 말해!" ……이거든 저거든 말이야!

스키퍼는 내 입을 세게 후려쳤어! ……그리고 돌아 서더니 한 번도 서지 않고, 확실해, 블랙스톤에 있는 자기 방까지 달려갔어…….
……난 그날 밤 그 사람 방에 가서 수줍은 작은 생쥐처럼 방문을 살며시 긁었어. 그는 내가 한 말이 사실이 아니라는 걸 증명하기 위해서 안쓰럽게 되지도 않을 애를 쓰더라고…….

(브릭이 마거리트를 향해 목발을 내리친다. 탁자 위에 놓여 있던, 보석같이 빛나던 램프가 산산이 부서진다.)

……그런 식으로, 나는 그를 파괴했어. 스키퍼와 그가 태어나서 자란 세상, 당신의 것이기도 한 그 세상이 말해서는 안 된다고 했던 진실을 그에게 이야기해 줌으로써 말이야.

……그 후로 스키퍼는 술과 마약에만 찌들어 살았다고…….

……누가 수울새를 쏘았는가? 내가 나의…….

(마거리트, 눈을 꼭 감은 채로 머리를 뒤로 젖힌다.)

……자비로운 화살로!

(브릭이 그녀를 내려치려 하나 빗나가고 만다.)

못 맞혔군! ……미안해……. 내가 한 짓을 미화하려는 건 아니야, 전혀 아니라고! 브릭, 나는 좋은 사람이 아니야. 나는 왜 사람들이 좋은 사람인 척하는지 모르겠어. 어느 누구도 착하지 않은데. 돈 많거나 잘 사는 사람들은 도덕적 양식을, 전형적인 도덕률을 존중할 여유가 있겠지. 하지만 나는 그럴 여유가 없었어, 그래, 하지만…… 나는 정직했어! 그 점에 대해서 내게 점수를 좀 줄래, 제발? ……난 가난하게 태어나서 가난하게 자랐고 가난하게 죽을 거야. 아버님이 암으로 돌아가시면서 남기는 재산 중 얼마라도 챙기지 않는다면 말이야! 한데 브릭?!

……스키퍼는 죽었어! 나는 살아 있다고! 고양이 매기
는…….

(브릭은 어설프게 앞으로 깡충깡충 뛰어나와서 목발로 다시 마거
리트를 내려친다.)

……살아 있단 말이야! 나는 살아 있어, 살아 있다고! 나
는…….

(브릭은 마거리트를 향해, 그녀가 몸을 숨기고 있던 침대 건너편으로
목발을 던진다. 그리고 그녀가 말을 마칠 때쯤 앞으로 고꾸라진다.)

……살아 있다고!

(어린 소녀 딕시가 갑자기 방으로 뛰어 들어온다. 인디언 전쟁 모자
를 쓰고 마거리트를 향해서 장난감 권총을 쏘며 "탕, 탕, 탕!" 소리를
질러 댄다.)

(아래층의 웃음소리가 열린 복도 쪽 문을 통해 퍼진다. 마거리트는
아이가 들어왔을 때 숨을 헐떡이며 침대에 웅크리고 있었다. 이제
일어나서 분노를 삭이면서 이야기한다.)

애야! 너희 엄마나 누군가가 가르쳤어야 하는데…….
(숨을 헐떡이며) 방에 들어갈 때는 노크를 해야 한다
고 말이야. 안 그러면 사람들이 네가 가정교육을 받

지 못했다고 생각할 거야…….

딕시   네, 네, 네, 브릭 삼촌은 바닥에서 뭐 하는 거예요?

브릭   매기 숙모를 죽이려고 했는데 실패했단다……. 그리
       고 넘어졌어. 애야, 목발 좀 줄래, 그래야 일어서지.

마거리트 그래, 삼촌한테 목발을 드려라. 삼촌은 절름발이란다,
       애야. 어젯밤 고등학교 운동장에서 장애물 넘기를
       하다가 발목을 부러뜨렸단다!

딕시   왜 장애물을 넘었어요, 브릭 삼촌?

브릭   왜냐면, 내가 그전에 넘곤 했기 때문이야. 사람들은
       과거에 자기가 즐겨 했던 걸 하고 싶어 하거든. 더
       이상 할 수 없게 된 후에도 말이야…….

마거리트 맞아, 답이 되었으니 이제 나가지 그래, 꼬마 아가씨.

(딕시가 마거리트를 향해서 장난감 총을 세 번 쏘아 댄다.)

       그만해, 너 그만해, 이 괴물아! 이 목 없는 꼬마 괴물
       같으니라고!

(마거리트, 장난감 권총을 빼앗아 베란다 문 너머로 던져 버린다.)

딕시   (잔인함에 대한 조숙한 본능을 보이며) 질투하는 거지!
       ……아이를 가질 수 없으니까 질투하는 거라고!

(마거리트를 향해 혀를 내보이더니 배를 불쑥 내밀고는 뻐기듯이
마거리트 곁을 지나 베란다로 나간다. 마거리트는 베란다 문을 쾅

닫고는 문에 기대서 헐떡거린다. 침묵이 흐른다. 엎질러진 술잔을
다시 채운 브릭이 멍하니 네 기둥 침대 위에 앉아 있다.)

마거리트 봤어? ……저자들은 우리한테 아이가 없는 걸 고소
해하는 거야. 저 목 없는 다섯 괴물들 앞에서까지 말
이야!

(침묵. 계단에서 여러 목소리들이 들려온다.)

브릭? ……멤피스의 의사한테 들렀는데 말이야, 어……
산부인과 의사지…….

철저하게 검사를 했는데, 우리가 원하기만 한다면
아기를 못 가질 이유가 전혀 없다고 하더라고. 게다
가 지금이 주기상으로 내가 임신하기 좋은 때야. 내
말 듣는 거야? **내 말 듣고 있느냐고!**

브릭 그래. 듣고 있어, 매기.

(그녀의 달아오른 얼굴에 관심을 돌린다.)

……하지만 도대체 어떻게 그런 상상을 하는 거
야……. 당신을 못 견뎌 하는 남자에게서 아이를 갖
겠단 말이야?

마거리트 그건 내가 해결해야 할 문제야.

(복도 쪽 문을 향해 몸을 돌린다.)

메이   (무대 바깥 오른쪽에서) 자, 아버님. 우리 다 같이 브릭
       의 방으로 가요.

(무대 바깥 왼쪽에서 투커 목사, 닥터 바우, 메이의 음성이 들린다.)

마거리트   여기 다들 오시네!

(조명이 어두워진다.)

                                          (막)

2막

시간의 경과가 없다. 마거리트와 브릭은 1막 끝에 있던 그 자리에 있다.

마거리트 (문에 서서) 여기 다들 오시네!

(할아버지가 맨 먼저 나타난다. 큰 키에 사나우면서도 근심 어린 표정을 띠고 있다. 자신의 약점을 본인 스스로에게조차도, 아니 특히 자기 자신에게 드러내지 않기 위해서 조심스럽게 행동한다.)

구퍼   추모 기념 유리창을 새로 받게 되셨다는 것, 교적부에서 보았습니다.

(몇몇 사람들은 복도를 통해서, 몇 명은 베란다를 통해서 다가오고 있어서 목소리가 두 방향에서 들린다. 구퍼와 투커 목사는 베란다 문

바깥쪽에서 모습을 드러내는데, 목소리가 분명하게 들린다.)

(구퍼가 시가에 불을 붙이는 동안 둘은 바깥에 멈춰 서 있다.)

투커 목사 (활기차게) 아, 하지만 그레나다의 성 바울 교회에는 추모 유리창이 세 개나 있답니다. 그리고 가장 최근 게 티파니 스테인드글라스인데, 2500달러나 들었다네요. 팔에 양을 안고 계신 선한 목자 그리스도의 모습이지요.

마거리트 아버님.

할아버지 어, 브릭.

브릭 안녕하세요, 아버지……. 생신 축하드려요!

할아버지 ……무슨 개똥 같은 소리…….

구퍼 그 창문을 누가 기부했다고요, 목사님?

투커 목사 클라이드 플레처의 미망인이요. 성 바울 교회에는 세례반*도 선사했답니다.

구퍼 누가 목사님 교회에 냉방 시설을 기부해야 할 텐데요.

메이 (거의 경건하게) ……자, 보자, 애들이 장티푸스 주사를 맞았고, 파상풍 주사, 디프테리아 주사, 간염 주사 그리고 소아마비 주사까지 다 맞았어요. 5월부터 9월까지 그 주사들은 매달 맞았지요, 그리고…… 구퍼? 저기! 구퍼! ……애들이 왜 그 주사들을 다 맞은 거죠?

---

* 세례성사 때 사용할 세례수를 담아 보관해 두는 저장 용기.

투커 목사 그렇고말고요! 거스 해마의 가족이 고인을 추모하기 위해 투 리버스에 있는 교회에 뭘 기부했는지 아세요? 완전히 새로 지은 석조 사제관인데 지하실에 농구장이 있고 또……

할아버지 (꺽꺽거리며 시끄럽게 웃어 대는데 진짜로 즐거워서 웃는 게 아니다.) 이봐, 목사! 추모니 뭐니 하는 얘기가 다 무슨 소리요? 여기 누가 뒈질 사람이라도 있다고 생각하나? 그래서 그러는 거요?

(별안간 소리를 지르자, 놀란 투커 목사는 그 질문에 대해서 웃을 수 있는 한 크게 웃어넘기기로 결심한다.)

(우리는 그가 질문에 어떻게 대답했는지 결코 알 수 없다. 왜냐하면 구퍼의 아내 메이가 가족 주치의인 '닥터' 바우와 함께 복도 문을 통해 들어오면서 높고 맑은 목소리로 목사의 당혹한 처지를 무마했기 때문이다.)

마거리트 (목소리가 약간 겹쳐지면서) 하이파이 전축을 틀어요, 브릭! 파티를 시작하게 음악을 좀 틀라고요!

브릭 당신이 틀어, 매기.

(사람들 말소리가 여기저기서 들려와 방이 마치 새들이 지저귀는 거대한 새장같이 느껴진다. 브릭만이 꿈꾸는 듯한 미소를 띠고 술장에 기대선 채 끼어들지 않고 있다. 종이 냅킨에 얼음 조각을 싸서 이따금 앞이마를 문지른다. 브릭은 마거리트의 명령에 반응을 보이지

않는다. 마거리트는 앞으로 벌떡 튀어나와서 캐비닛의 전축 칸 위로 몸을 숙인다.)

구퍼   저건 쟤들 결혼 삼 주년 기념으로 우리가 선물한 건데, 스피커가 세 개 달렸죠.

(갑자기 방 안 가득 바그너 오페라나 베토벤 교향곡의 절정 부분이 요란하게 울려 퍼진다.)

할아버지 저 빌어먹을 것 좀 꺼 버려!

(거의 일순간 고요해지더니, 또 거의 순식간에 복도 문을 통해서 코뿔소처럼 돌진해 들어오는 할머니의 공격적인 고함 소리에 그 침묵은 깨지게 된다.)

할머니   우리 브릭 어디 있니, 내 귀여운 아가 어디 있어!!
할아버지 미안하다! 다시 틀어라!

(모두들 큰 소리로 웃는다. 할아버지는 할머니한테 창피를 주는 농담을 하기로 유명한데, 그 농담에 가장 크게 웃는 사람은 다른 누구도 아닌 바로 할머니 자신이다. 때로는 농담이 너무 잔인해 할머니는 크게 웃는 것만으로는 감추기 어려운 상처를 덮기 위해서 뭔가를 찾아내거나 문제를 일으켜야만 한다.)

(이 경우는 마음에 자리했던 공포가 할아버지의 건강 상태에 대한

거짓 통보로 인해 사라진 행복한 상황이라서, 할머니는 할아버지를 향해 괴상하게 교태를 부리면서 낄낄 웃다가 브릭을 향해서 매우 빠르고 생동감 넘치게 다가간다.)

할머니 여기 있구나, 내 소중한 아기 여기 있네! 손에 들고 있는 게 뭐니? 그 술 내려놓아라. 아들아, 네 손은 술보다는 더 나은 걸 들기 위해서 생긴 거란다!

구퍼 브릭이 내려놓는지 좀 봐요!

(브릭은 술잔을 비운 다음 할머니에게 건네는 걸로 그녀의 말에 순종한다. 모두들 웃는데, 몇 사람은 높은 소리로 몇 명은 낮은 소리로 웃는다.)

할머니 이런 나쁜 녀석, 너, 너는 못된 내 새끼야. 엄마한테 키스해 줘, 이 짓궂은 놈아! ……저 피하는 것 좀 봐요! 브릭은 누가 키스하거나 야단법석 부리는 걸 싫어했지. 아마 너무 많이 받아서 그런 모양이야!

얘야, 저것 좀 꺼라!

(브릭이 텔레비전 스위치를 막 켠 참이었다.)

나는 텔레비전은 못 견디겠어. 라디오도 싫은데, 텔레비전은 한 술 더 뜨지, 내 말은…… (의자에 털썩 앉아서 씨근거리며) ……더 나쁘단 말이야, 하하!

그런데 내가 여기 왜 앉았더라? 나는 소파에서 사랑하는 그분 옆에 앉아 손을 맞잡고 정을 나누고 싶은데!

(할머니는 검정과 하양 무늬가 있는 비단 옷을 입고 있다. 마치 거대한 동물의 얼룩무늬 같은 큼직하고 불규칙적인 문양들, 커다란 다이아몬드와 많은 진주 들의 광채, 안경의 은테에 박힌 반짝이들과 할머니의 요란한 목소리와 울려 퍼지는 웃음소리는 그녀가 들어온 이후 이 방을 장악하고 있다. 할아버지는 고질적인 골칫거리를 대하듯 계속해서 찡그린 표정으로 할머니를 바라보고 있다.)

할머니   (여전히 더욱 큰 목소리로) 목사님, 목사님, 이봐, 목사!
          손 좀 이리 줘서 의자에서 일어나게 도와줘요!
투커 목사 장난치시면 안 돼요, 사모님!
할머니   장난이라고요? 손 좀 줘요, 나 일어나게…….

(투커 목사가 할머니에게 손을 내민다. 할머니는 손을 잡더니 잡아당겨서 목사를 무릎에 앉히고 한 옥타브가 차이 나게 목소리를 올렸다 내렸다 하며 날카롭게 웃는다.)

          뚱뚱한 사모님 무릎에 앉은 목사를 본 적 있소? 어이, 어이, 여보게들!
          뚱뚱한 사모님 무릎에 앉은 목사를 본 적 있소?

(할머니는 델타 지역에서 이런 식의 천박하고 요란한 장난을 잘 치는

걸로 악명이 높다. 얼음 넣은 뒤보네 '온더록스'를 조금씩 마시며 브릭을 보고 있던 마거리트는 너그러운 마음으로 이를 지켜보고 있다. 하지만 메이와 구퍼는 이런 별난 장난에 재미를 느끼기는커녕 걱정스럽다는 눈빛을 교환한다. 메이는 할머니의 이런 행동 때문에 자신들이 모든 것을 갖추었음에도 멤피스에 사는 가장 세련된 젊은 부부들과 어울리지 못하는 것이라고 생각한다. 흑인 하인 레이시나 수키 중 하나가 들여다보고 킥킥 웃는다. 하인들은 케이크와 샴페인을 가지고 들어오라는 신호를 기다리는 참이다. 하지만 할아버지는 즐겁지 않다. 그는 의사의 통지에 한없이 안도했지만 왜 여전히 자신의 장이 찢겨 나갈 듯 아픈지 이해할 수가 없다. 할아버지는 '이 경련증이라는 게 대단하구나.'라고 혼자 생각하면서 할머니에게는 큰 소리로 고함을 지른다.)

할아버지 **할멈, 장난질 좀 그만하지 못해?** ……당신은 그런 애들 장난 같은 미친 짓을 하기에는 너무 늙고 뚱뚱해. 거기다 혈압이 있잖아, 지난봄에는 200까지 올라 갔지! 그렇게 장난질을 하다가는 중풍을 맞을 거 야…….

(메이가 조율 피리를 분다.)

할머니   할아버지의 생일 파티가 시작됩니다요!

(하얀 웃옷을 입은 흑인들이 촛불을 켠 거대한 생일 케이크와 병목에 새틴 리본을 매단 샴페인 통들을 들고 들어온다.)

(메이와 구퍼가 노래를 시작하고, 흑인들과 아이들까지 합세해서 모두가 함께 부른다. 브릭만 따로 떨어져 있다.)

모두   생일 축하합니다.
           생일 축하합니다.
           할아버지 생신을―

(어떤 이들은 "사랑하는 할아버지!"라고 부른다.)

           생일 축하합니다.

(어떤 이들은 "연세가 몇이세요?"라고 부른다.)

(메이가 한가운데로 나오더니 자기 아이들을 합창단처럼 조직한다. 그녀가 거의 들리지 않게 "하나, 둘, 셋!"이라고 하자, 아이들이 새로운 노래를 부르기 시작한다.)

아이들   스키나마링카 ― 딩카 ― 딩크
           스키나마링카 ― 두
           사랑합니다.
           스키나마링카 ― 딩카 ― 딩크
           스키나마링카 ― 두

(다 같이 할아버지를 향해서 몸을 돌린다.)

할아버지를요!

(뮤지컬 코미디의 합창단처럼 다시 앞을 향한다.)

아침에도 당신을 사랑해요.
밤에도 당신을 사랑해요.
같이 있을 때도 사랑하고,
멀리 있을 때도 사랑해요.
스키나마링카 — 딩카 — 딩크
스키나마링카 — 두

(메이가 할머니 쪽을 향한다.)

할머니도요!

(할머니가 울음을 터뜨린다. 하인들이 자리를 뜬다.)

할아버지   아니, 아이다, 도대체 왜 그러는 거야?
메이   그냥 너무 기쁘셔서죠.
할머니   난 그냥 너무 기뻐서, 영감, 울기라도 해야겠어요.

(조용한 가운데 갑자기 큰 소리로.)

브릭, 너 바우 선생이 아버지에 대해 병원에서 들
은 좋은 소식 알고 있니? 아버지가 100퍼센트 괜찮

으시단다!

마거리트 정말 멋지죠?

할머니 100퍼센트란다. 검사를 당당히 통과하신 거야. 아버지에게 결장 경련 외에는 아무 문제가 없다는 걸 알게 되었으니 하는 말인데, 난 죽도록 걱정을 해서 정신이 반은 나갈 정도였어. 아버지가 혹시라도 어떻게 되신 건가 해서…….

(마거리트가 벌떡 일어나 날카롭게 외치면서 이 말을 잘라 버린다.)

마거리트 브릭, 여보, 아버님께 생일 선물 안 드릴 거예요?

(브릭의 옆을 지나면서 술잔을 낚아채 뺏는다.)

(멋지게 포장된 선물을 집어 든다.)

여기 있어요, 아버님, 브릭이 드리는 거예요!

할머니 이번이 아버지에게 가장 대단한 생신이구나. 선물이 수백 개에, 전보들이 쏟아져 들어오고…….

메이 (동시에) 그게 뭐예요, 브릭?

구퍼 브릭이 뭔지 모른다는 데 돈을 열 배 걸겠어.

할머니 선물의 재미라는 게 열어 보기 전까지는 모른다는 거지. 뜯어 보세요, 영감.

할아버지 당신이 열어 봐. 난 브릭한테 뭘 좀 물어보고 싶은 게 있어! 이리 오너라, 브릭.

마거리트   아버지가 당신을 부르셔, 브릭.

(그녀가 선물 꾸러미를 뜯는다.)

브릭   아버지께 난 절름발이라고 말씀드려.

할아버지   네가 절름발이라는 거 나도 안다. 어떻게 해서 절름
           발이가 되었는지 알고 싶은 거다.

마거리트   (주의를 다른 데로 돌리기 위한 작전으로) 와, 이것 좀
           보세요, 와, 보세요, 야, 캐시미어 가운이네요!

(다들 볼 수 있도록 가운을 들어 올린다.)

메이   놀란 것 같네, 매기.

마거리트   이런 걸 본 적이 없거든.

메이   그거 웃기네……. 하!

마거리트   (화려한 미소를 띤 채, 메이를 향하며 사납게) 뭐가 웃겨?
           우리 친정은 워낙 가진 게 없어서…… 캐시미어 가운
           같은 사치품을 보면 아직도 놀란다고!

할아버지   (험악하게) 조용히들 해!

메이   (화가 나서 분별력을 잃고) 지난 토요일 멤피스의 로웬
      스테인에서 자기가 샀으면서 그렇게 놀란다는 게 이
      해가 안 되네. 내가 어떻게 아는지 알아?

할아버지   조용히 하라니까!

메이   ……자기한테 그걸 판 여점원이 나를 도와주면서 그

러더라. 아, 폴리트 부인. 동서분이 시아버지 드린다고 방금 캐시미어 가운을 사 가지고 가셨어요!

마거리트　형님! 가정주부하고 엄마 노릇 하느라고 그런 재주를 낭비하고 있다니, 당신은 FBI 같은 데서 일했어야 했는데…….

할아버지　**조용히 해!**

(투커 목사의 반응이 다른 이들보다 가장 늦어서 고함 소리가 난 후에도 말을 계속한다.)

투커 목사　(닥터 바우에게) ……아기를 데려오는 황새와 죽음의 신이 앞서거니 뒤서거니 경주를 하네요!

(명랑하게 웃기 시작하다가, 침묵이 흐르고 있으며 할아버지가 노려보고 있음을 알아차린다. 어쩔 수 없이 웃음이 수그러든다.)

할아버지　목사, 스테인드글라스로 된 추모 창문 이야기를 한 번 더 하려는 걸 내가 방해한 게 아니길 바라는데. 그런 거요, 목사?

(투커 목사가 무기력하게 웃다가, 거북스러운 침묵 속에 마른기침을 한다.)

　　　　　목사?

할머니　아니, 영감, 목사님을 그만 괴롭혀요!

할아버지 (목소리를 높이면서) 기침 소리는 요란한데, 가래는 안 나온다는 말 들어 본 적 있소? 당신이 마른기침을 해 대니까 그 말이 생각나는군. 기침 소리만 나지, 가래는 안 나온다는 말 말이오……

(마거리트가 놀라서 짧게 웃는 바람에 침묵이 깨진다. 그 괴상한 말을 알아듣고 재미있어하는 사람은 그녀뿐이다.)

메이 (두 팔을 들어서 팔찌들을 짤랑거리면서) 오늘 밤 모기들이 극성을 부릴까요?

할아버지 뭐라고, 어미야? 너 뭐라고 했니?

메이 네, 잠깐 베란다에 나가면 모기들이 우리를 산 채로 잡아먹지 않을까 싶다고 했어요.

할아버지 그놈들이 그런다면, 내가 네 뼈를 갈아서 비료로 만들어 주마!

할머니 (재빨리) 지난주에 비행기로 약을 뿌렸거든, 내 생각에는 효과가 좀 있는 것 같은데. 적어도 아직은 아니……

할아버지 (할머니의 말을 끊으면서) 브릭, 사람들이 그러던데, 그 말이 사실이냐? 네가 어제 고등학교 운동장에서 뜀뛰기를 했다는 것 말이야.

할머니 브릭, 아버지가 네게 말씀하고 계시잖니.

브릭 (술잔 너머로 희미하게 웃으면서) 뭐라고요, 아버지?

할아버지 사람들이 네가 어젯밤 고등학교 운동장에서 뜀뛰기를 했다고 하더라고.

브릭   나한테도 그러더라고요.

할아버지 네가 거기서 한 게 뜀뛰기냐 아니면 뒹굴기냐? 새벽
        3시에 거기서 뭘 하고 있었던 거냐? 석탄재 깔린 트
        랙에 여자라도 눕혔던 거냐?

할머니 영감, 이제 당신은 환자 명단에서 빠졌으니 그런 말
        을 하도록 놔두지는 않을…….

할아버지 조용히 해!

할머니 목사님 앞에서 그런 추잡한 말을…….

할아버지 **조용히 하라고!** ……브릭, 어젯밤 석탄재 트랙에서
        계집이라도 건드렸느냐고 묻잖아? 난 네가 트랙에서
        계집을 쫓아가다 너무 흥분해서 뭐에 걸려 넘어졌나
        했지……. 그런 거냐?

(구퍼가 어쩌지 못해서 크게 웃어 대고 다른 사람들도 불안해하면서
따라 웃는다. 할머니는 발을 구르더니 입술을 꽉 다물고, 메이에게
가서 뭔가 속닥거린다. 브릭은 술이라는 장막 뒤에 숨어 아버지가
웃으면서 보내는, 강렬하게 쏘아보는 시선에 대해 모든 상황에서
보이곤 하는 활기 없고 희미한 미소로 응수하고 있다.)

브릭   아니요, 아버지, 그렇지는 않은데…….

메이   (동시에, 상냥하게) 투커 목사님, 저랑 베란다로 나가서
        산책 좀 하시지요.

(메이와 목사가 베란다로 나가자 할아버지가 말을 시작한다.)

할아버지 그럼 대체 새벽 3시에 뭘 하고 자빠졌던 거냐?

브릭 장애물 넘기를 했어요, 아버지, 달려가서 장애물을 뛰어넘는 거요. 하지만 높은 장애물들은 이제 제겐 너무 높더라고요.

할아버지 네가 술이 취했기 때문에?

브릭 (희미한 미소가 약간 더 옅어지면서) 취하지 않았더라면 낮은 것들도 넘으려고 하지 않았겠지요…….

할머니 (재빠르게) 영감, 생일 케이크 위의 촛불을 끄세요!

마거리트 (동시에) 폴리트 아버님의 예순다섯 번째 생신을 축하하면서 건배를 제의합니다. 이 지역 최대의 목화 재배자이시며…….

할아버지 (분노와 혐오에 차서 소리를 지르며) 그만두라고 했잖아, 당장 그만둬, 관두라고……!

할머니 (케이크를 들고 할아버지 앞으로 오면서) 영감, 그런 식으로 말하는 것 용납 못 하겠어요, 당신 생일이라도 말이에요, 나는…….

할아버지 난 내 생일이건, 빌어먹을 어떤 다른 날이건 간에, 아이다, 내가 하고 싶은 대로 말할 거야. 여기 누구든지 싫은 사람은 어떻게 하면 되는지 알지!

할머니 진담은 아니지요!

할아버지 왜 진담이 아니라고 생각하는 거야?

(이러는 와중에 사람들은 조심스럽게 여러 가지 신호를 주고받았다. 구퍼는 이미 베란다에 나가 있다.)

할머니　　본심이 아니란 거 다 알아요.

할아버지　당신은 아무것도 몰라. 늘 그랬다고!

할머니　　영감, 진담은 아니죠.

할아버지　그래, 그렇고말고! 그렇다니까, 진담이라고! 난 내가 죽어 가나 보다라고 생각해서, 여기 집에서 별짓이 다 벌어져도 참고 있었어. 당신도 내가 죽을 거라 생각해서, 내 자리를 물려받으려고 했겠지. 그런데 아이다, 물려받는 일은 중지하는 게 좋겠어, 왜냐면 나는 안 죽을 거니까. 당장 그만두라고. 당신은 내 자리를 차지할 수 없거든. 나는 안 죽는다니까. 난 온갖 실험을 다 거치고 그 빌어먹을 예비 수술까지도 거쳤다고. 그런데도 결장 경련 외에는 아무 문제가 없어. 난 당신이 생각하는 것처럼 암으로 죽지는 않아. 안 그래? 당신 내가 암으로 죽는다고 생각했잖아, 아이다?

(거의 모두 베란다에 나가 있고 두 노인만 남아서 촛불이 켜진 케이크 너머로 서로를 노려보고 있다.)

(할머니의 가슴이 들썩인다. 할머니는 살찐 주먹을 입에 갖다 대고 누른다.)

(할아버지는 쉰 목소리로 말을 계속한다.)

　　　그렇지 않아, 아이다? 내가 암으로 죽어 가니까 당신,

이곳이랑 여기 있는 전부를 장악할 수 있다고 생각했
잖아? 그런 인상을 받았어. 그런 인상을 받았다니까.
사방에서 당신의 커다란 목소리가 들리고 뚱뚱한
늙은 몸으로 여기저기를 쑤시고 다니니 말이야!

할머니   조용히 해요! 목사님 있어요!

할아버지 염병할 놈의 목사!

(할머니는 크게 숨을 헐떡이며 자기 몸에는 작아 보이는 소파에 주
저앉는다.)

내가 하는 말 들었지? 염병할 놈의 목사라고 했어!

(누군가가 밖에서 베란다 문을 닫는데, 그때 마침 불꽃 터지는
소리와 아이들이 흥분해서 외치는 소리가 들려온다.)

할머니   당신이 이렇게 행동하는 것 전에는 본 적이 없어요.
당신 안에 뭐가 들어갔는지 정말 모르겠구려!

할아버지 나는 온갖 실험과 수술을 다 거쳤어. 여기 주인이 당
신인지 나인지를 알아보려고 그런 거야! 자, 이제 내가
주인으로 밝혀졌어, 당신이 아니고 말이야……. 그게
바로 내 생일 선물이야……. 내 케이크이고 샴페인
이라고! ……지난 삼 년간 당신은 서서히 장악해
왔지. 주인 행세를 하고 이야기를 늘어놓으면서, 내가
만든 이곳을 그 뚱뚱하고 늙은 몸으로 잘난 척하며
누비고 다니면서 말이야! 내가 이곳을 만들었다고!

나는 이곳의 관리인이었어! 나는 스트로와 오첼로 영감 농장의 관리인이었다고. 나는 열 살에 학교를 그만뒀어! 나는 열 살에 학교를 그만두고서, 밭에 나가 검둥이처럼 일했어. 스트로 영감이 죽고 난 다음에는 오첼로의 동업자가 되었지. 이곳은 점점 커지고, 또 커지고, 커졌어! 모든 걸 다 나 혼자 한 거야. 당신한테서는 어떤 빌어먹을 도움도 받지 않았어. 그런데 당신은 이제 차지할 때가 되었다고 생각한 거지. 당신이 차지할 수는 없어. 당신은 절대로 어림 반 푼어치도 차지할 수 없다고. 이제 확실해, 아이다? 이제 분명해? 완전히 알아들었어? 나는 하나부터 열까지 온갖 실험을 다 거쳤어. 그리고 그 망할 예비 수술까지도 받았다고. 그런데 결장 경련 외에는 아무 문제가 없다고. 경련이 온 건…… 혐오감 때문일 거야! 내가 견뎌 내야 했던 그 염병할 놈의 거짓말과 거짓말쟁이들 때문에. 그리고 우리가 사십 년을 같이 살면서 겪어야 했던 그 망할 놈의 위선 때문에 말이야!

이봐! 아이다! 생일 케이크 위에 있는 촛불들을 꺼 버려! 입술을 오므리고 숨을 깊이 마신 다음 케이크 위에 있는 그 빌어먹을 촛불들을 다 꺼 버리라고!

할머니   오, 영감, 오, 오, 오, 영감!

할아버지   왜 그러는 거야?

할머니   그 긴 세월 동안 내가 당신을 사랑한다는 걸 한 번도 믿지 않았단 말이에요?

할아버지 뭐?

할머니 나는 그랬어요. 너무 너무 사랑했어요. 난 당신을 사랑
했어요! ……나는 당신이 나를 미워하고 가혹하게
대하는 것도 사랑했다고요, 영감!

(할머니는 흐느끼며 어색하게 베란다로 달려 나간다.)

할아버지 (혼잣말로) 그게 사실이라면 웃기겠네…….

(잠시 침묵이 흐르다가 하늘에서 불꽃이 터진다.)

브릭! 이봐, 브릭!

(그는 촛불이 타고 있는 생일 케이크 앞에 선다.)

(잠시 후 목발을 짚은 브릭이 술잔을 든 채 절뚝거리며 들어온다.)

(마거리트가 걱정스러워하면서도 밝은 미소를 띤 얼굴로 따라 들어
온다.)

너를 부른 게 아니야, 매기. 나는 브릭을 불렀다.

마거리트 그이를 아버님께 데리고 온 거예요.

(그녀가 브릭의 입술에다 입을 맞추자, 브릭은 즉시 손등으로 입을

닦아 낸다. 그녀는 소녀처럼 밖으로 달려 나간다. 브릭과 아버지 둘만 남았다.)

할아버지 왜 그랬니?

브릭 뭘 말이에요, 아버지?

할아버지 쟤가 침이라도 뱉은 것처럼 키스한 입을 닦았잖아?

브릭 모르겠어요. 무의식적으로 그랬나 봐요.

할아버지 네 마누라가 구퍼 마누라보다 생긴 건 더 낫지만, 어쨌든 둘 다 똑같은 표정을 하고 있어.

브릭 어떤 표정인데요, 아버지?

할아버지 어떻게 설명해야 할지 모르겠지만 똑같은 표정이야.

브릭 맘이 편해 보이지는 않지요, 그렇죠?

할아버지 그래, 절대로 아니지.

브릭 고양이처럼 불안하고 초조해 보이지요?

할아버지 맞았어, 걔들은 고양이처럼 초조해 보여.

브릭 뜨거운 양철 지붕 위의 두 마리 고양이처럼 불안하고 초조해 보이지요?

할아버지 그렇구나, 얘야. 뜨거운 양철 지붕 위의 두 마리 고양이처럼 보인다. 너랑 구퍼는 서로 진짜 다른데 같은 타입의 여자를 고르다니 웃기는구나.

브릭 우리 둘 다 집안 보고 결혼한 거예요, 아버지.

할아버지 썩을 놈의 집안……. 어째서 둘 다 그런 표정을 갖게 된 거지?

브릭 그게요, 두 사람은 거대한 땅덩어리 한가운데 앉아 있어요, 아버지. 2만 8000에이커라면 꽤 큰 땅덩어리잖아요. 그래서 둘 다 싸울 태세를 하고 있는 거죠. 언제든 아버지가 내놓으실 때 다른 사람보다 더 큰 땅을 차지하려고 마음을 먹고 있는 거예요.

할아버지   두 계집이 놀랄 일이 있는데. 그 애들이 그걸 기다리고 있다면 난 오랫동안 내주지 않을 거거든.

브릭   좋아요, 아버지. 그저 꼼짝 않고 앉아만 계세요. 둘이 서로 할퀴고, 눈을 후벼 파게…….

할아버지   암, 난 그 위에 꼼짝 않고 앉아 있을 거다. 두 년들이 서로 할퀴고 눈을 후벼 파게 돼야지, 하하하…….

그런데 구퍼의 마누라는 애를 잘도 낳는다. 걔가 애를 잘 만드는 건 너도 인정해야 해. 젠장, 오늘 저녁 식사 때 그애가 식탁에 애들을 다 데리고 와, 보조 식탁을 몇 개 붙이고서야 다 앉을 수 있었다. 지금도 다섯인데 하나가 더 나오게 되었으니.

브릭   그래요, 여섯 번째가 나오죠…….

할아버지   빌어먹을 여섯 번째라. 다음에는 짐승처럼 한 무더기를 내깔기는 거 아닌가. 브릭, 그런데 말이야, 나는 진짜 모르겠구나. 어떻게 이렇게 되었는지 말이야.

브릭   뭐가 그렇게 되었는데요, 아버지?

할아버지   어떤 수를 쓰든지 땅덩어리를 하나 얻게 되면, 그 위에 이런 저런 것들이 자라기 시작해서 막 쌓여 가더라고. 내가 주체할 수 없게 되더라니까, 전혀 주체할 수 없다는 걸 곧 알게 되었지!

브릭   글쎄요, 자연은 텅 빈 공간을 싫어한다는 말도 있잖아요, 아버지.

할아버지 사람들이 그러더구나. 하지만 나는 가끔 텅 비어 있
는 게 자연이 뭔가로 채워 놓는 것보다 훨씬 낫다는
생각을 하지.

저기 문 밖에 누가 있니?

구퍼 이봐, 매기.

브릭 그러네요.

할아버지 누군데?

(목소리를 낮춘다.)

브릭 우리가 하는 이야기에 관심이 있는 사람이죠.

할아버지 구퍼? ……**구퍼!**

(조심스럽게 가만있다가, 메이가 베란다 문에 나타난다.)

메이 구퍼를 부르셨어요, 아버님?

할아버지 이런, 너였구나.

메이 구퍼를 찾으세요, 아버님?

할아버지 아니다. 너도 찾지 않았다. 나는 조용히 좀 있고
싶다. 내 아들 브릭하고 은밀한 이야기를 하는 동
안에는 말이다. 문을 닫고 있기에는 여기가 너무
덥지만, 내 아들 브릭하고 둘만의 이야기를 나누기
위해서 저 망할 놈의 문을 닫아야 한다면 알려 다오.

문을 닫을 테니. 왜냐면 나는 엿듣는 놈들을 경멸
하거든. 몰래 숨어서 염탐이나 하는 건 무엇이건 안
좋아한다.

메이   어머, 아버님…….

할아버지 너는 달빛 위치를 잘못 잡아 섰어, 네 그림자가 비치
더구나!

메이   저는 그냥…….

할아버지 그냥 염탐질하려는 것뿐이었지, 너도 뻔히 알잖니!

메이   (코를 훌쩍이며 흐느끼기 시작한다.) 아, 아버님, 아버님
은 아버님을 진짜 사랑하는 사람들한테 무슨 이유에
서인지 너무 몰인정하세요!

할아버지 입 닥처, 닥치라고! 너랑 구퍼를 이 옆방에서 내보
내야겠다! 밤에 여기서 브릭과 매기 사이에 벌어지는
일은 너희가 절대로 상관할 일이 아니거든. 밤중에
역겨운 염탐꾼 한 쌍처럼 엿들은 걸 어머니에게 가
서 보고하고, 어미는 또 내게 와서 너희가 브릭과 매
기에 대해서 이러쿵저러쿵했다는 말을 하고. 젠장,
구역질이 나는군. 나는 너랑 구퍼를 그 방에서 옮겨
버릴 거야. 숨어서 스파이 짓이나 하는 것은 못 참
는다고, 욕지기가 난단 말이야…….

(메이는 머리를 뒤로 젖히더니 하늘을 향해 눈알을 굴려 올리면서
마치 부당하게 순교자가 된 것에 대해 신의 자비를 구하듯이 두
팔을 위로 올린다. 그러더니 손수건을 코에다 대고 누르며 치마
펄럭이는 소리를 크게 내면서 방을 나가 버린다.)

브릭   (술 장 앞에서) 엿듣나요, 저 사람들이?

할아버지 그래. 듣고 나서 네 어미에게 너와 매기 사이에서 벌
       어지는 일을 다 보고한단다. 저 애들이 그러는데…….

(당황스러운 듯 말을 멈춘다.)

       ……네가 매기하고 같이 자지 않고 소파에서 잔다
       더구나. 사실이냐 아니냐? 매기가 싫거든 치워 버려!
       ……너 지금 뭐 하는 거냐?

브릭   술잔을 새로 채우고 있어요.

할아버지 이 녀석아, 네 술 문제가 심각하다는 거 너도 알고
       있지?

브릭   네, 네, 알아요.

할아버지 스포츠 중계를 그만둔 게, 이 술 문제 때문이냐?

브릭   네, 네, 그래요, 그런 것 같네요.

(새로 채운 술잔 너머로 아버지를 향해 친근한 미소를 희미하게
던진다.)

할아버지 아들아, 너무 중요한 일이니까 같다느니 하는 말은
       하지 마라.

브릭   (멍하니) 네, 아버지.

할아버지 그리고 내 말을 들어라, 저 망할 놈의 샹들리에만
       쳐다보지 말고…….

(침묵. 쉰 소리로 말한다.)

……유럽에서 재고 정리 세일 때 산 것 중 하나지.

(다시 침묵.)

인생이란 소중한 거다. 매달릴 거라고는 그것 밖에는 없지. 술을 마시는 인간은 자기 인생을 내던져 버리는 거야. 그러지 말아라. 네 삶에 매달려야지. 그것 말고는 매달릴 게 없단다…….

이리 가까이 앉아라. 큰 목소리를 내지 않아도 되게 말이야. 이 집에는 벽에도 귀가 달렸으니까.

브릭 (소파의 아버지 옆자리에 앉기 위해서 절뚝거리며 온다.) 알았어요, 아버지.

할아버지 그만뒀단 말이지! ……어째서 그런 거냐? 실망이라도 했니?

브릭 모르겠어요. 아버지는 아세요?

할아버지 내가 너한테 묻는 거다, 제기랄! 네가 모른다면 내가 어떻게 알겠니?

브릭 그냥 거길 나와 버렸어요. 입안에 솜뭉치가 가득 찬 거 같아서요. 늘 경기장에서 벌어지는 일보다 두세 박자 늦었거든요. 그래서…….

할아버지 그만뒀다고!

브릭 (상냥하게) 네, 그만뒀어요.

할아버지 아들아?

브릭   네?

할아버지 (큰 소리를 내며 시가를 깊게 빨아 마신다. 그리고 갑자기
         앞으로 약간 구부리더니 큰 소리를 내며 내뿜고 손을 이
         마에 가져다 댄다.) 후유! ……하하! ……연기를 너무
         많이 마셨더니 조금 어지럽구나…….

(벽난로 시계가 종소리를 낸다.)

         사람 간에 대화를 한다는 게 왜 이렇게 힘든 거지?

브릭   그러게요…….

(열 번을 다 칠 때까지 시계는 감미로운 소리를 낸다.)

         ……시계가 기분 좋게 평안한 소리를 내네요. 밤새
         라도 듣고 싶어요…….

(몸을 미끄러뜨려 소파에 편하게 앉는다. 할아버지는 뭔가 표현 못
할 걱정 때문에 몸을 바로 세우고 경직된 채로 앉아 있다. 말할 때
그의 모든 몸짓은 긴장되고 경련을 동반하는 듯하다. 이따금 아들을
소심하게 흘낏거리며 불안스럽게 말을 이어 가는 내내, 그는 숨을
씨근덕대며 헐떡이다 코를 쿵쿵거린다.)

할아버지 우리가 유럽에 갔던 그 여름에 저 시계를 샀지, 나랑

네 어미랑 그 망할 놈의 단체 관광을 갔을 때 말이야. 내 평생 그렇게 끔찍한 시간은 없었다. 아들아, 거기 외국 놈들 말이야, 으리으리한 호텔에서 눈알을 빼 먹을 정도로 바가지를 씌우더구나. 그리고 네 어미는 화물 열차 두 칸에다가도 다 못 실을 정도로 물건을 사 대더라. 헛소리가 아니야. 가는 데마다 회오리바람을 일으키면서 돌아다니며 사고, 사고 또 사더라고. 그때 산 물건의 절반은 창고에 아직도 쌓여 있는데, 지난봄에 물이 차 버렸지!

(웃는다.)

유럽이란 게 커다란 경매장 밖에는 안 되더군. 그냥 그거야. 그 낡아 빠진 오래된 곳들은 재고 정리 세일을 크게 벌여 놓은 거나 같아, 전부 형편없는 거지. 그런데 네 어미는 미친 듯이 달려드는 게 마구를 매달아 끌어도 붙잡고 있지를 못하겠더라고. 사고, 사고, 또 사더라고! ⋯⋯내가 부자이길 다행이지, 그래, 그렇고말고. 그 물건들 절반은 지하실에서 곰팡이를 피우고 있다니까. 내가 돈이 많아서 다행이야. 다행이고말고, 나는 부자거든. 브릭, 그래, 나는 굉장한 부자다.

(그의 눈이 잠시 반짝인다.)

너 내 재산이 얼마나 되는지 아니? 맞춰 보렴, 브릭!
내 재산이 얼마나 되는지 맞춰 보라고!

(브릭이 술잔 너머로 막연하게 웃는다.)

현금이랑 우량주만으로 천만 달러쯤 된단다, 잘 들어라.
나일 계곡 이쪽에서 제일 기름진 땅 2만 8000에이커가
또 있잖니!

하지만 그것으로도 목숨은 못 사는 법이다. 다 쓰고
난 후에는, 돈으로도 생명은 다시 살 수 없는 법이야.
유럽의 재고 정리 세일이나 미국의 시장들, 아니
세상의 어떤 시장에서도 그것만은 안 팔지. 인생이
끝난 후에는, 돈으로도 다시 살 수 없는 거니까…….

그 생각을 하면 정신 바짝 차리게 되지, 정신을 차리
게 된다고. 그래서 머릿속에서 그 생각을 굴리고 또
굴리고 있는 거란다……. 바로 오늘까지도…….

나는 더 현명해지고, 더 서글퍼졌단다, 브릭. 이번
일을 겪고 나서 말이야. 유럽에 대해서 기억나는 게
하나 더 있구나.

브릭   뭔데요, 아버지?
할아버지 스페인의 바르셀로나 근처 언덕바지에선 아이들이
         벌거벗고 민둥산을 뛰어다니면서, 굶주린 개새끼

들처럼 울부짖고 깩깩거리며 구걸을 하더라고. 그런데 바르셀로나 길거리의 신부들은 얼마나 뚱뚱하던지. 수가 많기도 한데, 얼마나 뚱뚱하고 또 얼마나 즐거워 보이던지, 하하! 내가 그 나라를 먹여 살릴 수도 있었다는 거 너 아냐? 나는 그 망할 놈의 나라를 먹여 살릴 만한 돈을 가지고 있었다고. 하지만 인간이란 동물은 이기적인 짐승이거든. 내가 바르셀로나 언덕바지에서 울부짖던 애들한테 던져 준 돈이 이 방 의자 덮개를 바꾸는 값도 안 될 거다. 의자 껍데기를 새로 씌우는 데 드는 돈 말이다.

제기랄, 나는 마치 닭 모이 던져 주듯이 애들한테 돈을 던져 줬지. 차로 올라와 출발할 시간을 벌기 위해서 애들을 쫓으려고 돈을 던져 줬던 거야……

그러고 나서 모로코에서는, 그 아랍인들은 참 내, 성벽으로 둘러싸인 오래된 아랍 도시인 마라케시에서 어느 날 내가 시가를 피려고 무너진 성벽 위에 앉아 있었거든, 거기는 무섭게 더웠지. 그런데 어떤 아랍 여자가 길에 꼼짝도 안 하고 서서 당황스러울 정도로 나를 빤히 쳐다보더라고. 먼지 날리는 무더운 길에 가만히 서서 내가 어쩔 줄 몰라 할 때까지 빤히 쳐다보더라니까. 한데 이 얘기를 들어 봐. 그 여자는 빨가벗은 애 하나를 데리고 있었어. 빨가벗은 여자애인데, 겨우 걸어 다닐 정도였지. 그런데 얼마

뒤에 그 여자가 애를 땅에 내려놓더니 앞으로 밀면서 뭐라고 귓속말을 하는 거야.

이 애가 나한테 오더라고, 겨우 걸음마를 하는데, 아장아장 와서는 그래…….

하느님 맙소사. 그때 일을 생각만 해도 욕지기가 나는구나! 손을 내밀더니 내 바지 단추를 풀려고 하더라고!

그 아이는 다섯 살도 채 안 됐어! 내 말 믿을 수 있겠니? 내가 만들어 냈다고 생각하는 거냐? 호텔로 돌아가서 할멈한테 짐을 싸라고 했지! 이 나라를 떠나자고 말이야…….

브릭 아버지, 오늘 밤에는 말씀에 취하신 것 같아요.

할아버지 (그의 말을 무시하며) 그래, 그렇게 되는 거란다. 인간이라는 동물은 죽을 수밖에 없는 짐승이지만, 죽는다는 사실이 남을 동정하게 하지는 않는다 이거야. 아니야, 그게…….

……너 뭐라고 했니?

브릭 네.

할아버지 뭔데?

브릭 목발 좀 집어 주세요, 일어나게요.

할아버지 어디 가는데?

브릭   에코 스프링에 잠깐 갔다 오려고요.

할아버지 어디라고?

브릭   술 장이요……

할아버지 좋아, 자…….

(브릭에게 목발을 건넨다.)

인간이란 동물은 죽어 버리는 짐승이야. 그런데 돈이
있으면 사고 또 사고 또 산단 말이다. 살 수 있는 대로
모조리 다 사 버리는 데는 마음 한구석에 영생도 살
수 있을 거라는 미치광이 같은 바람을 가지고 있기
때문인 것 같다! 결코 있을 수 없는데……. 인간이란
동물은 말이야…….

브릭   (술 장 앞에서) 아버지, 오늘 밤에는 말씀을 참 많이
        하시네요.

(대화가 멈춘 사이, 바깥에서 사람 소리가 들린다.)

할아버지 요즘 들어서는 내내 조용히 있었지. 한 마디도 안
        했어. 그냥 앉아서 허공만 바라봤지. 내 마음을
        무겁게 짓누르는 뭔가가 있었어. 하지만 오늘 밤, 그
        짐이 떨어져 나갔어. 그래서 말을 하는 거야…….
        내게는 하늘도 다르게 보이는구나…….

브릭   제가 가장 듣고 싶은 게 뭔지 아세요?

할아버지 뭔데?

브릭   탄탄한 정적요. 깨지지 않는 완벽한 정적 말이에요.
할아버지 왜?
브릭   그게 더 평화로우니까요.
할아버지 애야, 그건 무덤에서 실컷 들을 거야.

(기분 좋게 껄껄댄다.)

브릭   말씀은 다 하신 건가요?
할아버지 왜 그렇게 내가 입 다물기를 바라니?
브릭   그게요, 아버지는 제게 종종 말씀하시죠, 브릭, 너랑
        대화를 하고 싶구나. 그런데 대화를 하게 되면 제대로
        된 적이 없어요. 아무 얘기도 안 하는 거죠. 아버지는
        의자에 앉아 이런저런 허튼소리나 늘어놓으시고 저는
        듣는 척하고 있어요. 듣는 척하려고 하지만 실은 거의
        안 듣고 있어요. 의사소통이란…… 지독히 힘든 거죠.
        아무튼 아버지랑 저 사이에서는 그게…… 안 되네요.
할아버지 너 겁에 질려 본 적 있니? 뭔가에 대해서 완전한
        공포를 느껴 본 적 있냐고.

(일어선다.)

        잠깐만.

(중요한 비밀을 말하려는 듯이 시선을 멀리 둔다.)

할아버지 브릭?

브릭 네?

할아버지 아들아, 난 그것에 걸린 줄 알았어!

브릭 뭐에 걸려요? 뭐요? 아버지?

할아버지 암 말이다!

브릭 아…….

할아버지 늙은이 해골*이 차갑고 묵직한 손을 내 어깨 위에 올려놓은 줄 알았지.

브릭 근데 아버지, 일체 말씀 없으셨잖아요.

할아버지 돼지나 꽥꽥대지, 사람은 입을 다물고 있는 거야. 돼지가 가진 이점도 못 가진 주제에 말이다.

브릭 무슨 이점이 있는데요?

할아버지 죽는다는 걸…… 모르는 건…… 위안이 되지. 인간은 그런 위안을 모르지. 죽음을 인식하고 그게 뭔지 아는 건 인간뿐이야. 다른 것들은 생물이 가야만 하는 길이 어떤 건지도 모르면서 그냥 가는 거다. 알지도 못하면서, 그게 뭔지도 모르면서 말이야. 하지만 돼지는 꽥꽥 울어 대도 인간은 죽음에 대해 입을 다물 수 있는 거란다. 때로 사람은…….

(노인 안에서 사나운 기운이 강렬하게 불타오른다.)

……죽음에 대해서 입을 다물 수 있는 거란다. 근데

---

* 죽음의 신을 상징.

궁금한 게…….

브릭   뭐요, 아버지?

할아버지 위스키 하이볼 한 잔이 내 경련증에 해로울까?

브릭   아니요, 아버지, 이로울지도 몰라요.

할아버지 (갑자기 늑대처럼 이를 드러내고 웃는다.) 맙소사, 말로
        표현을 못하겠구나! 하늘이 열렸어! 이런, 하늘이 다시
        열린 거야! 열렸다고, 얘야, 열렸단 말이다!

(브릭은 자기 술잔을 내려다본다.)

브릭   기분이 좀 나아지신 거예요, 아버지?

할아버지 나아졌냐고? 빌어먹을! 숨을 쉴 수 있게 됐어! 평생
        동안 나는 꽉 쥔 주먹처럼…….

(술을 따른다.)

        ……두들기고 깨부수고 밀고 나가기만 했지! ……이
        제는 꽉 쥐었던 손을 좀 풀어 놓고 세상을 부드럽게
        어루만져 보련다…….

(마치 공기를 애무라도 하듯이 두 손을 펼쳐 벌린다.)

        내가 곰곰이 생각하고 있는 게 뭔지 아니?

브릭   (멍하게) 아니요, 뭘 생각하고 계시는데요?

할아버지 하하! ……쾌락이야! ……여자들과 즐기는 쾌락 말

이야!

(브릭의 미소가 약간 가시지만 사라지지는 않는다.)

……그래, 얘야. 네가 짐작도 못할 얘기를 들려주마. 나는 아직도 여자를 탐한다. 오늘이 내 예순다섯 번째 생일인데도 말이야.

브릭 그건 정말 대단하신 거예요, 아버지.

할아버지 대단한 거라고?

브릭 감탄스러워요, 아버지.

할아버지 그렇고말고, 대단하고 감탄스러운 일이지. 나는 내가 한 번도 맘껏 즐기지를 못했다는 걸 알게 되었다. 기회를 많이 놓쳐 버렸어, 그놈의 양심의 가책 때문에 말이야. 가책이니 관습이니 하는…… 개똥 같은 것들……. 그것들은 전부 다 헛소리, 헛소리, 헛소리야! ……죽음의 그림자가 알게 해 줬어. 이제 그림자가 걷혔으니 나는 편하게 늘어져서, 뭐라더라, 그래 한바탕…… 놀아 봐야겠다!

브릭 한바탕 노시겠다구요, 네?

할아버지 맞았어, 놀아 보는 거야, 노는 거지! 제기랄! ……한 오 년 전까지는 네 어미랑 잠자리를 같이했다. 내가 예순이고 네 어미가 쉰여덟 될 때까지는 말이야. 그런데 네 어미를 좋아한 적은 없었어, 결코 없었지!

(복도 저쪽에서 전화벨이 울리는 중이다. 할머니가 들어오면서 큰

소리로 외쳐 댄다.)

할머니   당신네 남자들은 전화벨 소리도 안 들려요? 나는 저
                밖 베란다에서도 들리던데.
할아버지   앞 베란다에서 들어갈 수 있는 방이 다섯 개나 있는
                데 왜 하필이면 이 방을 지나가는 거야?

(할머니는 복도 쪽 문으로 부산스럽게 나가면서 장난스러운 표정을
지어 보인다.)

           나 원! ……네 어미가 방을 나가면, 난 그 여편네가
           어떻게 생겼는지 기억이 안 난다…….
할머니   여보세요?
할아버지   ……하지만 다시 방으로 들어오면, 그제야 어떻게
                생겼는지 알겠더라고, 모르는 게 나을 텐데 말이야!

(자기 농담에 대해 웃느라 몸을 숙이는데, 배에 통증이 느껴지자
얼굴을 찡그리면서 몸을 바로 세운다. 웃음이 킬킬 소리로 잦아들고
할아버지는 못 믿겠다는 듯 술잔을 탁자에 내려놓는다.)

할머니   여보세요, 샐리 고모.

(브릭은 일어나서 절뚝거리며 베란다 문으로 가 있다.)

할아버지 이봐! 어디 가는 거냐?

브릭   나가서 숨 좀 돌리려고요.

할아버지 아직은 안 돼. 이 얘기 끝날 때까지는 여기 있어야지,
         젊은 친구.

브릭   끝난 줄 알았는데요, 아버지.

할아버지 아직 시작도 안 했어.

브릭   잘못 알았네요. 죄송해요. 강바람을 좀 맞고 싶었을
         뿐이에요.

할아버지 저 의자에 다시 가 앉으렴.

(할머니의 목소리가 커지면서 복도 쪽에서 들려온다.)

할머니   샐리 고모, 고모는 별나기도 하구려! 고모는 참 별종
         이에요.

할아버지 아이고, 노처녀 내 누이와 또 통화를 하고 있구면.

할머니   왜 나한테 설명할 기회를 안 줬어요?

할아버지 브릭, 이 술이 속에 불을 지르는구나.

할머니   자, 잘 계세요, 이제, 샐리 고모. 빨리 이리로 내려
         와요. 오빠가 보고 싶어서 죽겠대요. 네, 잘 계세요,
         샐리 고모.

할아버지 개똥 같으니라고!

할머니   네, 잘 계세요, 샐리 고모…….

(전화를 끊더니 명랑하게 소리를 지른다. 할아버지는 할머니가 신음
소리를 내면서 다가오자 귀를 막아 버린다.)

(뛰어 들어오며)

영감, 샐리 고모가 멤피스에서 또 전화를 한 거였어요. 고모가 무슨 짓을 했는지 알아요, 영감? 멤피스에 있는 자기 주치의한테 전화를 해서 경련성이란 게 뭔지 말해 달라고 했다는구려! 하, **하하!** ……자기가 얼마나 안심이 되었는지 말해 주려고 다시 건 거예요……. 이봐요! 나 좀 들어가게 해 줘요!

(할아버지는 할머니가 못 들어오게 문을 반쯤 닫은 채 붙잡고 있는 참이다.)

할아버지 안 되겠는데. 이 방으로 왔다 갔다 하지 말라고 했잖아. 저기 방 다섯 개로 다니라니까.
할머니   영감? 영감? 아이, 영감! ……나한테 했던 말 진담은 아니었지요? 그렇죠?

(할아버지는 할머니를 향해 문을 굳게 닫지만, 그녀는 여전히 불러 댄다.)

여보? 여보? 영감? 아까 내게 했던 그 끔찍한 말들 진심은 아니지요? ……진심 아니었던 거 나도 알고 있어요. 진정으로 그런 건 아니라는 거 알고 있다고 요…….

110

(어린애 같던 목소리가 흐느끼는 소리와 함께 잦아들고, 할머니의 육중한 발걸음 소리가 복도 너머로 물러난다. 브릭은 목발을 짚고 다시 한 번 일어서더니 베란다를 향해 다시 움직인다.)

할아버지　내가 저 여편네에게 바라는 건 나를 좀 내버려 두라는 거야. 저 여자는 자기가 나를 넌덜머리 나게 만든다는 걸 인정을 못 해. 저 여자랑 너무 오랜 세월 같이 자서 그렇게 된 거다. 훨씬 전에 끝냈어야 했는데. 저 할망구는 만족이란 걸 모르니……. 내가 잠자리에 능하거든……. 저 여편네한테 너무 많이 써 버리면 안 되는 거였는데……. 사람마다 할 수 있는 수가 정해져 있고, 그만큼 밖에는 못한다고 하더라. 나는 몇 번 더 남았거든, 몇 번 더 남았어. 멋진 여자를 골라서 그 여자한테 써야겠어! 최고를 고를 거야. 돈이 얼마나 들든지 상관없어. 밍크로…… 그 여자 숨을 막히게 해 줄 거야! 히히! 옷을 홀딱 벗겨서 다이아몬드로 목을 조르고 밍크로 숨을 막히게 하고, 죽도록 그 짓을 할 거야. 아하하! 하하!

메이　(문가에서 명랑하게) 거기 안에서 웃는 사람이 누구예요?

구퍼　안에서 아버지가 웃고 계시는 거야?

할아버지　제기랄! ……저 두 것들…… **시시껄렁한 것들**…….

(건너가서 브릭의 어깨를 만진다.)

그래, 아들아. 브릭, 얘야……. 나는 행복하다! 나는 행복하단 말이야, 아들아, 난 행복하다고!

(그는 약간 목이 메어 아랫입술을 깨물며 머리를 재빨리 조심스럽게 아들 머리에 대고 누르더니, 당황하여 기침을 하면서 술잔을 내려놓은 탁자로 불안스럽게 되돌아온다. 술을 마시고는 속이 타기라도 하는 듯이 얼굴을 찡그린다. 브릭은 한숨을 내쉬더니 힘들게 일어선다.)

왜 그렇게 안절부절 못 하니? 좀이 쑤시냐?

브릭   네…….

할아버지   왜?

브릭   ……뭔가…… 아직…… 안 일어났어요…….

할아버지   응? 그게 뭔데!

브릭   (서글프게)……찰칵 소리요…….

할아버지   찰칵 소리라고 했니?

브릭   네, 찰칵 소리요.

할아버지   무슨 찰칵 소리?

브릭   제 머릿속에서 나는 소린데 저를 편안하게 만들어요.

할아버지   도대체 네가 무슨 말을 하는지 모르겠다만 심란하구나.

브릭   그냥 일상적인 거예요.

할아버지   뭐가 일상적이라는 거냐?

브릭   제 머릿속에서 찰칵 하고 나는 소리요. 찰칵 소리가 제 마음을 편하게 해 주는 거 말이죠. 그 소리가 날 때까지 술을 마셔야 해요. 그냥 일상적인 거예요. 마치…… 마치…… 마치 뭐 같다고 할까…….

할아버지 마치 뭐…….

브릭 제 머릿속에서 스위치가 찰칵 꺼지는 것 같아요. 뜨거운 빛은 꺼져 버리고 시원한 밤이 오고…….

(위를 올려다보면서 서글프게 미소 짓는다.)

순식간에…… 평화가…… 와요!

할아버지 (놀라서 길고 부드럽게 휘파람을 분다. 브릭에게로 돌아와 아들의 두 어깨를 움켜쥔다.) 저런! 네가 이 지경인 줄은 몰랐구나. 아니, 얘야, 너…… 알코올 의존자구나!

브릭 그게 사실이에요, 아버지. 저 알코올 의존자예요.

할아버지 내가…… 얼마나 모든 걸 방치해 뒀는지 보여 주는구나!

브릭 저는 저를 편안하게 해 주는 머릿속 찰칵 소리를 들어야만 해요. 대개는 지금보다 더 빨리 들려요. 어떤 때는 정오 무렵에도, 하지만…….

……오늘은…… 질질 끄네요…….

……제 핏속에 아직 적정 수준의 알코올이 들어 있지 않나 봐요!

(술잔을 새로 채우면서, 이 마지막 말은 힘 있게 한다.)

할아버지 허. 죽는 날만 기다리느라 눈이 멀었더랬구나. 내 아들이 코앞에서 술주정뱅이가 될 줄은 생각지도 못했어.

브릭 (부드럽게) 자, 이제 아셨죠, 아버지. 새 소식이 전달되었네요.

할아버지 허, 그래, 이제 알았다. 새 소식이 전달……됐어…….

브릭 그러니까 저를 좀 봐 주시면…….

할아버지 아니, 그럴 수 없어.

브릭 ……머릿속에서 찰칵 소리가 날 때까지 혼자 앉아 있는 게 더 좋아요. 그냥 일상적인 일인데, 제가 혼자 있거나 아무하고도 말을 하지 않을 때만 나타나요…….

할아버지 누구하고도 말하지 않고 너 혼자 조용히 앉아 있는 시간은 충분히 있었다. 하지만 지금 너는 나랑 대화 중이잖아. 적어도 내가 너한테 얘기를 하는 중이다. 그러니 너는 내가 대화가 끝났다고 할 때까지 저기 앉아서 듣고 있어야 해.

브릭 하지만 이 대화는 우리 둘이 평생 해 왔던 것들과 똑같아요! 쓸데없는 거예요, 쓸데없는 거라고요! ……이건…… 이건 괴로워요, 아버지…….

할아버지 괜찮아, 괴로운 대로 놔둬라, 그런데 의자에서 움직이면 안 된다! ……목발을 치워 버릴 거다…….

(목발을 잡아채서 방 저편으로 던져 버린다.)

브릭   저 한발로도 뛸 수 있어요. 넘어지면 기어갈 수도 있다고요!

할아버지 조심하지 않으면 넌 이 농장에서 기어 나가게 될 거야. 그러고 나면 빌어먹을, 너는 빈민굴 근처에서 술이나 구걸하고 있겠지!

브릭   그렇게 될 거예요, 아버지.

할아버지 아니, 그건 안 되지. 너는 내 아들이고 내가 너를 바로잡아 줄 거야. 이제 내가 나았으니까 너를 고쳐 줄게!

브릭   네?

할아버지 오늘 오크스너 병원에서 결과를 보내왔는데 뭐라고 했는지 아니?

(승리감에 얼굴이 환하게 빛난다.)

그 큰 병원에서 모든 과학 장비로 찾아낼 수 있었던 건 약간의 결장 경련 증세뿐이었다는구나! 그리고 그 일로 온갖 걱정을 다해서 신경이 갈가리 찢겼을 뿐이야.

(어린 소녀 하나가 양손에 폭죽을 움켜쥐고 갑자기 뛰어 들어와서는 미친 원숭이처럼 날카롭게 소리를 지르다가 할아버지가 때리려고 달려들자 다시 뛰어나간다.)

(침묵. 두 남자는 서로를 바라본다. 여자가 밖에서 명랑하게 웃는다.)

내가 빅스버그에 왔던 토네이도만큼이나 큰 안도의 한숨을 내쉬었단 걸 너한테 알려 주고 싶은 거란다!

(바깥에서 웃음소리, 달려가는 발소리, 불꽃이 터지는 부드러우면서 화사한 소리와 불빛이 전해진다.)

(브릭이 오랫동안 진지하게 그를 응시한다. 그러더니 코로 놀란 소리를 내다가 한 발로 벌떡 일어나서는 몸을 지탱하기 위해서 가구에 의지하며 목발을 잡으려고 방을 깡충깡충 가로질러 간다. 목발을 잡고는 마치 겁에 질린 것처럼 베란다로 도망쳐 나간다. 그의 아버지가 브릭의 하얀 실크 잠옷 소매를 붙잡는다.)

여기 있어, 이 개자식아! ……내가 가라고 할 때까지는!

브릭   그럴 수 없어요.

할아버지 죽어도 못 가, 제기랄 것!

브릭   아니요, 못 있겠어요. 우리가 하는 얘기는, 아버지가 하는 얘기는…… 빙빙 돌 뿐이에요! 우리는 종착점이 없어요! 항상 똑같아요, 아버지는 제게 얘기할 게 있다고 하지만 할 말이라곤 쥐뿔도 없어요!

할아버지 죽는 줄 알았다가 살게 되었다는 게 얘깃거리도 안 된다는 거냐?!

브릭   아…… 그거! ……꼭 말씀하셔야 된다고 하신 게 그거였나요?

할아버지 이런, 이 개자식! 그게, 그게 중요하지 않단 말이냐!

브릭   자, 그 말씀은 하셨으니까, 다 하신 거네요, 이제 저
         는…….

할아버지 당장 도로 앉아.

브릭   아버지는 온통 뒤죽박죽이에요, 아버지는…….

할아버지 뒤죽박죽 아니야!

브릭   맞아요, 전부 뒤범벅이에요!

할아버지 내가 어떻다는 말은 하지도 마, 이 술주정뱅이 애송
         이야! 앉지 않으면 이 옷소매를 찢어 버리겠다!

브릭   아버지…….

할아버지 내 말대로 해! 이 집 주인은 이제 나라고! 이제 다시
         주인 자리에 돌아왔다는 걸 알아 둬라!

(할머니가 출렁거리는 거대한 가슴을 부여잡고 부리나케 들어온다.)

할머니   영감!

할아버지 도대체 여기는 왜 들어온 거야, 할멈?

할머니   아, 영감! 왜 그렇게 소리를 지르는 거예요? 난 도저
         히…… 못 참겠구우우우려…….

할아버지 (손등을 머리 위로 들어 올리면서) 여기서 **나가!**

(할머니는 흐느끼면서 뒤돌아 달려 나간다.)

브릭   (부드러우면서 서글프게) 하느님 맙소사…….

할아버지 (사납게) 그래! 하느님 맙소사! ……그게 맞다…….

(브릭은 몸을 빼내서 베란다 쪽으로 절뚝거리면서 간다.)

(할아버지가 브릭에게서 목발을 확 잡아채자, 브릭은 다친 발목으로 걸음을 디디게 된다. 브릭은 날카로운 비명을 지르고, 의자를 붙들고 잡아당기다 의자 밑에 깔려 넘어지고 만다.)

                둔한…… 돼지 새끼…… 같으니라고…….
브릭   아버지! 목발 좀 주세요.

(할아버지는 목발을 손이 닿지 않는 곳으로 던져 버린다.)

                아버지, 목발 좀 주세요.
할아버지 너 술은 왜 마시는 거냐?
브릭   모르겠어요, 목발이나 주세요!
할아버지 왜 마시는지 생각해 봐, 모르겠으면 끊어 버려!
브릭   바닥에서 일어나게 제발 목발 좀 주시겠어요?
할아버지 먼저 내 질문에 대답부터 해. 술은 왜 마시는 거지?
          왜 네 인생을 길거리에서 주운 역겨운 물건처럼 내동
          댕이쳐 버리는 거냐고?
브릭   (무릎으로 서서) 아버지, 저 아파요, 다친 발로 디뎠
          어요.
할아버지 다행이구나! 술 때문에 몽롱해져서 아픈 것도 모르
          는 건 아니니까!
브릭   제…… 술도 아버지가…… 엎어 버리셨어요…….
할아버지 내 너랑 흥정을 하겠다. 왜 술을 마시는지 내게 말해

주면 네게 한 잔 주지. 내가 직접 따라서 네게 가져다
주마.

브릭   왜 술을 마시냐고요?

할아버지 그래! 왜 마시냐?

브릭   한 잔 주시면 말씀드릴게요.

할아버지 얘기부터 먼저 해!

브릭   단'한마디로 말씀드릴게요.

할아버지 어떤 말?

브릭   **역겨움요!**

(시계 종소리가 부드럽고 달콤하게 들려온다. 할아버지는 시계를 화
난 듯 흘낏 쳐다본다.)

자, 이제 술 주셔야죠?

할아버지 뭐가 역겹다는 거냐? 그것부터 먼저 말해라. 그렇지
않으면 역겹다는 건 의미가 없어!

브릭   제 목발 주세요.

할아버지 내 말 들었지, 내가 묻는 말에 대답부터 하라니까.

브릭   말했잖아요. 역겨움을 없애기 위해서라고요!

할아버지 **뭐가 역겹다는 건데!**

브릭   거래 조건이 어렵네요.

할아버지 뭐가 역겹다는 거냐? ……말해 주면 술을 가져다준
다니까.

브릭   저 한 발로 뛸 수 있어요, 넘어지면 기어가면 되지요.

할아버지 그렇게 술을 마시고 싶니?

브릭   (몸을 질질 끌며, 침대 틀을 붙잡고 일어난다.) 네, 정말
         정말 마시고 싶어요.
할아버지 술을 주면 뭐가 역겨운지 말해 주겠니, 브릭?
브릭   네, 아버지, 말해 볼게요.

(노인은 술을 한 잔 따라서 엄숙하게 아들에게 건넨다.)

(브릭이 마시는 동안 침묵이 흐른다.)

         '허위'란 말 들어 보셨죠?
할아버지 물론이지. 허위라는 건 싸구려 정치인들이 서로 주거
         니 받거니 하는 흔해 빠진 말 중 하나지.
브릭   그 말이 무슨 뜻인지 아세요?
할아버지 거짓말, 거짓말쟁이, 이런 뜻 아니냐?
브릭   네, 거짓말, 거짓말쟁이, 그런 거죠.
할아버지 누가 네게 거짓말이라도 했니?
아이들   (무대 밖에서 합창 소리가 들린다.)
         할아버지 오세요!
         할아버지 오세요!

(구퍼가 복도 문에 나타난다.)

구퍼   아버지, 애들이 밖에서 아버지를 큰 소리로 불러요.
할아버지 (사납게) 저리 꺼져, 구퍼!
구퍼   제가 실례했네요!

(할아버지는 구퍼가 가자 문을 쾅 닫는다.)

할아버지 누가 너한테 거짓말을 했다는 거야? 마거리트냐? 네
          마누라가 너한테 무슨 거짓말이라도 했냐?
브릭   그 여자는 아니에요. 했다고 해도 상관없어요.
할아버지 그러면 누가 네게 그랬다는 거냐? 무슨 거짓말을?
브릭   단 한 명이 그런 것도 아니고, 한 개의 거짓말도 아니
          고…….
할아버지 그러면 뭐야, 도대체 뭐냐고?
브릭   ……전부, 전부…… 다요…….
할아버지 머리는 왜 문지르는 거야? 두통이라도 있니?
브릭   아니요, 그냥 해 보려고요…….
할아버지 ……집중해 보려고 말이지, 하지만 네 머리가 술에
          찌들어서 안 될 거다. 그게 문제냐? 술에 쩐 놈아!

(브릭의 손에서 술잔을 잡아챈다.)

네가 허위란 것에 대해서 뭘 아는데? 제기랄! 나는 책
한 권도 쓸 수 있다. 너 몰랐니? 책 한 권을 쓰고도
남을 만큼이라니까? 그래, 쓸 수 있어. 빌어먹을 놈의
책 한 권을 쓰고도 남을 만큼 겪었다고!! ……내가
견뎌 내야만 했던 온갖 거짓말들을 좀 생각해 봐!
……가식들! 그게 허위 아니냐? 생각하지도 느끼
지도 알지도 못하는 것들을 그런 척하는 것 말이야.
예를 들면 내가 네 어미를 좋아하는 척해야 하는 것

말이다! ……난 지금껏 사십 년 동안 그 여자의 모습도, 소리도, 냄새도 참기 힘들었다! ……잠자리를 할 때조차도 말이지……. 그냥 기계적으로, 규칙적으로 한 거야…….

구퍼 개자식이랑 개 마누라 메이, 또 빽빽거리는 애새끼 다섯 명을 사랑하는 척해야 하는 건 어떠냐? 맙소사! 쳐다보기도 싫은 것들인데!

교회! ……입에서 욕 나오게 만들지만 그래도 간다! ……나는 가 앉아서 그 멍청한 목사의 설교를 듣는다 이 말이지!

클럽들! ……엘크스! 프리메이슨! 로터리 클럽! ……다 똥 같은 것들이지!

(발작적인 고통 때문에 배를 움켜쥔다. 의자에 주저앉으며 나지막이 쉰 소리로 말한다.)

나는 어떤 이유에선지 너를 정말 좋아해. 언제나 진정 사랑하고…… 존중하는 마음을 가졌더랬어……. 그래, 언제나…….

너와 그리고 농장주로서의 성공, 이것이 내 평생 헌신해 온 것의 전부야! 이건 진실이야…….

왜 그런지는 모르지만, 그렇단다!

나는 허위와 더불어 살아왔어! ……왜 너는 그렇게 못
하니? 젠장, 너도 더불어 살아야만 해, 허위 말고 같이
살 게 또 뭐가 있니? 안 그러냐?

브릭   있어요. 있어요. 같이 살 게 또 있다고요!

할아버지   뭔데?

브릭   (술잔을 들면서) 이거! ……술요…….

할아버지   그건 사는 게 아니야, 삶으로부터 도피하는 거지.

브릭   전 도피하고 싶어요.

할아버지   이봐, 그럼 왜 자살하지 않냐?

브릭   술을 마시고 싶어서요…….

할아버지   이런 맙소사, 너랑은 대화가 안 되는구나…….

브릭   미안해요, 아버지.

할아버지   내가 더 미안하면 했지. 내 얘기 좀 들어 봐. 얼마
         전 살날이 얼마 안 남았다고 생각했을 때…….

(이 대사는 급류가 흘러가는 것같이 빠르고 격렬하게 말해야 한다.)

…… 결장 경련에 불과하다는 걸 알기 전에 말이야.
나는 네 생각을 했어. 내가 끝장나게 되면, 떠나면서
이곳을 네게 물려줘야 할지 말지를 말이다……. 난
구퍼하고 메이는 싫거든. 걔들이 나를 싫어하는 것도
알고 있지. 그리고 다 똑같은 원숭이 새끼 다섯 마
리는 저희들 아비 어미 판박이니까……. 그래서 생

각했지, 안 돼! ……다시 생각했어, 그래! ……마음의 결정을 할 수가 없었다. 난 구퍼랑 그 다섯 마리 원숭이 새끼도, 암캐 같은 메이도 싫다! 왜 나일 계곡 이편에서 가장 기름진 땅 2만 8000에이커를 나랑 닮지도 않은 것들에게 넘겨줘야만 하니? ……하지만 또 한편으로는 브릭을, 도통 술에 빠져 있는 빌어먹을 멍청이를 내가 왜 도와줘야 하는데? 좋아하든 말든, 아니 사랑한다 치더라도! 내가 왜 그래야만 하지? ……무가치한 행동을 도와주는 거 잖아? 썩어 빠진 짓, 타락한 짓을 하는데?

브릭   (미소를 지으며) 이해하겠어요.

할아버지 그래, 이해한다니 나보다 더 똑똑하구나, 빌어먹을, 나는 이해가 안 되는데. 그런데 솔직하게 이 얘기는 해야겠다. 그 문제에 대해서는 나는 전혀 결정을 내리지 못했고 이날까지도 나는 유언장이란 건 안 만들었어! ……이젠 만들 필요도 없지만. 해야 한 다는 압박도 사라졌고. 그저 기다리면서 네가 스스로를 추스를 수 있는지 아닌지 두고 볼 수 있게 되었거든.

브릭   맞아요, 아버지.

할아버지 말하는 투가 내가 농담이라도 하는 줄 아는 모양 이구나.

브릭   (일어서며) 아니요, 농담 아니신 거 알아요.

할아버지 상관없다는 거냐……?

브릭   (베란다 문으로 절뚝거리며 가면서) 네, 상관없어요…….

(베란다 문가에 서 있는데, 연이어 터지는 불빛으로 밤하늘이 분홍색, 초록색, 금색으로 변한다.)

할아버지 **기다려!** 브릭······.

(목소리가 낮아진다. 갑자기 제지하는 그의 몸짓에서 수줍어하는, 그리고 거의 다정스러운 태도가 드러난다.)

우리 대화······ 이렇게 그만두지는 말자. 우리가 전에 그랬듯이, 우리가 항상 그랬던 것처럼 말을 빙빙 돌리고. 무슨 빌어먹을 이유에선지 모르겠지만 말을 빙빙 돌리며, 말을 하다가 말았지. 우리 둘 다 솔직하지 못해서 뭔가를 회피했던 거지······.

브릭 저는 아버지께 거짓말한 적 없어요.

할아버지 나는 네게 그런 적 있니?

브릭 아니요······.

할아버지 그러면 적어도 서로 속이지 않은 사람이 둘은 있는 거구나.

브릭 하지만 우리는 서로 대화를 한 적이 없잖아요.

할아버지 지금 할 수 있어.

브릭 아버지, 할 얘기가 별로 없는 것 같아요.

할아버지 너는 거짓에 대한 역겨움을 죽여 없애기 위해 술을 마신다고 했지.

브릭 이유를 말하라고 하셨잖아요.

할아버지 역겨움을 없앨 수 있는 게 술밖에 없는 거니?

브릭   지금은. 그래요.

할아버지   전에는 안 그랬단 말이구나, 응?

브릭   젊고 신뢰가 있을 때는 안 그랬지요. 술꾼은 자기가
         더 이상 젊지도 않고 믿지도 않는다는 걸 잊어버리고
         싶은 사람이에요.

할아버지   뭘 믿는다는 거니?

브릭   믿는다는 건…….

할아버지   뭘 믿는다는 거냐고?

브릭   (완강하게 회피하려고 하면서) 믿는다는 건…….

할아버지   믿는다는 말을 도대체 이해하지 못하겠다. 네 자
         신도 무슨 소린지 아는 것 같지 않구나. 하지만 아
         직도 네게 스포츠에 대한 열정이 남아 있다면 스
         포츠 중계로 돌아가라. 그리고…….

브릭   유리 상자 안에 앉아서 내가 참가도 못 하는 경기를
         바라만 보라고요? 다른 선수들이 하는 동안 나는
         하지도 못하면서 설명만 하고 있으라고요? 나는 어
         울리지도 못하는 시합에서 선수들이 느끼는 반감과
         혼란을 나더러 참아 내란 말씀이죠? 버번 위스키를
         절반쯤 탄 콜라를 마시면서 그걸 견뎌 내란 말이죠?
         아무 짝에도 소용없어요, 도움이 안 돼요……. 시간
         이 저를 앞서가 버렸어요, 아버지……. 먼저 가 버렸
         다고요…….

할아버지   난 네가 책임을 떠넘기는 것 같구나.

브릭   술꾼들을 많이 아세요?

할아버지   (가볍게 매력적인 미소를 지으며) 그런 종자들 꽤 많이

126

알지.

브릭   누구든지 자기가 왜 술을 마시는지 얘기하던가요?

할아버지 그래, 넌 시간이니 '허위'에 대한 역겨움이니 하는
      것들에다 책임을 돌리는데…… 개똥 같은…… 그
      런 식으로 말을 한다면 그건 90퍼센트 헛소리고, 난
      결코 믿을 수 없다.

브릭   한잔 얻어먹기 위해서 이유를 대야만 했어요!

할아버지 넌 네 친구 스키퍼가 죽자 술을 마시기 시작했어.

(오 초간 침묵이 흐른다. 브릭은 놀란 몸짓을 하며 목발을 향해 손을
뻗는다.)

브릭   무슨 뜻으로 말씀하시는 거죠?

할아버지 별다른 뜻은 없다.

(자기 아버지의 흔들림 없는 진지한 관심으로부터 벗어나기 위해서
브릭은 빠른 속도로 절뚝거리면서 발을 질질 끌고, 딸가닥거리는
소리를 낸다.)

      ……하지만 구퍼와 메이는 너희들한테 분명히 바람
      직하지 않은 뭔가가 있다고 하던데…….

브릭   (마치 벽까지 밀려난 듯 무대 앞쪽에서 갑자기 멈춰 서며)
      "바람직하지 않은"이라고요?

할아버지 그래, 그게, 너희들 우정에는 딱히 정상적이라고 할
      수 없는…….

브릭   그 사람들도 그런 말을 해요? 매기가 그러는 줄로만
        알았는데.

(마침내 브릭의 초연함이 무너져 버린다. 심장은 점점 빨리 뛰며,
앞이마에는 구슬땀이 맺힌다. 숨소리는 점점 빨라지고 목소리는
거칠어진다. 아버지는 조심스럽고 고통스럽게 말하는 반면 브릭은
분노에 차서 난폭하게 말하고 있는 그것은, 스키퍼가 인정하지
않기 위해서 목숨까지도 바쳤던, 용납될 수 없는 것에 관한 것이다.
아마도 브릭이 술을 마시면서 죽여 없애고자 하는 혐오의 대상인
'허위'의 중심에는, 그들이 사는 세상에서 '체면을 지키기' 위해서
그것이 실재했더라도 부인해야만 했다는 사실이 자리하고 있는
듯하다. 그것이 브릭을 무너져 내리게 한 근원일지도 모른다. 어쩌면
그것은 그저 가장 중요한 게 아닌, 하나의 징후일지도 모른다. 이
작품이라는 그물에서 내가 포착하려고 하는 것은 한 인간의 심리적
문제에 대한 해결 방안이 아니다. 나는 일단의 사람들의 경험, 다시
말해 공동의 위기라는 암운 속에서 살아가는 인간들 간의 흐릿하고,
켜졌다 꺼졌다 하며, 오래 지속되지 못하지만 격렬한 에너지를 지닌
상호 작용의 진정한 속성을 파악하려는 것이다. 작중 인물의 성격을
드러냄에 있어서 신비스러운 뭔가는 남겨 두어야 한다. 실제 삶에
수많은 신비가 늘 남아 있듯이, 자기 자신의 성격조차도 그러하듯이
말이다. 이것이 극작가로 하여금 자기가 정당하게 할 수 있는 한에서,
명쾌하고 깊이 있게 관찰하고 탐구해야 하는 의무를 면해 주는
것은 아니다. 하지만 '딱 들어맞는' 결론이나 평이한 정의로 인해
인간 경험의 진실을 담아내는 덫이 되지 못하고 그저 연극에 불과한
연극을 만드는 것으로부터는 벗어나게 해야 한다.)

(다음 장면은 말로 다 하지 못한 것에 대해 억제된 힘이 명백히 느껴지도록 고도의 집중력을 가지고 연기해야 한다.)

또 누가 그런 암시를 했지요, 아버지이신가요? 다른 얼마나 많은 사람들이 스키퍼와 내가…….

할아버지 (부드럽게) 자, 기다려, 잠깐 기다려 봐라, 얘야……. 나는 한창때 떠돌이 생활을 했지.

브릭 그게 무슨 상관이에요…….

할아버지 "기다려"보라고 했지……. 나는 떠돌이 생활을 하면서 이 나라를 돌아다녔어. 나는…….

브릭 누구예요, 또 누가 그런 암시를 했냐고요?

할아버지 부랑자 야영지나 기차 승무원용 싸구려 숙소, 도시마다 있는 남자 전용 숙박소 같은 데서 잠을 잤는데…….

브릭 아, 아버지도 그렇게 생각하시는군요. 나를 아들이라고 부르면서 호모라 생각하시는 거죠. 아! 아마도 그래서 매기랑 저를 잭 스트로와 피터 오첼로가 쓰던 이 방, 그들이 늙은 자매처럼 죽을 때까지 한 침대에서 자던 이 방에 집어넣으셨나 보군요!

할아버지 이제 공격은 그만해라…….

(갑자기 투커 목사가 복도 문 앞에 나타난다. 그는 장난스럽게 머리를 얼빠진 듯 위로 약간 치켜들고는 목사들 특유의 숙련된 미소를 짓고 있다. 그 미소는 사냥꾼이 새를 불러내기 위해 우레를 불 때만큼의 진실성을 지니고 있으니, 그는 경건한 상투적 거짓의 살아

있는 화신이라고 할 수 있다.)

(완벽하게 시간을 맞춘, 어울리지 않는 출현에 할아버지는 놀라서 숨을 헐떡인다.)

      ……뭘 찾으시오, 목사?

투커 목사 남자 화장실요, 하하! ……헤, 헤…….

할아버지 (억지로 예의를 갖추며) 밖으로 나가서 복도 반대편 끝으로 가서 내 방에 붙은 화장실을 쓰시오, 투커 목사. 못 찾겠거든 어디 있는지 물어보시오!

투커 목사 아, 고맙습니다.

(미안하다는 듯이 킬킬 웃으며 나간다.)

할아버지 여기서는 얘기하기도 힘들구나…….

브릭 저 자식……!

할아버지 (많은 것을 말하지 않고 남겨 두며) ……1910년까지 나는 별별 꼴을 다 보고 많은 걸 이해하게 되었지. 제기랄, 그해…… 나는 신발이 닳도록 다니다가 다리까지 다쳤지……. 너절한 화물차를 타고 800미터쯤 가다가 뛰어내려서는 조면기 옆에 있는 목화 수레에서 잠을 잤어……. 잭 스트로와 피터 오첼로가 나를 받아 주더군. 지금의 농장으로 성장하게 된 이곳을 관리하라고 고용한 거야. 잭 스트로가 죽었을 때…… 그래, 늙은 피터 오첼로는 주인이 죽은 개처럼 곡기를 끊더니 자기도 죽더라고!

브릭   젠장!

할아버지 그런 일도 이해한다고 말하는 거야…….

브릭   (난폭하게) 스키퍼는 죽었어요. 하지만 난 단식은 안
         했어요!

할아버지 그렇지만 술을 마시기 시작했잖니.

(브릭은 목발을 휙 돌리더니 술잔을 방 너머로 던지면서 소리를
질러 댄다.)

브릭   **아버지도 그렇게 생각하는 거죠?**

(베란다에서 달려오는 발소리가 난다. 여자들이 부르는 소리가
들려온다.)

(할아버지가 문 쪽으로 간다.)

(브릭은 마치 고요한 산이 갑자기 화산 폭발이라도 일으킨 것처럼
변모한다.)

브릭   아버지도 그렇게 생각하세요? 그렇게 생각하는 거
         죠? 나랑 스키퍼가 같이…… 동성애를! ……했다고,
         했다고, 생각하는 거죠?

할아버지 진정해……!

브릭   아버지가 그렇게…….

할아버지 ……잠시……만!

브릭   아버지는 우리가, 저랑 스키퍼가 더러운 짓을 했다고
       생각하시죠…….

할아버지 왜 그렇게 소리를 질러 대는 거냐? 너는 왜…….

브릭   ……나랑 스키퍼가 그렇다고 생각하시는 거죠, 그렇
       게…….

할아버지 ……너무 흥분하는구나? 난 아무 생각도 없고, 아
       무것도 몰라. 나는 그저 네게 말하는 것뿐이야…….

브릭   아버지는 스키퍼랑 내가 한 쌍의 추잡한 노인네랑
       같다고 보시는 거죠?

할아버지 자, 그건…….

브릭   스트로? 오첼로? 한 쌍의…….

할아버지 자, 그냥…….

브릭   ……빌어먹을 동성애자라고요? 변태라고요? 아버지
       도 그렇게…….

할아버지 쉬.

브릭   ……생각하시는 거죠?

(몸의 균형을 잃고는 아픈 것도 모르고 무릎을 꿇은 채 앞으로 쓰러
진다. 침대를 붙들고 몸을 일으킨다.)

할아버지 맙소사! ……아휴…… 내 손을 잡아!

브릭   아니요, 아버지 손은 원치 않아요…….

할아버지 어쨌든, 내가 네 손을 원해. 일어나!

(아들을 일으켜 세운 다음 염려와 애정을 가지고 팔로 몸을 감싸
준다.)

　　　　　땀이 가득하구나! 달리기 경주라도 한 것처럼 헐떡이
　　　　　는군…….
브릭　　　(아버지의 손아귀에서 몸을 빼며) 아버지, 충격이에요,
　　　　　아버지, 아버지가, 아버지가…… 내게 충격을 주었다
　　　　　고요! 그렇게 말을…….

(아버지로부터 몸을 돌린다.)

　　　　　……아무렇지도 않게 하다니! ……그런 일에 대해 서
　　　　　말이에요…….

　　　　　……사람들이 그런 일에 대해서 어떻게 느끼는지
　　　　　모르세요? 그런 일에 대해서 얼마나 역겨워하는지를.
　　　　　이런, 대학 시절 스키퍼랑 내가 있던 동호회 회원
　　　　　하나가 그런 이상한 짓을 하려고 하는 게 발각되었을
　　　　　때……
　　　　　우리는 그 자식을 바로 내쫓았을 뿐 아니라! ……학
　　　　　교를 떠나라고 했더니, 떠났어요, 떠나 버렸다고요!
　　　　　……저 멀리…….

(숨을 가삐 쉬며 말을 멈춘다.)

할아버지 ……어디로?

브릭 ……마지막으로 들은 게 북아프리카에 있다는 거였
어요!

할아버지 그래, 난 거기보다 더 먼 데서 돌아왔다. 나는 달의
반대편, 죽음의 나라에서 방금 돌아왔단 말이야,
아들아. 나는 여기서 벌어지는 어떤 것에도 쉽게
충격을 받지 않아.

(무대 아래쪽으로 내려와서는 객석을 향해 선다.)

어찌됐든, 나는 항상, 너무나 넓은 공간 속에서
살아왔기 때문에 다른 사람의 의견에 영향을 받지는
않았어. 넓은 장소에서 기를 수 있는 것 중 목화보다
중요한 것 하나는…… 바로 관용이라는 거야! ……난
그걸 키워 냈지.

(브릭 쪽으로 돌아온다.)

브릭 왜 두 남자 사이의 특별한 우정, 진실하고, 참되고,
깊고 깊은 우정이! 깨끗하고 존중할 만한 것으로 대
접받지 못하는 거죠…….

할아버지 그럴 수 있다니까, 그렇고말고.

브릭 ……동성애자들로 취급되지 않고요…….

(이 말을 내뱉는 것으로 보아, 우리는 일찍이 브릭에게 승리의 월계

관을 씌워 주었던 세상으로부터 그가 받아들인 전통적인 사회 관습이 얼마나 넓고 깊은지를 가늠할 수 있다.)

할아버지 내가 메이와 구퍼에게 말했는데…….

브릭 메이와 구퍼는 꺼지라고 해요, 모든 더러운 거짓말과 거짓말쟁이들은 꺼지라고요! ……스키퍼와 나 사이에는 깨끗한 진실뿐이었어요! ……거의 평생 동안 깨끗한 우정을 나눴을 뿐이에요. 아버지가 지금 말씀하신 그런 생각을 매기가 갖기 전까지 말이에요. 정상적이었냐고요? 아니요! ……정상이 되기에는 너무 드문 거였어요. 두 사람 사이의 진실한 관계란 건 너무 드물어서 정상이라고 할 수가 없어요. 아, 어쩌다가 걔가 내 어깨에 손을 얹거나 내가 걔 어깨에 손을 얹었지요. 아, 어쩌면 우리가 프로 풋볼 순회 경기를 위해서 전국을 돌아다니며 호텔 방을 같이 쓸 때, 우리는 침대 사이로 손을 뻗어서 잘 자라는 악수를 하기도 했어요. 그래요, 한두 번 정도 우리는…….

할아버지 브릭, 어느 누구도 그런 게 비정상이라고 생각하지는 않는다!

브릭 그럼, 그건 그 사람들이 잘못 안 거예요, 정상이 아니었어요! 정상적이라 할 수 없는 순수하고 진실한 것이었다고요.

메이 (무대 밖에서) 아버님, 불꽃놀이 시작합니다.

(둘 다 서로를 오랫동안 노려본다. 긴장감이 풀어지면서 둘 다 피곤한 듯 몸을 돌린다.)

할아버지 그래, 대화를 한다는 것은…… 어려운 일이구나…….
브릭   좋아요, 그러니, 이제 그만둬요…….
할아버지 왜 스키퍼가 망가져 버렸지? 너는 왜 그렇게 되었고?

(브릭은 자기 아버지를 다시 바라본다. 그는 자신도 모르는 사이에, 아버지가 암으로 죽게 될 것이라는 사실을 알리기로 결정을 한 상태이다. 그렇게 해야만 둘이 비길 수 있는 것이다. 인정할 수 없는 것들을 서로 주고받음으로써 말이다.)

브릭   (불길하게) 좋아요. 아버지가 자초하신 거예요. 아버지, 우리도 마침내 아버지가 원하신 진짜 진정한 대화를 나눌 수 있게 되었네요. 그만두기에는 이제 너무 늦었어요. 우리는 끝까지 가야 하고 모든 주제를 다루어야 해요.

(절뚝거리며 술 장을 향해 간다.)

    흠흠.

(얼음 통을 열어서 은제 집게가 차갑게 빛나는 모습에 찬탄하면서 천천히 집어 든다.)

매기의 주장은 스키퍼와 내가 성장하는 것이 두려워서 대학을 떠난 후 프로 풋볼 팀에 들어갔다는 거예요…….

(목발을 짚은 탓에 발을 질질 끌고 딸가닥 소리를 내며 무대 앞쪽으로 이동한다. 마거리트가 '낭송 조'로 대사를 할 때 그랬듯이 브릭은 객석을 향해 직접적이고 집중된 시선을 던짐으로써 주의를 끌어모은다. 망가져 버린 '비극적으로 우아한' 인물이 그저 자신이 아는 만큼의 '진실'에 대해서 이야기하고 있는 것이다.)

계속해서…… 멀리 멀리! ……높게 높게! 세월이 아니면 어떤 것도 방해할 수 없는 패스를 던지고 싶었어요. 전진 패스 공격으로 우리는 유명해졌어요! 그렇게 우리는 했고, 또 했어요. 한 시즌 동안 우리는 전진 패스 공격을 계속해 나갔어요. 잘해 나갔죠! ……네, 하지만…….

……그해 여름, 매기가 제게 통첩을 했어요, 지금 안 하면 끝이라고 한 거죠. 그래서 매기랑 결혼한 거예요…….

할아버지 매기는 잠자리에서 어땠니?

브릭 (빈정거리는 투로) 굉장했죠! 최고였어요!

(할아버지도 그럴 줄 알았다는 듯이 고개를 끄덕인다.)

그 여자는 그해 가을 딕시 스타스 팀의 순회 경기를 같이 다녔어요. 아, 그 여자는 세상 최고의 재밌거리를 제공하는 대단한 쇼를 해 댔지요. 높다란 곰 가죽 모자를…… 쓰고! 샤코라 부르는 거요. 염색한 두더지 털, 빨갛게 염색한 두더지 털로 만든 코트를 입고는 미친 듯이 날뛰었어요! ……승리를 축하하겠다고 호텔 연회장을 세내 놓고는, 졌는데도 …… 취소도 안 하더군요…….

매기 그 고양이가 말이에요! 하하!

(할아버지가 고개를 끄덕인다.)

……그런데 스키퍼의 열이 다시 올랐어요. 의사는 설명도 못 하더군요. 나는 부상을 당했고요, 알고 보니 엑스레이에 그림자가 진 거였고 활액낭염 기미가 있을 뿐이었지만…….

병원 침대에 누워서 TV로 경기를 보고 있었는데 매기가 벤치에서 스키퍼 옆에 앉아 있는 게 보이더군요. 스키퍼가 비틀거리다가 공을 놓쳐 경기에서 쫓겨 나왔던 거죠! ……그 여자가 스키퍼 팔에 매달린 꼴을 보고 나는 열을 받았지요! ……매기는 언제나 일종의 소외감을 느꼈던 것 같아요. 나와의 관계가 그저…… 울타리를 사이에 두고 고양이가 교미하듯 잠자리를 같이하는 것 이상으로 가깝지는 못했거든요…….

그래서! 이 여자는 이 기회를 이용해서 불쌍한 멍청이 스키퍼에게 작업을 건 거죠. 스키퍼는 대학 때 평균 이하의 학생이었던 것 아버지 아시죠, 그렇죠? ……그의 마음속에 우리가, 그 친구와 내가, 이 방에서 살았던 잭 스트로와 피터 오첼로라는 한 쌍의 자매 같던 노인네들과 비슷한 경우인데 이루어지지 못했을 뿐이라는 생각을 불어넣었어요! ……걔, 불쌍한 스키퍼는 그게 사실이 아니란 걸 증명하기 위해서 매기와 잠자리에 들었는데, 잘 안 되니까 그 말이 옳다고 생각한 거죠! ……스키퍼는 썩은 막대기처럼 둘로 쪼개져 버렸어요. 그렇게 빨리 술주정뱅이로 변하고, 또 그로 인해 그렇게 빨리 죽은 사람은 없었어요…….

……이제 만족하시나요?

(할아버지는 이야기의 알곡과 겨를 구별해 가면서 듣고 있었다. 이제 아들을 바라본다.)

할아버지 너는 만족하니?
브릭   뭘요?
할아버지 그 반편이 같은 얘기 말이야!
브릭   뭐가 반편이 같다는 거예요?
할아버지 뭔가 빠졌잖아. 뭘 빠뜨린 거니?

(복도에서 전화벨이 울리고 있다.)

구퍼   (무대 밖에서) 여보세요.

(마치 무슨 생각이라도 난 듯이 브릭은 갑자기 소리 나는 쪽을 흘낏 바라보더니 말한다.)

브릭   그래요! ……스키퍼가 장거리 전화 건 거 빼먹었어
       요……

구퍼   접니다, 말씀하세요.

브릭   ……술이 취한 채 내게 고백을 했고 나는 끊어 버렸
       죠!

구퍼   아니요.

브릭   ……살아생전 마지막으로 이야기한 거예요…….

구퍼   아닙니다.

할아버지 끊기 전에 무슨 말이든지 했겠지.

브릭   무슨 말을 할 수 있겠어요?

할아버지 뭐든지. 어떤 거든지.

브릭   아무 말도요.

할아버지 그냥 끊었다고?

브릭   그냥 끊었어요.

할아버지 흠흠. 어찌됐든 이제! ……네가 혐오했던, 그리고 그
       혐오감을 없애려고 술을 마셔야 했던 거짓말에 대해
       추적해 냈다, 브릭. 너는 책임을 전가하고 있어. 이
       허위에 대한 혐오라는 건 바로 네 자신에 대한 혐오

인 거야.

네가! ⋯⋯친구의 무덤을 팠고 친구를 차 넣어 버린
거야! ⋯⋯그 애와 함께 진실을 대면하기보다는 말
이다!

브릭　그 애의 진실이지 나는 아니에요!

할아버지　그 애의 진실, 좋아! 하지만 너는 그 애와 함께 그걸
마주하려 하지 않았다고!

브릭　누가 진실과 마주할 수 있죠? 아버지는 할 수 있어요?

할아버지　자, 또다시 지저분한 책임 전가를 시작하지는 말아
라, 이 자식아!

브릭　그럼 생일 축하한다는 말, 오래오래 행복하게 사시
라고 하는 말들은 어때요? 살날이 얼마 안 남았다
는 걸 아버지 빼놓고 다 아는데 말이죠.

(복도의 전화를 받은 구퍼가 높고 날카로운 소리로 웃어 댄다. 목
소리가 분명해지면서 "아니, 아니, 당신이 완전히 잘못 알았어! 반
대라고! 당신 미쳤어?"라는 말이 들린다.)

(브릭은 자신이 충격적인 폭로를 했다는 것을 깨닫고는 숨을 멈칫
한다. 몇 발짝을 절룩거리면서 가더니 몸이 굳어져서는 충격을 받은
아버지의 얼굴을 쳐다보지도 않고 말한다.)

이제, 여기서⋯⋯ 나가죠, 그리고⋯⋯ 불꽃놀이나 구
경해요. 어서요, 아버지.

(할아버지는 갑자기 앞으로 나오더니 아들의 목발이 마치 싸워서 쟁취해야 할 무기인 양 움켜쥔다.)

할아버지 아, 안 돼, 안 돼! 아무도 나가서는 안 돼! 너 무슨 말을 하려고 했지?

브릭 기억 안 나요.

할아버지 "살날이 얼마 안 남았다는 걸" 알면서 "오래오래 행복하게 사시라고" 한다고?

브릭 아, 빌어먹을, 아버지, 잊어버리세요. 베란다에 나와서 아버지 생일 축하를 위해서 쏘아 대는 불꽃놀이나 구경하세요…….

할아버지 하다 만 말이나 먼저 마치도록 해라. "살날이 얼마 안 남았다는 걸" 알면서 "오래오래 행복하게 사시라고" 한다고? ……방금 네가 한 말이 그거 아니냐?

브릭 자, 보세요. 꼭 그래야 하면 전 목발 없이도 돌아다닐 수 있어요. 하지만 타잔처럼 매달려서 다니지 않는 게 가구나 유리 제품에는 훨씬 나을 텐데요…….

할아버지 **하던 말이나 끝마쳐!**

(할아버지 뒤편 하늘로 섬뜩한 초록 불빛이 보인다.)

브릭 (술잔 속 얼음을 빠느라 불분명한 소리로) 구퍼와 메이, 그리고 다섯 마리 똑 닮은 꼬마 원숭이들에게 여길 넘기세요. 제가 원하는 것은…….

할아버지 **"여길 넘기"**라고 했니?

브릭   (막연하게) 나일 계곡 이쪽에서 가장 비옥한 땅 2만
         8000에이커 전부요.

할아버지 구퍼든 누구한테든 이곳을 넘겨준다고 누가 그래?
         오늘이 내 예순다섯 번째 생일이야! 아직도 십오 년
         에서 이십 년은 남았다고! 내가 너보다 더 오래 살
         거다! 내가 너를 묻어 주고 관 값을 내 줘야 될 거야!

브릭   물론이죠. 오래 오래 행복하게 사셔야죠. 이제 나가
         서 불꽃놀이나 보자고요, 자, 가요…….

할아버지 거짓말한 거냐, 거짓말해 온 거였어? 병원에서 온
         결과 말이야. 걔들이…… 뭘 알아낸 거냐? ……암인
         가, 혹시?

브릭   허위란 우리가 살아가야 하는 틀 그 자체예요. 벗어
         나는 방법의 하나는 술이고 죽음이 또 다른 하나
         죠…….

(느슨하게 쥐고 있는 목발을 할아버지가 잡아채서는 문을 열어젖히고
베란다로 휙 나가 버린다.)

(「목화 한 포대 따세」라는 노래가 들린다.)

메이   (문가에 나타나서는) 아, 아버님, 일꾼들이 아버님을
         위해서 노래 부르고 있어요.

브릭   죄송해요, 아버지. 더 이상 머리가 돌지를 않아요.
         그래서 누가 살든지 죽든지 혹은 죽어 가든지 어쨌
         든지 간에 누군가가 관심을 갖는다는 게 이해가 안

돼요. 술병에 술이 있나 없나 하는 거라면 모를까. 그래서 제가 생각 없이 말했던 거예요. 어떤 면에선 난 다른 사람보다 나을 게 없어요. 어떤 면에서는 더 못하죠. 생명력이 떨어지니까요. 아마도 그 사람들이 거짓말을 하는 것도 살아 있기 때문이겠지요. 거의 살아 있지 않다보니 어쩌다가 진실해졌네요……. 잘 모르겠어요. 하지만…… 어찌됐든…… 우리는 친구였던 거군요…….

……그리고 친구가 된다는 건 서로에게 진실을 말해주는 거잖아요…….

(침묵이 흐른다.)

아버지가 제게 말씀하셨어요! 제가 아버지께 말한 거고요.

할아버지 (천천히 격렬하게) 모두 다…… 망할…….

구퍼   (무대 밖에서) 걔를 가게 놔둬!

(무대 밖 오른쪽에서 불꽃놀이.)

할아버지 모두 다…… 개 같은 거짓말쟁이 연놈들!

(마침내 몸을 똑바로 펴더니 안쪽 문으로 건너간다. 그 문에서 몸을 돌려서 차마 말 못 할 절박한 질문이 있다는 듯이 뒤를 돌아본다.

그러더니 생각에 잠긴 듯이 고개를 끄덕이다 거친 목소리로 말한다.)

그래, 모두 거짓말쟁이들이야, 모두 거짓말쟁이들, 모두 거짓말이나 일삼는, 망해 가는 거짓말쟁이들이라고!

(이 대사는 천천히, 천천히 격렬한 증오심을 드러내면서 말해진다. 계속 걸어 나간다.)

……거짓말이나 하는! 망할 놈의! 거짓말쟁이들!

(브릭은 조명이 어두워지고 커튼이 내려가는데 꼼짝도 하지 않고 가만히 있다.)

(막)

3막

시간의 경과가 없다. 아버지가 2막 끝에서처럼 나가는 모습이 보인다.

할아버지 모두 다…… 망할 놈의! ……거짓말쟁이들! 거짓말쟁이들! ……거짓말쟁이들!

(마거리트가 들어온다.)

마거리트 브릭, 도대체 이 방에서 무슨 일이 벌어지고 있는 거야?

(딕시와 트릭시가 문으로 들어와서 마구 소리를 지르며 마거리트 주위를 빙빙 돈다. 메이가 아래쪽 베란다 창문으로 들어온다.)

메이   딕시, 트릭시, 그만들 둬!

(구퍼가 문으로 들어온다.)

       구퍼, 제발 애들 좀 가서 자게 해 줄래요, 당장!
구퍼   메이, 어머니 봤어?
메이   아직 못 봤어요.

(구퍼와 애들은 문을 통해서 퇴장한다. 투커 목사가 창문을 통해서
들어온다.)

투커 목사 애들이 활기가 넘치네요. 저는 마을로 돌아가야 할
       것 같습니다.
메이   아직은 안 돼요, 목사님. 우리가 목사님을 가족 일원
       으로 생각하는 것 아시잖아요. 가장 가깝고 가장
       사랑하는 가족의 하나로요. 그러니 바우 선생님이
       병원에서 온 진단서를 사실 그대로 어머님께 알려
       드릴 때 우리랑 같이 계셔야만 해요.
마거리트 당신 어디로 가는 거야?
브릭   바람 쐬려고.
마거리트 왜 아버지가 "거짓말쟁이들!"하고 소리를 지르셨어?
메이   아버님은 잠자리에 드셨어요, 브릭?
구퍼   (들어오면서) 어머니는 어디 계시지?
투커 목사 제가 찾아볼게요.

(베란다 쪽으로 나간다.)

메이   당신이 찾아보지 그래요, 구퍼?

구퍼   어머니는 이런 얘기를 회피하고 있어.

메이   뭔가 낌새를 채신 것 같아요.

마거리트 (베란다로 나가서 브릭에게 다가가) 브릭, 저들이 어머님께 아버님에 대한 사실을 털어놓을 거고 어머님은 당신이 필요할 거야.

닥터 바우 고통스러운 일이 될 겁니다.

메이   고통스러운 일들을 언제나 회피할 수는 없지요.

투커 목사 할머니를 찾았어요.

구퍼   저기, 어머니, 이리로 오세요.

메이   쉿, 구퍼, 소리 지르지 말아요.

할머니   (들어오면서) 폭죽 탄 냄새가 너무 심해서 속이 다 아프구나……. 아버지는 어디 계시지?

메이   저도 그게 알고 싶어요, 아버님이 어디로 가셨나?

할머니   잠자리에 드셨을 거야, 주무시러 간 것 같아…….

구퍼   자, 그럼, 이제 얘기해도 되겠네요.

할머니   얘기라니 뭔데, 무슨 얘기?

(마거리트가 닥터 바우에게 말을 건네면서 베란다에 나타난다.)

마거리트 (음악처럼 듣기 좋게) 저희 친정에선 노예 해방 십 년 전에 노예를 풀어 주었고, 저희 고조할아버지는 남북 전쟁이 발발하기 오 년 전에 노예들을 해방시키셨죠!

메이   오, 하느님 맙소사! 매기가 자기 가족 족보를 거슬러
          올라가고 있네!
마거리트   (상냥하게) 뭐라고, 메이?

(말하는 속도가 매우 빨라야 한다. 두드러진 남부의 생동감으로.)

할머니   (모두에게) 영감은 그냥 지치신 것 같아요. 그이는
          가족을 사랑하고, 곁에 두는 걸 좋아하지만, 그게
          신경에 부담이 되거든요. 오늘 저녁은 제정신이 아
          니었어요, 영감이 제정신이 아니었다고요. 분명히
          온통 흥분 상태였어요.
투커 목사 대단하신 분이지요.
할머니   그럼요! 대단하고말고요. 식탁에서 잠수시는 것 다
          들 봤어요? 저녁밥 드시는 것 다들 봤지요? 참 내,
          말처럼 드시더라니까!
구퍼   후회나 안 하셨으면 좋겠네요.
할머니   뭐? 아니, 그 양반, 엄청나게 커다란 옥수수 빵 한
          조각에다 당밀을 발라서 잡수셨다고! 베이컨 스튜는
          두 번이나 갖다 드셨어.
마거리트   아버님은 베이컨 스튜를 무척 좋아하세요……. 우리
          저녁 식사는 정말 향토적이었어요.
할머니   (마거리트의 말과 동시에) 그래, 그걸 얼마나 좋아하시
          는지! 설탕에 졸인 고구마는 또 어떻고? 아버지는
          들판에서 일하는 일꾼의 배를 채울 만큼의 음식을
          식탁에서 드셨어.

구퍼　(불길하게 좋아하면서) 나중에 그 대가를 치르지 않았으면 좋으련만…….

할머니　(사납게) 그게 무슨 말이냐, 구퍼?

메이　구퍼 말은 아버님이 오늘 저녁 아프지 않으셨으면 하고 바란다는 거예요.

할머니　이런 제기랄, 구퍼 말이 뭐 그래, 구퍼 말이 뭐 그러냐고! 아버지가 정상 식욕을 채우셨는데 왜 아파야 한다는 거지? 아버지는 신경과민 말고는 아무 문제도 없어. 아주 건강하시다니까! 이제 아버지도 그걸 알았고, 그래서 그렇게 저녁을 잘 드신 거야. 돌아가실 줄로 알았다가 그게 아니란 걸 알고서는 마음의 큰 짐을 덜게 된 거지…….

마거리트　(슬프고도 달콤하게) 아버님의 선한 영혼에 축복이 있기를…….

할머니　(멍하게) 그럼, 축복받으셔야지, 브릭은 어디 있지?

메이　밖에요.

구퍼　……술 마시고 있어요…….

할머니　술 마시고 있는 것 나도 알고 있다. 브릭이 술 마시고 있다고 내게 계속 알려줄 필요는 없어. 술 마시고 있다고 너희가 계속해서 말 안 해도, 그 애가 마시는 것 내 눈으로 보고 있잖니?

마거리트　잘하셨어요, 어머님!

(박수를 친다.)

할머니   다른 사람들도 마시고 마셔 왔고 앞으로도 마실 거 잖아. 사람들이 술을 만들어 병에 담는 한 말이지.

마거리트   사실이에요. 전 술 안 마시는 사람은 절대 신뢰 못 하겠더라고요.

할머니   브릭? 브릭?

마거리트   아직도 베란다에 있어요. 제가 가서 데려올게요. 같 이 얘기하자고요.

할머니   (걱정스럽게) 이 수상한 가족회의라는 게 뭘 하자는 건지 모르겠구나.

(어색한 침묵. 할머니는 이 사람 저 사람 얼굴을 보더니 가볍게 트림 을 하고서는 "실례했어요……"라고 중얼거린다. 할머니는 목 근처에 검은색 레이스가 달린 드레스에 어울리는 검정색 레이스로 만든 장식용 부채를 펼쳐서 시들기 시작한 코르사주에 대고 부채질을 한다. 어색한 침묵이 흐르는 가운데 할머니는 코를 초조하게 킁 킁거리더니 이 사람 저 사람 얼굴을 살핀다. 그때 마거리트가 "브릭." 하며 부른다. 브릭은 베란다에서 달을 향해 노래를 부르는 중이다.)

마거리트   브릭, 저 사람들이 어머님께 사실을 말할 거고, 어 머님은 당신이 필요할 거야.

할머니   뭐가 문제인지 모르겠구나. 다들 그렇게 울적한 얼굴을 하고 있으니! 복도 쪽 문을 열어서 여기 공기가 좀 통하게 해 주겠니, 구퍼?

메이   어머님, 얘기가 끝날 때까지는 문을 닫아 두는 게 좋겠어요.

마거리트   브릭!

할머니   투커 목사님, 그 문 좀 열어 주시겠어요?

투커 목사   물론이죠, 사모님.

메이   우리가 의논하는 얘기를 아버님이 혹시라도 들으시면 안 된다고 생각했거든요.

할머니   맹세코! 아버지 자신의 집에서 본인이 원하는데도 못 듣는 얘기 같은 건 해서는 안 된다!

구퍼   자, 어머니, 그건…….

(메이가 구퍼의 입을 다물게 하려고 그를 재빨리 세게 쿡 찌른다. 구퍼는 메이를 사납게 노려보는데, 메이는 발레리나를 희화화하듯 앞에서 빙빙 돌며, 말라서 앙상한 팔을 머리 위로 올려 팔찌를 쨍그랑거리며 소리를 지른다.)

메이   바람이네! 바람이 불어!

투커 목사   이 집이 델타에서 제일 시원한 것 같아요. 헬시 뱅크스 씨의 미망인이 고인을 기리기 위해서 프라이어스 포인트의 교회와 목사관에 에어컨을 설치해 준 거 다들 알고 계셨나요?

(전체적으로 대화가 다시 재개된다. 모두가 이야기를 하고 있어서 무대가 마치 커다란 새장 같다.)

구퍼   누구도 목사님 교회를 시원하게 만들어 주지 않는다니 참 안타깝네요. 요즘같이 더운 일요일에는 설교단에서 땀이 많이 나시겠어요, 투커 목사님.

투커 　네, 예복이 흠뻑 젖는답니다. 지난 일요일에는 제복의 금색이 자주색으로 바래 버렸지요.

구퍼 　목사님, 지난 일요일에는 지옥에 대해서 설교를 하신 게 틀림없군요!

메이 　(동시에 닥터 바우에게) 비타민 B12 주사가 그렇게 찬사를 받을 만하다고 생각하세요, 바우 선생님?

닥터 바우 글쎄요, 무언가 꼭 맞아야 한다면, 다른 어떤 것 못지않다고 할 수 있죠.

할머니 　(베란다 문에서) 매기, 매기, 브릭이랑 같이 안 오냐?

메이 　(갑자기 큰 소리로, 좌중을 조용하게 만들면서) 이상한 느낌이 들어요. 묘한 느낌이 든다고요!

할머니 　(베란다에서 몸을 돌리며) 무슨 느낌?

메이 　브릭이 아버님께 해서는 안 될 말을 한 것 같아요.

할머니 　아니, 도대체 브릭이 해서는 안 될 무슨 말을 했다는 거냐?

구퍼 　어머니, 뭔가…….

메이 　**저기, 잠깐만!**

(할머니에게 달려가서 크게 포옹을 하며 입을 맞춘다. 할머니는 성급히 밀쳐 낸다.)

닥터 바우 내가 젊었을 때는 술꾼들을 위한 킬리 치료법이란 게 있었어요.

할머니 　저런!

닥터 바우 하지만 지금은 그냥 어떤 정제를 먹는가 보더군요.

구퍼   '애니 버스트' 정제라고 부르죠.

할머니   브릭은 어떤 것도 필요 없어요.

(브릭이 베란다 문에 나타난다. 마거리트는 브릭 뒤에 있다. 할머니는
아들이 뒤에 있는 것도 모른다.)

그 애는 그저 스키퍼가 죽은 것 때문에 낙심한 것뿐
이에요. 불쌍한 스키퍼가 어떻게 죽었는지 다들 아시
죠. 그 애의 집에서 다량의 소듐 아미탈*을 투여하고
나서 구급차를 불렀지요. 그러고는 병원에서 또 그
약을 다량으로 투여했지 뭐예요. 그런데 그 애의
몸 안에 수개월 동안 쌓여 왔던 알코올이 심장에
무리를 준 거예요……. 나는 주사 바늘이 무서워요!
나는 칼보다 바늘이 더 무서워요……. 주사 때문에
세상을 떠난 사람이 더 많은 것 같아요…….

(말을 갑자기 멈추더니 빙그르 돈다.)

아…… 여기 브릭이 있구나! 내 소중한 아가…….

(그녀가 짧고 살찐 팔을 벌린 채 브릭에게 달려들면서 큰 소리로
짧게 흐느끼는 소리를 내는 모습은 우습기도 하고 측은하기도 하

---

* 진정제 혹은 마취제.

다. 브릭은 미소를 짓더니 살짝 머리를 숙이고, 매기가 먼저 방에 들어가게 함으로써 신사 시늉을 낸다. 그러더니 목발에 의지해서 절뚝거리며 곧장 술 장으로 다가간다. 브릭이 말하거나 움직이거나 등장할 때면 언제나 모든 사람이 그를 주목해 왔듯이, 모두가 그를 지켜보는 가운데 완벽한 침묵이 흐른다. 브릭은 얼음 조각을 하나씩 하나씩 술잔에 떨어뜨리다가 갑자기 그러나 서두름 없이 자신의 어깨 너머를 바라보면서 매력적인 쓴웃음을 지으며 말한다.)

브릭   미안해요! 누구 마실 분 또 있어요?
할머니   (슬프게) 없다, 얘야. 너도 마시지 않았으면 좋겠구나!
브릭   저도 마실 필요가 없으면 좋겠어요, 어머니. 하지만 아직 머릿속에서 찰칵 소리가 나길 기다리고 있어요. 그래야 모든 게 다 평온해지거든요!
할머니   아, 브릭, 네가…… **내 가슴을 미어지게 하는구나!**
마거리트 (동시에) 브릭, 어머님 곁에 가서 앉아!
할머니   난 정말 견디일 수우가 없어……

(흐느낀다.)

메이   이제 다 모였으니…….
구퍼   얘기를 할 수 있겠군요…….
할머니   가슴을 미어지게 해…….
마거리트 어머님 곁에 앉아, 브릭, 그리고 손을 잡아 드려.

(할머니는 큰 소리로 세 번 코를 홀쩍이는데, 마치 조용한 가운데

북소리가 세 번 나는 것 같다.)

브릭   당신이 해, 매기. 나는 안절부절못하는 절름발이라
         목발을 짚고 있어야 해.

(브릭은 절뚝거리며 베란다 문으로 가서 마치 무언가를 기다리는
듯이 기대서 있다.)

(메이는 할머니 옆에 앉고, 구퍼는 앞으로 나가더니 할머니를 마주
하고 소파 맨 끝에 앉는다. 투커 목사는 두 사람 사이의 공간으로
불안스럽게 이동한다. 다른 한편에서는 닥터 바우가 특별히 무엇을
쳐다보지 않은 채 서 있다가 시가에 불을 붙인다. 마거리트는 몸을
돌린다.)

할머니   왜 모두들 이렇게…… 나를 둘러싸고 있는 거지? 왜
         나를 뚫어지게 쳐다보면서 서로 신호를 주고받는
         거야?

(투커 목사가 놀라서 뒤로 물러선다.)

메이   진정하세요, 어머님.
할머니   너나 진정해라, 어미 너나. 내 얼굴에서 피가 뚝뚝
         쏟아지기라도 하는 것처럼 모두들 나를 쳐다보고
         있는데 어떻게 진정할 수가 있겠어? 이게 다 무엇
         때문이냐, 응! 뭐냐고?

(구퍼가 헛기침을 하더니 한가운데 자리를 잡는다.)

구퍼   자, 바우 선생님.

메이   바우 선생님?

구퍼   어머니는 오늘 오크스너 병원에서 온 진단서에 대해 모든 사실을 알고 싶어 하세요.

메이   (간절하게) ……아버님의 상태에 대해서요!

구퍼   그렇지요, 아버지의 상태에 대해서, 우리는 직시해야만 해요.

닥터 바우 그게 말이죠…….

할머니   (겁에 질려서 일어나며) 있나요? 뭐가? 내가 모르는…… 뭔가가 있나요?

(놀라서 아주 작은 소리로 묻는 이 몇 마디로, 할머니는 할아버지와 살아온 지난 사십오 년의 역사를 회고한다. 브릭과 분명 닮은 점이 있었던 할아버지를 향한, 대단하면서도 당혹스러울 정도로 진심 어리고 지극했던 헌신을 돌아보는 것이다. 할아버지는 매력적인 초연함으로 거슬리지 않을 만큼만 사랑을 주는 '간단한 방법'으로 그토록 사랑받았으며, 브릭처럼 한때 남성미를 지녔던 분이다.)

(이 순간 할머니는 위엄을 보인다. 뚱뚱해 보이지 않을 정도다.)

닥터 바우 (잠시 침묵하다 거북해하며) 네? ……그러니까…….

할머니   나는!!! ……알고…… 싶어어어요…….

(그녀는 즉시 이 말을 부인이라도 하듯이 주먹을 자기 입에다 들이댄다. 그러더니 뭔지 모를 이유로, 가슴에서 시든 코르사주를 낚아채서 마루에 던지더니 짧고 살찐 발로 밟아 버린다.)

누군가가 거짓말을 하고 있는 게 틀림없어! ……나는 알고 싶다고!

메이 앉으세요, 어머님. 이 소파에 앉으세요.

마거리트 (재빨리) 브릭, 가서 어머님 곁에 앉아요.

할머니 뭐야, 무슨 일이야?

닥터 바우 오크스너 병원과 일한 경험에 비추어 볼 때 저는 폴리트 영감님만큼 철저하게 검사를 받으신 경우를 본 적이 없습니다.

구퍼 전국에서 최고로 좋은 병원 중 하나죠.

메이 전국에서 단연코…… 최고예요!

(메이는 어떤 이유에서인지 구퍼 옆을 지나가면서 그를 과격하게 쿡 찌른다. 구퍼는 어머니의 얼굴에서 눈을 떼지 않은 채로 메이의 손을 찰싹 때린다.)

닥터 바우 물론 그분들은 검사를 시작하기도 전에 99.99퍼센트 확신을 했답니다.

할머니 뭘 확신했다는 거예요, 뭘…… 무엇을? ……무엇을 확신했다는 거냐고요!

(할머니가 깜짝 놀라 울면서 숨을 죽인다. 메이가 재빨리 그녀에게

입을 맞춘다. 할머니는 메이를 사납게 밀쳐 내고 의사를 뚫어지게
쳐다본다.)

메이   어머님, 용기를 내세요!
브릭   (문가에서, 자그맣게) "빛으로, 빛으로, 은―빛 달―빛
         으로……."
구퍼   입 닥쳐! ……브릭.
브릭   미안…….

(브릭은 베란다를 돌아다닌다.)

닥터 바우 자, 그런데요, 할머님. 이 종양의 일부를 조직 표본
         으로 잘라 냈어요, 그런데…….
할머니   종양이라고요? 영감한테 말하기로는…….
닥터 바우 잠깐만요.
할머니   (사납게) 나랑 염감한테는 아무 문제가 없다고 말했
         잖아요, 단지…….
메이   어머니, 의사들은 항상…….
구퍼   바우 선생님이 말씀하시게 해, 알았어?
할머니   ……약간의 경련 증상뿐이라고…….

(흐느낌 속에 그녀의 숨소리가 사그라진다.)

닥터 바우 네, 영감님께는 그렇게 말씀을 드렸지요. 하지만
         실험실에서 철저하게 조직 검사를 했더니 말씀드

리기 죄송하게도 문제가 있는 걸로 나왔습니다. 저,
그게…… 악성이었어요…….

(침묵)

할머니   ……암?! 암이라고요?!

(닥터 바우는 엄숙하게 고개를 끄덕인다. 할머니는 길게 숨넘어가는
소리를 내면서 운다.)

메이, 구퍼 자, 자, 자, 어머니, 어머니도 아셔야만 하잖아요…….
할머니   **왜 그걸 잘라 내지 않은 거죠? 네? 네?**
닥터 바우 너무 많이 퍼졌어요, 사모님. 너무 여러 기관을 침범
          했어요.
메이   어머님, 간도 상하고, 신장도 상했어요, 둘 다요! 그걸
          넘어섰대요, 뭐라더라…….
구퍼   수술 가능성.
메이   ……아, 그래요…….

(할머니는 마지막 숨을 쉬듯 숨을 들이마신다.)

투커 목사 쯧, 쯧, 쯧, 쯧, 쯧!
닥터 바우 네, 칼을 대기에는 너무 늦었습니다.
메이   그래서 아버님이 그렇게 노래지셨던 거예요, 어머님!
할머니   내 앞에서 꺼져라, 내게서 꺼져 버리란 말이야, 메이!

(느닷없이 일어선다.)

난 브릭을 원해! 브릭 어디 있니? 내 하나밖에 없는 아들 어디 있니?

메이   어머님! 지금 "하나밖에 없는 아들"이라고 하셨어요?

구퍼   그럼 나는 뭐가 되는 거죠?

메이   다섯 명의, 아니 여섯 명의 귀한 자식들을 둔, 술도 안 마시고 책임감 있는 사람은요!

할머니   난 브릭이 말해 주길 바란다! 브릭! 브릭!

마거리트 (구석에서 생각에 잠겨 있다가 일어서며) 브릭은 너무 심란해서 밖으로 나갔어요······.

할머니   브릭!

마거리트 어머님, 제가 말씀드릴게요!

할머니   싫어, 싫어, 나를 좀 내버려 둬, 넌 내 핏줄이 아니야!

구퍼   어머니, 난 어머니 아들이에요! 내 말을 들으세요!

메이   구퍼는 어머님 아들이에요, 어머님 장남이라고요!

할머니   구퍼는 아버지를 한 번도 좋아한 적이 없어.

메이   (마치 심한 충격을 받은 듯이) 그건 **사실이** 아니에요.

(침묵이 흐른다. 목사가 헛기침을 하더니 일어난다.)

투커 목사 (메이에게) 저는 이쯤에서 빠져나가는 게 좋겠군요.

(조심스럽게)

안녕히 계세요, 안녕히 계십시오, 여러분들. 이 집에 있는…… 여러분 모두에게…… 하느님의 축복이 있기를 빕니다…….

(슬그머니 빠져나간다.)

(메이가 헛기침을 하며 할머니를 가리킨다.)

구퍼   자, 어머니…….

(한숨을 쉰다.)

할머니   이건 착오야. 그냥 나쁜 꿈인 게 분명해.
닥터 바우   영감님을 가능한 한 편안하게 해 드리겠습니다.
할머니   그래, 이건 악몽인 거야, 그뿐이야, 그냥 끔찍한 꿈일 뿐이야.
구퍼   제 생각에 아버지는 통증을 느끼면서도 그걸 인정하지 않는 것 같아요.
할머니   그냥 꿈이야, 악몽.
닥터 바우   많은 사람들이 그런답니다, 통증이 있다는 걸 인정하지 않으면 그 사실을 회피할 수 있다고 생각하는 겁니다.
구퍼   (흥미를 느끼며) 그래요, 교활해지는 거지요, 아주 교활해지는 겁니다.
메이   구퍼와 제 생각에는…….

구퍼   입 다물어, 메이……. 어머니, 아버지는 모르핀 투약
       을 시작하셔야만 해요.

할머니 아무도 아버지께 모르핀은 못 드린다.

닥터 바우 자, 사모님, 통증이 닥쳐오면 엄청나게 힘드실 테
       고 영감님께서 그걸 견뎌 내기 위해서는 주사가 필
       요합니다.

할머니 정말이지 누구도 아버지께 모르핀을 드려서는 안 돼.

메이   어머님, 아버님께서 고통 받으시는 모습 보고 싶지
       않으시잖아요, 아시면서…….

(옆에 서 있던 구퍼가 그녀를 난폭하게 쿡 찌른다.)

닥터 바우 (꾸러미 하나를 탁자 위에 놓으며) 이걸 여기에 놔두겠
       습니다. 갑자기 통증이 오더라도 이걸 구하러 나갈
       필요가 없게요.

메이   저는 피부밑 주사를 놓을 줄 알아요.

구퍼   메이는 전쟁 당시 간호학 과목을 들었거든요.

마거리트 어쩐지 아버님은 메이가 주사 놓는 걸 원하지 않을
       거 같네요.

메이   자기가 하길 바라실 거라는 거야?

닥터 바우 자…….

(닥터 바우가 일어선다.)

구퍼   바우 선생님께서 가시네요.

닥터 바우 네, 저는 가 보겠습니다. 자, 힘내세요, 사모님.
구퍼   (익살스럽게) 기운이 펄펄 나실 거예요, 그렇죠, 어머니?

(할머니는 흐느낀다.)

        자, 그만하세요, 어머니.
구퍼   (문가에서 닥터 바우에게) 저, 선생님, 도와주신 모
        든 것에 정말 감사드립니다. 정말이지, 우리 모두 고
        맙게…….

(닥터 바우는 구퍼를 쳐다보지도 않고 나가 버렸다.)

구퍼   ……생각할 거리가 무척 많겠지만, 저 의사, 조금 더
        인간적으로 구는 게 좋을걸…….

(할머니 흐느낀다.)

        자, 용기를 내세요, 엄마.
할머니 사실이 아니야, 사실이 아닌 게 분명해!
구퍼   엄마, 그런 검사에 오류란 없어요!
할머니 너는 왜 꼭 아버지가 죽는 걸 보겠다고 고집이냐?
메이   어머님!
마거리트 (부드럽게) 어머님이 무슨 말씀하시는지 알겠는데요.
메이   (사납게) 아, 그래?
마거리트 (조용하면서 매우 슬프게) 그래, 알 것 같아.

메이   이 집안의 신참내기가 이해하는 것도 참 많네.

마거리트 이 집에는 이해심이 필요해.

메이   매기, 자기 집안이야말로 이해심이 많이 필요했을
         거야. 친정아버지의 술 문제에다가 이제는 브릭까지
         그렇잖아!

마거리트 브릭에게 술 문제는 전혀 없어. 브릭은 아버지를
         극진히 생각하는데 이번 일로 심한 스트레스를 받은
         거야.

할머니   브릭은 아버지가 귀여워하는 자식이지. 하지만 술을
         너무 마셔서 나와 아버지는 걱정이야. 그러니 마거
         리트, 너는 우리와 협조를 해야 해. 브릭이 바르게
         살도록 너는 아버지와 내게 협조해야만 한다. 브릭이
         자신을 추스르지 못해서 많은 걸 얻지 못한다면, 아
         버지 가슴이 터져 버릴 거다.

메이   어떤 걸 얻는다고요, 어머니?

할머니   이곳 말이다.

(메이와 구퍼 사이에 재빠르게 격렬한 눈빛이 오간다.)

구퍼   어머니, 충격을 받으셨군요.

메이   그래요, 우리 모두 충격을 받았어요, 하지만⋯⋯.

구퍼   현실적이 되어야 해요⋯⋯.

메이   ⋯⋯아버님은 결코, 결코 바보같이⋯⋯.

구퍼   ⋯⋯이곳을 무책임한 사람 손에 넘겨주지는 않을
         거예요!

할머니   아버지는 이곳을 어느 누구의 손에도 넘겨주지 않을
         거다. 아버지는 돌아가시지 않아. 너희들 모두, 그걸
         명심했으면 좋겠다!
메이   엄마, 엄마, 어머님, 저희도 어머님만큼이나 아버님의
         앞날에 대해서 희망적이고 낙관적이에요. 기도에 대
         한 믿음도 있고요. 하지만 그럼에도 의논하고 대처
         해야 할 문제들이 있는 거예요, 왜냐하면 안 그럴 경
         우에…….
구퍼   만일의 경우를 고려해야 하는데 지금이 해야 할 때
         에요……. 메이, 우리 방에서 내 서류 가방 좀 가져
         다주겠어?
메이   네, 여보.

(일어나서 복도 쪽 문을 통해 나간다.)

구퍼   (할머니를 내려다보고 서서는) 자, 어머니. 어머니가
         방금 말씀하신 건 전혀 사실이 아니에요. 어머니도
         아시잖아요. 저는 항상 제 나름대로 조용히 아버지를
         사랑해 왔어요. 그걸 드러낸 적은 한 번도 없지요.
         아버지 역시 언제나 저를 조용히 사랑하셨던 것
         알고 있어요. 아버지도 그걸 드러내신 적은 없었죠.

(메이가 구퍼의 서류 가방을 가지고 돌아온다.)

메이   서류 가방 여기 있어요, 여보.

구퍼   (가방을 메이에게 다시 건네주며) 고마워……. 물론,
       나와 아버지의 관계는 브릭과는 달랐지요.

메이   당신은 브릭보다 여덟 살이나 많고, 브릭이 져 본적
       이라고는 없는 큰 책임을 늘 짊어져야만 했으니까요.
       브릭이 평생 들고 다닌 거라고는 풋볼 공이나 하이볼
       위스키뿐이었잖아요.

구퍼   메이, 제발 내가 말 좀 하게 해 줄래?

메이   그래요, 여보.

구퍼   자, 2만 8000에이커의 농장은 운영하기에 엄청나게
       큰 것이죠.

메이   거의 혼자 힘으로 말이에요.

(마거리트는 베란다에 나가 있는데, 그녀가 나지막이 브릭을 부르는
소리가 들린다.)

할머니   넌 이곳을 운영해야 한 적 없었다! 무슨 얘기를 하는
       거냐? 마치 아버지가 돌아가셔서 무덤에 들어가신
       것처럼, 네가 운영을 했어야 했다니? 이런 참, 너는
       그저 사소한 업무 몇 가지를 도왔을 뿐이고, 동시에
       멤피스에서 변호사 일을 했잖아.

메이   아, 엄마, 엄마, 어머님! 공정하셔야죠!

마거리트 브릭!

메이   참 내, 구퍼는 아버님의 건강이 나빠지기 시작한 오
       년 전부터 이곳을 지키기 위해서 몸과 마음을 바쳐
       왔답니다.

마거리트   브릭!

메이   구퍼는 그 일을 언급하지도 않고, 의무라고 생각한
        적도 없어요. 그냥 했을 뿐이에요. 그런데 브릭은
        뭘 했지요? 브릭은 대학 시절 과거의 영광 속에서
        살아왔어요! 스물일곱 살에 아직도 풋볼 선수라니!

마거리트   (혼자 돌아오면서) 지금 누구 얘기를 하는 거야? 브릭?
        풋볼 선수라고? 브릭은 풋볼 선수가 아니야, 알잖
        아. 브릭은 텔레비전의 스포츠 중계 아나운서고 전국
        에서 가장 유명한 아나운서 중 하나라고!

메이   난 과거에 브릭이 어땠는지를 얘기하는 거야.

마거리트   글쎄, 내 남편에 대해서 그만 얘기했으면 좋겠네.

구퍼   난 **우리** 가족들과 내 동생에 대해서 얘기할 권리가
        있어요, 당신은 우리 가족에 속하지도 않지. 저기
        베란다에 나가서 브릭과 술이나 마시지 그래요?

마거리트   동생한테 그렇게 적의를 갖는 경우는 본 적이 없어요.

구퍼   그 애가 나를 대하는 건 어떻고요? 나 원, 걔는 나랑
        같은 방에 있는 것도 못 견뎌 한다고!

마거리트   이건 세상에서 가장 역겹고 치사한 이유 때문에,
        고의적으로 중상모략 운동을 벌이는 거예요. 그 이유
        가 뭔지 알죠! 그건 탐욕, 탐욕, 큰 욕심, 욕심이에요!

할머니   아! 나 소리 지른다! 그만두지 않으면 당장 소리 지르고
        말겠어!

(구퍼가 마치 때리기라도 할 것처럼, 꽉 움켜쥔 주먹을 몸 옆에
붙이고는 마거리트에게 다가와 있었다. 메이는 마거리트 등 뒤에서

얼굴을 다시 일그러뜨려 흉한 우거지상을 만든다.)

할머니   (흐느낀다.) 마거리트, 아가야. 이리로 와. 어미 옆에
           앉아라.

마거리트   소중한 어머님. 죄송해요, 죄송해요, 저는……!

(그녀는 길고 우아한 목을 구부려서 할머니의 검정색 시폰 옷 아래,
불룩한 어깨에 이마를 대고 누른다.)

메이   헌신적인 사랑을 정말 아름답고 감동적인 모습으로
           과시하는군요. 저 여자가 왜 아이가 없는지 아세요?
           저 크고 잘생긴 운동선수 남편이 잠자리를 해 주지
           않아서 애가 없는 거라고요!

구퍼   당신이 농담을 하니까 내가 이 일을 원만하게 처리할
           수가 없잖아, 이럴 거야? 좋아요……. 난 아버지가
           나를 좋아하든지 말든지 혹은 전에 좋아하셨든지
           아니었든지 또는 좋아하실 건지 말 건지, 빌어먹을,
           그런 건 조금도 관심 없어요! 난 그냥 일반적인 품격과
           공정성에 호소하는 거예요. 내가 사실을 얘기할게요.
           나는 브릭이 태어난 후 아버지가 그 애를 편애하는
           것을 원망해 왔어요. 나를 경멸의 대상쯤으로, 아니
           어떨 때는 그보다도 못하게 취급하는 것도 그랬죠.
           아버지는 암으로 죽어 가고 있어요. 암이 온몸에 다
           퍼졌고 신장을 포함한 주요 기관을 공격하고 있어요.
           아버지는 곧 요독증에 걸리게 될 거예요. 다들 요

독증이 뭔지는 아시죠. 몸속의 독을 거르지 못 해서 전신에 독소가 퍼지는 거죠.

마거리트 (혼자 무대 앞쪽에서 비난조의 말투로) 독, 독이라고! 악의에 찬 생각과 말들! 가슴과 마음속에 있는! ……그 게 독인 거야!

구퍼 (그녀와 동시에) 나는 공정한 거래를 요구하는 겁니다. 그리고 그럴 수 있기를 기대하고 있어요. 만약 그게 안 되고, 내 등 뒤에서 뭔가 야릇한 속임수라도 벌어지고 있다면, 글쎄, 내가 법인 변호사를 그냥 한 게 아니죠. 나는 내 이익을 지킬 줄 알아요.

(브릭이 고요하고 희미한 미소를 띤 채, 빈 술잔을 들고 베란다에서 들어온다.)

브릭 폭풍이 오고 있어요.

구퍼 아! 늦은 입장이라!

메이 세상을 정복한 영웅이 오는 걸 좀 봐요!

구퍼 전설적인 브릭 폴리트 군! 그를 기억하시나요? ……누 가 잊을 수 있겠어요!

메이 경기에서 부상을 당한 것 같군요!

구퍼 그래, 금년도 슈거 볼 대회에서는 벤치만 지키게 될 것 같구나, 브릭!

(메이가 날카롭게 웃는다.)

아니, 그 유명한 득점을 올렸던 게 로즈 볼*이었던
가……?

메이   펀치 볼이었어요, 여보. 펀치 담는 항아리, 유리로
만든 펀치 볼 말이에요!

구퍼   아, 맞다, 내가 시합과 항아리를 혼돈했네!

마거리트   환자에게 당신들의 사악함과 질투를 그만 좀 내뿜지
그래요?

할머니   이제 너희 둘 조용히 해, 정말이지, 조용히, 너희들 다,
조용히 해!

데이지, 수키   폭풍! 폭풍이 오고 있어요! 폭풍이에요! 폭풍
이라고요!

레이시   브라이티, 저 덧문들 좀 닫아.

구퍼   레이시, 내 캐딜락 뚜껑 좀 닫아 줄래?

레이시   네, 물론이죠. 폴리트 서방님!

구퍼   (동시에) 어머니, 아시다시피 저는 소송이 걸린 파커
씨의 재산권 변호를 위해 아침에 멤피스로 돌아가야
해요.

(메이는 침대에 앉아서 서류 가방에서 꺼낸 서류들을 정리한다.)

할머니   그러냐, 구퍼?

메이   네에.

구퍼   그래서 제가 어쩔 수 없이…… 이 문제를 꺼낸 거예

---

* 슈거 볼, 로즈 볼은 4대 메이저 풋볼 대회의 명칭.

요…….

메이 뒤로 미루기에는 너무 중요한 문제예요!

구퍼 브릭이 맑은 정신을 갖고 있다면, 이 일에 참여해야만 할 텐데.

마거리트 브릭은 여기 있어요. 우리 여기 있다고요.

구퍼 자, 좋아요. 이제 나랑 내 파트너 톰 불리트가 작성한 초안을 보여 줄게요. 일종의 수탁 관리 모형이라고 할 수 있어요.

마거리트 아, 그거! 당신이 다 맡아서 관리하고 조금씩 송금해 주겠다는 거군요, 그렇죠?

구퍼 오크스너 실험실에서 아버지에 대한 진단서를 받자마자 이걸 만들었어요. 그 말은, 멤피스에 있는 남부 플랜터스 은행과 트러스트 컴퍼니의 이사장인 C. C. 벨로스 씨의 도움과 조언을 받아서 이 초안 모형을 작성했다는 거지요. 벨로스 씨는 서부 테네시와 델타 지역의 저명한 가문의 재산 관리를 해 온 분이에요.

할머니 구퍼?

구퍼 (어머니 앞에서 몸을 숙이며) 자, 이게 확정되었다거나…… 뭐 그런 건 아니고요. 그냥 준비해 둔 가안이에요. 하지만 기초를…… 계획안을…… 가능한 한 적절한…… 안을 제공해 주죠!

마거리트 그럼, 물론 그냥 안이겠지요.

(천둥소리.)

메이   델타에 있는 가장 커다란 부동산을 무책임한 자로부
        터 보호하려는 안이지요……

할머니   자, 내 말 들어라, 너희 모두, 들어 봐! 이 집에서 더
        이상 고양이처럼 아웅대는 일이 있어서는 안 돼!
        그리고 구퍼, 내가 그걸 네 손에서 잡아채서 찢어
        발기기 전에 당장 치워라! 나는 거기 어떤 망할
        놈의 내용이 들어 있는지는 모른다. 나는 어떤 빌어
        먹을 게 들어 있는지 알고 싶지도 않아. 나는 지금
        아버지가 쓰시는 말로 얘기하는 거다. 나는 그분의
        부인이야, 과부가 아니고! 나는 아직도 부인이라고!
        그리고 나는 그분의 말로 너희들에게 얘기하고 있는
        거야……

구퍼   어머니, 여기 제가 준비한 건요……

메이   (동시에) 구퍼가 그냥 계획안이라고 설명했잖아요……

할머니   네가 거기 뭘 갖고 있는지 상관없다. 꺼낸 곳에 도로
        넣고 다시 안 보이게 해라. 봉투 껍데기까지도 말
        이야! 알아들었니? 기초? 안? 사전 준비? 계획안이
        라고! 나는…… 아버지가 역겨움을 느끼셨을 때 늘
        하시던 말이 뭐였지?

브릭   (술 장 옆에서) 아버지는 역겹다고 느낄 때마다 "똥 같
        은"이라고 하셨어요.

할머니   (일어서면서) 맞았어……. **똥 같은**! 나도 **똥 같다**. 아버
        지 말씀처럼!

(천둥소리.)

메이 　여기에 상스러운 말이 필요할 것 같지는 않은데요…….

구퍼 　그렇게 말씀하시는 걸 들으니 제 속에서 강한 분노가
　　　느껴지네요.

할머니 아무도 어떤 것도 가져가서는 안 돼! ……아버지가
　　　내놓으실 때까지는, 그리고…… 아마, 혹시라도, 아
　　　니…… 그때도 안 돼! 안 돼, 그때도 안 된다!

(천둥소리)

메이 　수키, 어서 빨리 현관 앞 베란다의 가구를 덮어 씌워.
　　　페인트가 벗겨지길 바라는 거야?

구퍼 　레이시, 내 차를 치워 두게!

레이시 할 수가 없구면요, 폴리트 서방님, 서방님이 열쇠를
　　　가지고 계시잖아요!

구퍼 　아니, 자네가 갖고 있어. 자동차 열쇠 어디다 뒀어,
　　　여보?

메이 　당신 주머니에 있잖아요!

브릭 　"당신은 내가 이 노래 부르는 걸 언제나 들어요,
　　　집으로 가는 길을 내게 알려 주세요."

(멀리서 천둥소리.)

할머니 브릭! 이리 오너라, 브릭, 어미는 네가 필요하단다.
　　　오늘 밤 브릭은 어릴 적 모습 같구나. 거친 경기를
　　　하고 나서, 땀에 젖고 뺨은 발그레하니 졸린 채로

집에 올 때면 나는 막 목 쉰 소리로 이 애를 불러 댔지. 그때 모습이랑 똑같구나…… 붉은 곱슬머리는 반짝거리고 말이야…….

(브릭은 모든 신체적 접촉을 피하려는 듯 옆으로 비켜 서면서 속삭이듯이 노래를 계속한다. 얼음 통을 열고서 마치 중요한 화학 물질을 합성하듯이 얼음 조각을 술잔에 하나하나 떨어뜨린다.)

(멀리서 천둥소리.)

시간이 너무 빨리 지나가는구나. 어떤 것도 시간으로부터 달아날 수는 없지. 죽음은 너무 빨리 다가오고…… 인생을 반도 알기 전에…… 죽음을 만나게 되는구나……. 아, 우리는 서로 사랑하고, 함께해야만 해, 우리 모두, 할 수 있는 한 가깝게 있어야 해. 특히 초대하지도 않은 암울한 무언가가 이곳에 들이닥쳤으니 말이야.

(어색하게 브릭을 껴안으면서, 아들의 어깨에 머리를 대고 누른다.)

(무대 밖에서 개가 짖어 댄다.)

오, 브릭, 아버지의 아들, 아버지는 너를 끔찍이도 사랑하신다. 너도 알지, 아버지가 가장 이뤄지길 바라는 꿈이 뭔지를? 만일 돌아가시기 전에, 만약

아버지가 돌아가셔야 한다면…….

(개가 짖어 댄다.)

　　　　……아버지께 네 자식을 안겨 드리는 거야. 네가 아
　　　　버지를 닮았듯이 너를 빼닮은 손자 말이다…….
마거리트　그게 아버님 꿈인 거 알고 있어요.
할머니　　그게 그이 꿈이란다.
메이　　　매기랑 브릭이 이뤄 드리지 못하니 참 안타깝군요.
할아버지　(무대 밖 오른쪽 앞 베란다에서) 바람이 우리 땅을 자기
　　　　마음대로 요리하는 것 같구나.
하인　　　(무대 밖에서) 네, 폴리트 어르신.
마거리트　(오른쪽 문 쪽으로 건너가며) 아버지가 베란다에 계시
　　　　네요.

(할머니는 베란다에서 아버지 목소리가 들리자 복도 쪽 문을 향해
간다.)

할머니　　난 여기 있으면 안 돼. 아버지가 내 눈을 보고 뭔가
　　　　눈치 채실 거야.

(할아버지가 무대 오른쪽에서 방 안으로 들어온다.)

할아버지　들어가도 되냐?

(시가를 재떨이에 놓는다.)

마거리트 폭풍우 때문에 깨셨어요, 아버님?
할아버지 어떤 폭풍우를 말하는 거냐? ……바깥 거냐 아니면
         여기서 일어난 소동을 말하는 거냐?

(구퍼가 아버지 곁을 비집고 지나간다.)

구퍼   실례합니다.

(메이도 구퍼에게로 가기 위해 아버지 곁을 비집고 지나가려 하지만,
아버지는 며느리를 팔로 단단히 감싼다.)

할아버지 아주 큰 소리로 얘기하는 걸 들었다. 뭔가 굉장히
         중요한 토론을 하는 것 같더구나. 그 회의는 뭐에
         대한 거였니?
메이   (당황해서는) 저…… 아무것도 아녜요, 아버님…….
할아버지 (메이를 데리고 무대 맨 왼쪽 중앙으로 이동한다.) 서류
         가방에 집어넣은 저 불룩한 봉투는 뭐냐, 구퍼?
구퍼   (침대 발치에서 서류들을 봉투에 집어넣다가 들키자)
         저거요? 아무것도 아니에요, 아버지……. 그냥 대단한
         거 절대 아니에요…….
할아버지 아무것도 아니라고? 아무것도 아닌 게 많기도 하
         구나!

(무대 뒤 가족들을 향해서 몸을 돌린다.)

　　　　　다들 그 젊은 부부 이야기 알고 있지…….
구퍼　　　네, 아버지!
할아버지　잘 있니, 브릭…….
브릭　　　잘 계시죠, 아버지.

(가족들은 아버지 뒤쪽으로 반원을 그리고 정렬한다. 마거리트는 가장 오른쪽에, 다음으로 메이와 구퍼가, 그 다음에는 할머니가 서고, 브릭은 그 왼쪽에 선다.)

할아버지　젊은 부부가 어느 일요일에 아이를 동물원에 데리고
　　　　　가서 우리에 갇힌 하느님의 피조물을 실컷 구경했다.
구퍼　　　실컷요.
할아버지　(무대 중앙으로 이동해서는 객석을 바라보며) 그날 오후
　　　　　는 더운 봄날이었는데, 한 늙은 코끼리가 땅콩보다
　　　　　좀 더 큰, 다른 것이 생각나더란다. 이 이야기 아니,
　　　　　브릭?

(구퍼가 머리를 끄덕인다.)

브릭　　　아니요, 아버지, 몰라요.
할아버지　옆 우리에 발정 난 젊은 암코끼리가 있었거든!
할머니　　(할아버지의 어깨에 매달려) 오, 영감!
할아버지　왜 그래, 목사는 갔잖아, 그렇지? 잘됐군. 옆 우리에

있던 암코끼리가 주변에 흥분시키는 암내를 지독하게 퍼뜨리고 있었거든! 하! 내가 얘기를 잘하고 있지, 브릭?

브릭   네, 아버지, 문제될 것 없어요.

할아버지   브릭이 문제될 것 없다고 하네!

할머니   오, 영감!

할아버지   (무대 앞쪽 중앙으로 이동하면서) 이 늙은 수코끼리도 몇 번 더 교미를 할 기운이 남아 있었거든. 긴 코를 뒤로 넘기더니 옆집에 있는 암코끼리 냄새를 맡은 거야! ……자기 우리의 흙을 발로 긁기 시작하더니 머리를 칸막이에다가 들이박더라고. 그런데 알다시피 단박에 코끼리의 옆모습에 두드러진 변화가 나타난 거야, 아주 두드러진! 내가 점잖은 말로 얘기를 풀어 가고 있지 않냐, 브릭?

브릭   네, 아버지, 아주 더럽게 점잖으시네요!

할아버지   그런데 어린 아들이 손으로 그걸 가리키면서 "저게 뭐예요?"라고 물은 거야. 엄마가 "아, 그거…… 아무 것도 아니야!" 했는데…… 애 아빠는 "엄마가 눈이 너무 높아져서 그래!" 하더란다.

(아버지는 왼쪽에 있는 브릭에게로 건너간다.)

얘기를 듣고도 안 웃는구나, 브릭.

(할머니는 울면서 앞 무대 오른쪽으로 건너간다. 마거리트가 그녀

에게로 다가간다. 메이와 구퍼는 무대 오른쪽 중앙을 차지하고
있다.)

브릭   네, 아버지, 저는 그 얘기 듣고 웃지 않았어요.

할아버지 이 방에서 나는 냄새가 뭐냐? 너는 못 맡았니, 브릭?
       이 방에서 나는 강하고 역겨운 허위의 냄새를 넌 못
       맡았니?

브릭   네, 아버지, 저도 맡은 것 같아요.

구퍼   메이, 메이…….

할아버지 그것보다 더 지독한 것은 없지, 그렇지, 브릭?

브릭   없어요, 아버지, 없어요. 더 역겨운 것도요.

할아버지 브릭이 내 말에 동의했어. 허위의 냄새는 지독하고
       역겨워. 폭풍우도 이 방에서 아직 그 냄새를 날려 버
       리지 못했구나. 너도 맡았니, 구퍼?

구퍼   뭘요, 아버지?

할아버지 너는 어떠니, 어미야? 이 방에서 나는 불쾌한 허위의
       냄새를 맡았니?

메이   이런, 아버님, 저는 그게 뭔지도 몰라요.

할아버지 너도 맡을 수 있을 거야. 젠장 맞을 죽음의 냄새
       같구먼!

(할머니가 흐느낀다. 할아버지가 할머니 쪽을 바라본다.)

       다이아몬드를 주렁주렁 매단 저 뚱뚱한 여자는 뭐가
       문제냐? 어이, 당신 이름이 뭐요? 무슨 일이오?

마거리트   (할아버지 쪽으로 건너가며) 약간 현기증이 나서서 그래요, 아버님.

할아버지   조심하구려, 할멈. 중풍으로 죽는 건 좋지 않아.

마거리트   (무대 중앙에 있는 할아버지에게로 건너가서) 아, 브릭, 아버님께서 당신이 드린 생일 선물을 입으셨어. 브릭, 아버님께서 캐시미어 가운을 입으셨네. 내가 만져 본 것 중 가장 부드러운 감으로 된 거야.

할아버지   그래, 오늘은 내 부드러운 생일이다, 매기……. 금빛이나 은빛 생일이 아니라 부드러운 생일이니, 이 부드러운 생일날에는 모든 것이 이 아비에게 부드러워야만 해.

(매기는 무대 중앙에서 할아버지 앞에 무릎을 꿇는다.)

마거리트   아버님께서 내가 드린 중국 슬리퍼를 신으셨어, 브릭. 아버님, 제가 아직 생신 선물 안 드렸죠. 하지만 지금 드릴게요. 지금 선물을 드려야겠어요! 발표할 게 있어요!

메이   뭐? 무슨 발표야?

구퍼   스포츠 중계요, 매기?

마거리트   생명의 시작을 알리려는 거예요! 브릭의 자식인 아기가 고양이 매기 속에서 태어난다고요! 제 몸 안에 브릭의 아이가 생겼어요. 그게 이 생일날 아버님께 드리는 제 생일 선물이에요!

(할아버지는 자기 뒤쪽을 지나 왼편 앞 무대 맨 앞 입구 쪽으로 이동하는 브릭을 바라본다.)

할아버지 일어서라, 애야. 무릎을 펴고 일어나라.

(할아버지는 마거리트가 일어서는 걸 도와준다. 할아버지는 마거리트 뒤쪽을 지나 그녀 오른쪽으로 건너가서는 가운 주머니에서 꺼낸 새 시가 끄트머리를 씹으면서 마거리트를 관찰한다.)

허어, 이 애 배 속에 생명체가 생겼구나, 그건 거짓말이 아니야!

할머니 **아버지의 꿈이 이루어졌구나!**

브릭 **하느님 맙소사!**

할아버지 (버들가지로 만든 전기스탠드 바로 아래로 건너가서는) 구퍼야, 내일 아침에 변호사를 만나야겠다.

브릭 어디로 가시는 거예요, 아버지?

할아버지 아들아, 나는 지붕 위에 올라가려고 한다, 지붕 위 망루에 가서 내 왕국을 포기하기 전에 보려고 말이다……. 나일 계곡 이쪽에서 가장 비옥한 땅 2만 8000에이커를 말이다!

(할아버지는 오른쪽 문으로 퇴장해서는 앞 베란다로 간다.)

할머니 (뒤를 따르며) 여보, 여보, 여보…… 내가 같이 가도 돼요?

(앞 무대 오른쪽으로 퇴장한다.)

(마거리트는 거울이 있는 앞 무대 중앙에 자리하고 있다. 메이는 구퍼 곁에 와서, 나지막이 씩씩 소리를 내고 분노로 얼굴을 찡그려 가며 남편을 사납게 쿡 찌른다.)

구퍼　　(부인을 옆으로 밀어내면서) 브릭, 그 술 내게 조금만 남겨 줄 수 있냐?

브릭　　저런, 알아서 드세요, 구퍼 형.

구퍼　　그러지.

메이　　(날카롭게) 이게 다…… 거짓말이라는 거 물론 우리는 알고 있어.

구퍼　　조용히 해, 메이!

메이　　난 조용히 못 해요! 저 여자가 꾸며 낸 거 다 알고 있다고요!

구퍼　　빌어먹을, 입 닥치라고 했지!

마거리트　어머나! 별것도 아닌 내 발표가 이런 폭풍우를 불러 일으킬 줄 몰랐네!

메이　　저 여자는 임신하지 않았어요!

구퍼　　누가 그렇대?

메이　　저 여자가 그랬잖아요.

구퍼　　의사는 안 그랬어. 바우 선생은 그렇게 말하지 않았다고.

마거리트　난 바우 선생한테 가지 않았거든요.

구퍼　　그럼 누구한테 간 거요, 매기?

마거리트   남부에서 가장 유능한 산부인과 의사한테요.
구퍼   아하, 아하! …… 그렇군…….

(연필과 수첩을 꺼낸다.)

          ……제발 이름 좀 알 수 있을까요?
마거리트   아니, 안 되겠는데요, 검사 나리!
메이   이름 같은 건 없어, 존재하지도 않는걸!
마거리트   아, 그분은 분명히 존재하셔서, 내 아이, 브릭의 아기도
          그렇고 말이야!
메이   너랑 같이 자지도 않는 남자의 아이를 임신할 수는
          없어, 혹시 네가…….

(브릭이 막 전축을 켰다. 재즈 노래가 메이의 대사를 중단시킨다.)

구퍼   그거 꺼 버려!
메이   우리는 여기서 당신들 소리를 다 듣기 때문에 거짓
          말인 거 알고 있어. 저이가 너랑 안 자는 거, 우리는
          다 들었다고! 그러니까 우리를 속이고 죽어 가는 분
          을 기만하는 건 꿈도 꾸지 마…….

(고뇌와 분노에 차 길게 끄는 외침이 집 안을 꽉 채운다. 마거리트는
전축 소리를 속삭임 정도로 낮춘다. 외침이 반복된다.)

메이   저 소리 들었어요, 구퍼? 저 소리 들었어요?

구퍼   통증이 시작된 것 같군.

구퍼   따라와, 저 사랑에 빠진 잉꼬들은 자기네 둥지에
        내버려 두고!

(그가 먼저 나간다. 메이는 따라가다가 문에서 돌아서며, 얼굴을
일그러뜨리고 마거리트를 향해 화가 나서 식식 소리를 낸다.)

메이   거짓말쟁이!

(메이가 문을 쾅 하고 닫는다.)

(마거리트는 안도의 숨을 내쉬면서 브릭의 팔을 잡기 위해 약간
불안정하게 몸을 이동한다.)

마거리트   가만히 있어 줘서…… 고마워…….
브릭   괜찮아, 매기.
마거리트   당신이 내 체면을 세워 준 건 신사다웠어!

(브릭은 이제 석 잔을 연속으로 들이켜더니 조용히 서서 기다린다.
갑자기 미소를 띠고는 몸을 돌리면서 말한다.)

브릭   됐다!
마거리트   뭐가?
브릭   찰칵 소리…….

(브릭은 감사의 마음이 거의 무한대에 다다른 듯한 모습으로 술잔을 들고 다리를 절며 베란다로 나간다. 그의 모습이 흔들거리며 시야에서 벗어나자 목발 짚는 소리가 들려온다. 그런 다음 그는 멀리 떨어져서 혼자 평온한 노래를 부르기 시작한다. 마거리트는 커다란 베개가 마치 자신의 유일한 동반자인 양 쓸쓸하게 들고 있다가 잠시 후 침대에 던져 버린다. 술 장으로 달려가서는 술병을 두 팔에다 전부 모은 다음 어찌해야 할지 이리저리 움직이다가 병을 들고 방 밖으로 뛰어나간다. 문을 열어 두어 침침한 노란색 복도가 보인다. 브릭이 조용한 노래를 부르면서 베란다를 따라 절뚝거리며 들어오는 소리가 들린다. 그는 들어와서 침대 위의 베개를 보고 가볍게 서글픈 웃음을 웃다가 베개를 집어 든다. 그가 팔 밑에 베개를 끼는데 마거리트가 방으로 돌아온다. 마거리트는 조용히 문을 닫고 기대서서 브릭을 향해 부드럽게 미소를 짓는다.)

마거리트 브릭, 난 전에는 당신이 나보다 더 강하다고 생각했고, 압도되기 싫었어. 하지만 이제 당신이 술에 빠졌으니⋯⋯. 뭔지 알아? ⋯⋯안된 일이지만 이제 내가 당신보다 더 강하고 또 당신을 더 진심으로 사랑할 수 있어! 그 베개 움직이지 마. 그러면 바로 다시 옮겨 놓을 거야! ⋯⋯브릭?

(침대 옆 분홍색 실크 갓을 씌운 램프 하나만 남겨 두고 모든 불을 꺼 버린다.)

나 진짜로 의사한테 갔다 왔어. 뭘 해야 하는지도 알

아, 그리고…… 브릭? ……오늘이 주기상으로 내가 임
신할 수 있는 때거든?

브릭　　그래, 알겠어, 매기. 하지만 어떻게 술과 사랑에 빠진
사람의 아이를 임신할 수 있겠어?

마거리트　술 장 문을 잠그고 내 욕구를 만족시킬 때까지는
문을 열지 않을 거야!

브릭　　그렇게 한 거야, 매기?

마거리트　잘 보라고. 술 장이 전에 비해서 엄청나게 비었지.

브릭　　저런, 망했네……

(그가 목발을 잡으려고 하지만, 마거리트가 먼저 집어서는 베란다로
달려 나가 난간 너머로 던져 버리고 숨을 헐떡거리며 돌아온다.)

마거리트　그러니 오늘 밤 우리는 거짓말을 진짜로 만드는
거야. 그러고 나면 내가 술을 여기로 다시 가져와서
둘이 같이 실컷 마시는 거야. 여기서, 오늘 밤, 죽음
이 찾아온 이곳에서 말이야……. 당신 의견은?

브릭　　의견은 무슨 의견. 나는 할 말이 없는 것 같아.

마거리트　아, 연약한 사람들, 당신같이 약하고 아름다운 사람
들! 그토록 우아하게 포기해 버리다니. 당신에게 필
요한 건 누군가…….

(분홍색 실크 갓 램프를 끈다.)

……당신을 붙잡아 줄 사람이야……. 사랑으로 부

드럽게, 부드럽게 당신의 삶을 당신에게 되돌려 줄 수 있는. 당신이 놓쳐 버린 황금빛 그 무언가처럼 말이야. 나는 당신을 정말 사랑해, 브릭. 정말 그래!

브릭   (매력적으로 슬픈 미소를 지으며) 그게 사실이라면 웃기겠네?

(막)

유리 동물원

누구도, 심지어 빗방울조차도 그렇게 작은 손을 가질 수는 없다.

— E. E. 커밍스

배경

장소 세인트루이스의 어느 골목.

시간 현재 및 과거.

등장인물

어맨다 윙필드(어머니)

작은 체구의 여인으로 다른 시대와 장소에 미친 듯이 집착하며, 굉장하나 혼란스럽기도 한 생동감을 지녔다. 어맨다의 성격은 어떤 유형을 모방할 것이 아니라, 주의를 기울여 창조되어야 한다. 편집증 환자는 아니다. 다만 삶이 편집증적이다. 어맨다는 감탄할 만한 점을 많이 가지고 있다. 비웃을 점만큼 사랑하고 동정할 점도 많다. 그녀는 분명 인내심과 영웅적 자질 같은 것을 지니고 있다. 그리고 때때로 어리석음이 자신도 모르는 사이에 그녀를 잔인하게 만들기도 하지만, 가냘픈 자태에 부드러운 면모도 있다.

로라 윙필드(딸)

어맨다는 현실과의 교류에 실패하고 환상 속의 삶을 아주 강렬하게 계속해 나가지만, 로라의 상황은 더욱 심각하다. 그녀는 어린 시절 병을 앓고 절름발이가 되었는데, 다리 하나가 약간 짧아서 부목을 대고 있다. 이 결함은 무대 위에서 암시되기만 하면 된다. 이로 인해 점점 더 고립된 그녀는 더할 수 없이 연약해서 선반에서 움직이면 안 되는, 자신의 유리 수집품같이 되어 버렸다.

톰 윙필드(아들)

극의 해설자. 시인이면서 창고에서 일하고 있다. 본성이 무자비하지는 않지만, 덫에서 도망치기 위해서 매정하게 행동한다.

짐 오코너(신사 방문객)

보통의 멋진 젊은이.

제작 노트

「유리 동물원」은 '회상극'이기에 이례적으로 연극의 관습에서 벗어나 자유롭게 공연할 수 있다. 민감하고도 미묘한 소재 때문에 분위기 설정과 연출의 섬세함이 매우 큰 역할을 한다. 표현주의를 비롯해 연극의 또 다른 비(非)관습적 기법들은 모두 오직 하나의 타당한 목적을 갖고 있는데, 그것은 진실에 보다 가까이 접근하고자 하는 것이다. 연극이 비관습적인 기교를 사용하는 것은 현실을 다루고 경험을 해석하는 책임을 회피하려는 것이 아니며, 명백히 그래서는 안 된다. 도리어 (진실에) 더 가까이 접근하고, 실제로 있는 그대로를 예리하고 생생하게 표현하려고 시도해야만 하는 것이다. 진짜 냉장고와 얼음이 등장하는 고지식한 사실주의극은 전통적인 풍경 묘사와 상응하며, 사진의 모사와 같은 효과를 지닌다. 오늘날, 사람들은 예술에 있어서 사진술이 중요하지 않다는 것을 알아야만 한다. 즉, 진실, 삶, 현실은 유기체와 같은 것으로, 시적 상상력의 변형에 의해서만, 겉으로 드러나는 것이 아닌 다른 형태로 바꿈으로써만, 본질적으로 표현하거나 암시할 수 있는 것이다.

　이런 이야기들은 이 특정한 극의 서문으로만 의미 있는 것이 아니다. 이것은 유연성 있는 새로운 연극의 개념과 관련을 지니는데, 연극이 우리 문화의 일부로서 생명력을 되찾을 수 있으려면 이러한 극이 사실주의 관습을 지닌, 기력이 쇠진한 연극을 대체해야만 하는 것이다.

영사막 기법

　이 극의 원래 희곡과 공연용 대본 사이에는 중요한 차이점이 한 가지 있는데, 시험 삼아 원래 희곡에 집어넣었던 기법을 공연용 대본에서는 생략했다는 것이다. 그것은 영사막을 사용해 영상이나 제목들을 환등기로 비추는 기법이다. 브로드웨이 초연에서 이를 생략한 것에 대해서는 후회하지 않는다. 테일러* 여사의 뛰어난 연기에는 실제 공연이 극도로 단순해지는 것이 적절했다. 하지만 이 기법이 어떻게 고안되었는지 연구해 보는 것도 몇몇 독자에게는 흥미로운 일이 될 것이라 생각한다. 그래서 출판 희곡에 포함시키는 것이다. 뒤쪽에서 투사하는 영상과 자막들은 앞쪽 방과 식당 사이의 벽 부분에 비쳐 보인다. 영사막으로 사용하지 않을 때는 다른

---

* 「유리 동물원」 브로드웨이 초연에서 어맨다를 연기한 미국 여배우 로레트 테일러.

벽들과 그 벽이 구별되지 않아야 한다.

이 기법의 목적이 무엇인지는 명백하게 드러날 것 같다. 그것은 각 장면마다 어떤 의미를 강조하기 위한 것이다. 각 장면은 구조상으로 가장 중요한 하나 또는 몇 개의 특별한 주안점을 가지고 있다. 이 극과 같은 삽화적인 극에서는 기본적인 구조나 서술 방향이 관객에게 분명하게 전달되지 않을 수도 있다. 효과는 전체적이지 않고 파편적일 것이다. 이것은 극이 잘못된 것이라기보다는 관객의 주의 부족 탓일 수 있다. 영사막에 비친 자막이나 영상은 단순히 말로만 언급되는 것들이 보다 효과적으로 전달되도록 만들 것이며, 모든 책임을 대사에만 떠맡겼을 때보다 더 쉽고 단순하게 주안점을 드러내 줄 것이다. 영사막은 이런 구조적인 의미 외에도, 구체적으로 설명하기는 어렵지만 정서적으로 중요한 호소력을 가질 것이라 생각한다. 상상력이 뛰어난 프로듀서나 연출가는 현재 대본에 표기된 것 이상으로 이 기법을 다양하게 사용할 수 있을 것이다. 실상 이 기법의 가능성은 이 극에서 활용할 수 있는 것보다 훨씬 범위가 넓을 것이라 본다.

음악

이 극에서는 음악이 또 다른 문학 외적인 강조점을 제공한다. 「유리 동물원」이라는 반복적인 곡조 하나가 적당한 장면에 정서적인 강조를 위해 사용된다. 이 곡조는 서커스 퍼레이드 현장이나 그 근방에서가 아니라, 거기서 얼마간 떨어져 있는 곳에서 딴생각을 하면서 듣게 되는 서커스 음악과도 같다. 그런 상황에서 음악은 거의 끝없이 계속되며, 집중하고 있는 관객의 의식 속에 스며들었다가 빠져나가기도 한다. 그리고 그것은 세상에서 가장 가볍고도 섬세한 음악이면서, 아마도 가장 슬픈 음악일 것이다. 이 음악은, 변하지 않고 표현할 수 없는 슬픔이 깔려 있으면서도 겉으로는 활기차 보이는 삶의 겉모습을 표현한다. 정교하게 만들어진 유리 제품을 보면 두 가지 생각이 들 것이다. 얼마나 아름다운가 하는 생각과 얼마나 쉽게 부서질 것인가 하는 생각. 이 두 가지 생각이 반복되는 곡조에 스며들고, 그 곡조는 변화하는 바람에 실려 가듯 극 속을 들락날락해야 한다. 이 곡조는 시간과 공간으로부터 분리되어 있는 해설자와 이야기의 주제 사이를 연결하고 암시하는 실타래 역할을 한다. 그리고 각 에피소드 사이에서, 이 극의 첫째 조건인 정서와 향수를 드러내기 위해 다시 나타난다. 이것은 주로 로라의 음악이고, 따라서 로라와 그녀의 이미지인 유리의 아름다운 나약함에 극이 집중될 때 가장 분명하게 들린다.

조명

이 극의 조명은 사실적이지 않다. 무대는 회상의 분위기와 어울리도록 어두침침하다. 조명 광선들은 특정 구역과 배우들에 집중되는데, 때로는 분명히 극의 중심과 반대되는 쪽에 집중되기도 한다. 예를 들어, 톰과 어맨다가 다투는 장면에서 로라는 어떤 역할도 하지 않는데 가장 밝고 둥근 조명이 그녀의 모습을 비추고 있다. 저녁 식사 장면에서도 마찬가지다. 소파 위에 말없이 있는 로라의 모습이 시각적으로 중심이 되어야 한다. 로라를 비추는 조명은 다른 것들과 구별되어야만 한다. 여성 성자나 성모마리아를 그린 옛 종교화에 사용된 것 같은 독특하고 순박한 밝음을 지녀야만 한다. 엘 그레코*의 그림처럼, 상대적으로 어두운 환경에서 인물들이 환하게 부각되는 종교화의 명암과 상응하는 조명이 극 전반에 효과적으로 사용될 수 있다.(이 조명은 또한 영사막을 보다 효과적으로 사용하게 해 줄 것이다.) 상상력을 발휘하여 조명을 자유롭게 사용하면, 다소간 정적인 성격을 지닌 극에 동적이고 창조적인 특징을 부여하는 데 큰 값어치를 할 것이다.

테네시 윌리엄스

---

* 극적이고 표현력 넘치는 독자적인 종교화를 그린 스페인 화가.

1장

웡필드네 아파트는 건물 뒤편에 있다. 건물은 세포 같은 아파트들이 벌집같이 덩어리를 이루고 있는 것 중 하나이다. 중·하류층이 모여 사는 도시의 인구 과밀 지역에서 사마귀처럼 번창하고 있으며, 미국 사회에서 가장 규모가 크면서도 근본적으로는 종속된 지역이 지니는 유동성과 차별성을 포기한 채 자동기계의 혼합된 덩어리로 존재하고 기능하려는 충동을 나타낸다.

아파트는 뒷골목을 향해 있고 화재 비상구를 통해서 들어가게 되어 있다. 화재 비상구는 우연히도 시적 진실의 분위기를 지니게 된다. 왜냐하면 이 거대한 건물들은 언제나 느릿느릿하면서도 달랠 길 없는 인간 절망의 불길로 타고 있기 때문이다. 이 비상구는 우리가 보게 될 장치의 일부로서, 비상구 층계참과 거기서 이어지는 계단이 포함된다.

연극 장면은 회상이며, 따라서 비현실적이다. 회상은 많은 시적 파격을 취한다. 다루고 있는 대상들의 정서적 가치에 따라서 어떤 세부 사항은 생략되기도 하고, 어떤 것들은 과장되기도 한다. 회상이란 주로 마음속에 자리하기 때문이다. 따라서 실내는 어둡고 시적이다.

막이 오르면, 관객은 윙필드 가족이 사는 집의 침침하고 암울한 뒷벽과 마주하게 된다. 건물 양쪽은 어둡고 좁은 골목길과 맞닿아 있는데, 골목길은 엉킨 빨랫줄과 쓰레기통 그리고 이웃집 화재 비상구가 을씨년스러운 격자무늬를 이룬 음울한 골짜기로 이어진다. 극 중에서 외부로의 등퇴장은 이 옆 골목길의 위와 아래를 통해서 이루어진다. 극을 시작하는 톰의 해설이 끝날 무렵, 컴컴한 집의 벽은 (투명해짐으로써) 아래층 윙필드네 아파트 내부를 보여 준다.

무대 앞쪽에는 로라의 침실이 되기도 하는 거실이 있다. 접이식 소파를 펼치면 침대가 된다. 바로 뒤쪽 중앙, 넓은 아치나 투명하고 빛바랜 커튼(즉, 제2의 막)으로 거실과 구분해 놓은 뒷무대가 식당이다. 거실 구석의 장식장에는 수십 개의 투명한 유리 동물 인형이 보인다. 확대된 아버지 사진이 아치 모양의 통로 왼쪽 거실 벽에 걸려 있다. 2차 세계대전 당시 미군 보병 모자를 쓴, 젊고 잘생긴 청년의 얼굴이다. 그는 상냥하게 웃고 있는데 "나는 영원히 미소를 짓겠습니다."라고 말하는 것처럼, 웃지 않고는 못 견디겠다는 듯한 미소를 짓고 있다.

사진 가까운 곳의 벽에는 타자기 자판표와 그레그 속기표가 붙어 있다. 도표들 아래 작은 탁자 위에는 직립형 타자기가 놓여 있다.

관객은 식당에서 벌어지는 개막 장면을 건물의 투명한 제4의 벽과 거실 아치문의 투명하고 얇은 커튼을 통해 보게 된다. 이 개막 장면 동안 제4의 벽이 천천히 올라가서 보이지 않게 된다. 이 투명한 외벽은 극의 맨 끝, 톰이 마지막 대사를 하는 도중까지 내려오지 않는다.

해설자의 존재는 이 극의 공공연한 관행이다. 그는 자기 목적에 부합하기만 하면 그 어떤 극적인 관행도 파격적으로 자유롭게 다룬다.

톰이 상선 선원의 복장으로 등장해서 비상계단 쪽으로 천천히 걸어간다. 거기 멈춰 서서 담배에 불을 붙인다. 관객을 향해 말을 하기 시작한다.

톰 그래요, 전 주머니 안에 요술을 가지고 있어요, 소매 안에 숨겨 놓은 것들도 있지요. 하지만 저는 무대 마술사와는 정반대랍니다. 그는 진짜처럼 보이는 환상을 제공합니다. 저는 여러분께 즐거운 환상의 가면을 쓴 진실을 보여 드립니다.

우선 저는 시간을 돌려놓지요. 특이한 시대인 30년대, 미국의 거대한 중산층이 맹아 학교에 입학하던 그때로 시간을 돌려놓는 것입니다. 그들의 눈이 그들을 저버린, 아니 그들이 그들의 눈을 저버린 때죠. 그래서 사람들은 무너져 가는 경제라는 뜨거운 점자를 손가락으로 강하게 눌러 대고 있었던 겁니다.

스페인에서는 혁명이 있었지요. 이곳에는 고함 소리와

혼란만이 있었습니다.

스페인에는 게르니카*가 있었지요. 여기서는 때로 무척 과격해지는 노동 분규가 있었습니다. 그런 일이 없었다면 평화스러웠을 시카고, 클리블랜드, 세인트루이스 같은 곳에서 말입니다.

이게 이 연극의 사회적 배경입니다.

(음악이 연주되기 시작한다.)

이 극은 회상입니다. 회상극이기에 조명도 침침하고, 감상적이며 사실적이지 않습니다. 기억 속에서는 모든 일이 음악과 함께 일어나는 것 같지요. 무대 양쪽에 바이올린이 있는 이유가 그것입니다.

저는 이 극의 해설자이면서 등장인물이기도 합니다. 다른 등장인물들은 나의 어머니 어맨다, 누나인 로라 그리고 마지막 장면에 등장하는 신사 방문객입니다. 그는 이 극에서 가장 현실적인 인물로, 우리 가족이 유리되어 있던 현실 세계에서 온 사자입니다. 하지만 저는 상징이라면 사족을 못 쓰는 시인의 약점을 가지고 있기 때문에 이 인물도 상징으로 사용하겠습니다. 그는 오랫동안 미뤄졌지만 우리가 살면서 언제나 기대하게 되는 그 어떤 것입니다.

이 극에는 벽난로 위에 놓인, 실물보다 큰 사진으로만 등장하는 다섯 번째 인물이 있습니다. 이분은 오래전 우리를 떠난 아버지입니다. 그분은 장거리에 매료된

---

* 스페인 북부의 도시로 1937년 스페인 내전 중 독일의 폭격으로 파괴됨.

전화국 직원이었습니다. 그는 전화국 일을 팽개치고 가벼운 발걸음으로 도시를 떠나 버렸습니다.

마지막으로 아버지의 소식을 들은 것은 멕시코의 태평양 해변가에 있는 마사틀란에서 보내온 그림 엽서를 통해서였습니다. "잘들 있니. ……잘 있어라."라는 단 두 마디 말만 적혀 있었지요, 주소도 없이요.

극의 나머지는 저절로 알게 될 겁니다…….

(커튼 사이로 어맨다의 목소리가 들린다.)

(화면의 자막 '눈은 어디에 있는가?')

(톰이 커튼을 젖히고 식당으로 들어온다. 어맨다와 로라는 접이식 테이블에 앉아 있다. 먹는 행위는 음식이나 식사 도구 없이 몸짓으로만 표현된다. 어맨다는 관객을 마주 보고 있다. 톰과 로라는 옆모습을 보이며 앉는다. 내부의 조명은 부드러우며, 얇은 커튼을 통해서 어맨다와 로라가 식탁에 앉아 있는 것이 보인다.)

어맨다 (부른다.) 톰?

톰   네, 엄마.

어맨다 네가 식탁에 오기 전에는 식사 기도를 할 수 없구나.

톰   가요, 엄마. (가벼운 목례를 하고 물러났다가, 잠시 후 식탁의 자기 자리로 다시 등장한다.)

어맨다 (아들에게) 얘야, 손가락으로 밀어 넣지 마라. 뭔가로 밀어 넣어야 한다면, 빵 조각으로 하면 되지. 그리고 씹어, 씹으라고! 동물들은 음식을 씹지 않아도 위장에서 소화할 수 있는 분비 작용을 하지만, 사람은 음식을 삼키기 전에 씹어야 한단다. 음식은 여유를 갖고 먹어야 한다, 얘야, 그리고 정말 즐겨야 해. 잘 조리된 음식은 묘한 맛을 지니고 있는데, 이를 음미하기 위해서는 입안에 담아 두어야 하는 거란다. 그러니 음식을 씹어서 네 침샘이 기능을 할 수 있게 해야지!

(톰이 상상의 포크를 의도적으로 내려놓더니, 식탁에서 의자를 뒤로 밀어낸다.)

톰   엄마가 계속 어떻게 먹어야 하는지에 대해 잔소리를 하는 바람에 전 저녁밥을 한 숟갈도 즐기지 못했어요. 한입 먹을 때마다 매처럼 노려봐서 음식을 빨리 먹게 만드는 사람은 바로 엄마예요. 진저리가 난다고요……. 동물의 분비 작용이니 침샘이니 음식 씹기 타령으로 식욕을 망치고 있다니까요!

어맨다 (경쾌하게) 성질하고는, 메트로폴리탄 오페라 스타 같구나! (톰, 일어나서 거실 쪽으로 걸어간다.) 식탁에서 일어나도 된다고는 안했다.

톰   담배 가지러 가요.

어맨다 너무 많이 피우는구나.

(로라가 일어선다.)

로라 　블랑망제*를 가져올게요.

(톰은 담배를 든 채 다음 장면이 진행되는 동안 커튼 옆에 계속 서 있다.)

어맨다 (일어서며) 아니, 아가씨. 아니에요, 아가씨, 이번에는 아가씨가 마님 노릇을 해요, 내가 하인을 할 테니.

로라 　벌써 일어섰는데요.

어맨다 자리에 앉아요, 작은 아가씨, 생생하고 예쁜 채로 있어요, 신사 방문객들을 위해서!

로라 　(앉으면서) 저를 찾아올 신사 방문객은 없는데요.

어맨다 (들뜬 채 부엌으로 건너가면서) 때로는 전혀 기대하지 않을 때 찾아온다고! 아, 블루 마운틴에서의 어느 일요일이 생각나는구나…… . (부엌으로 들어간다.)

톰 　　무슨 말이 나올지 난 알지!

로라 　그래. 그냥 하시게 놔둬.

톰 　　또?

로라 　그 얘기하는 걸 좋아하시잖아.

(어맨다가 디저트 그릇을 들고 돌아온다.)

어맨다 블루 마운틴에서 어느 일요일 오후에, 너희 엄마는, 열일곱 명이나 되는 신사 방문객을 맞이했단다! 아니,

---

* 프랑스식 디저트.

어떤 때는 그들이 모두 앉을 의자가 모자랐지. 흑인 하인을 시켜 사제관에 가서 접이식 의자를 가져와야 했단다.

톰 　(커튼 옆에 머문 채로) 신사 방문객들을 어떻게 접대하셨어요?

어맨다 나는 대화의 기법을 알고 있었지.

톰 　어머니는 분명 말씀을 잘하셨을 거예요.

어맨다 그 당시 처녀들은 대화할 줄 알았단다, 정말이야.

톰 　그래요?

(화면의 영상, 소녀 어맨다가 현관에서 방문객을 환영하고 있다.)

어맨다 신사 방문객을 접대하는 법을 알고 있었지. 아가씨가 얼굴 예쁘고 몸매가 우아한 게 다는 아니었다. 나는 양쪽 다 빠지지 않았지만 말이야. 민첩한 재치와 모든 상황에 어울리는 화술을 가지고 있어야 했어.

톰 　무슨 얘길 하셨는데요?

어맨다 세상에서 벌어지는 중요한 것들에 대해서지! 거칠거나 상스럽고 천박한 것은 절대 아니야.
(톰은 커튼 옆에 있는데도 그녀는 마치 그가 식탁의 빈 의자에 앉아 있는 듯 말을 건넨다. 톰은 이 장면에서 마치 대본을 읽듯이 연기를 한다.)
내 방문객들은 신사였어, 모두 다! 나를 찾아온 사람들 중에는 미시시피 델타 유역의 가장 유망한 젊은 농장주들도 있었지, 농장주나 농장주의 아들들 말이야!

(음악이 시작되고 어맨다에게 스포트라이트가 비치도록 톰이 사인을 보낸다. 어맨다, 눈을 치켜뜨는데, 얼굴에서는 광채가 나고 목소리는 풍부해지면서 애수를 띤다.)

(화면의 자막 '지난날 내린 눈은 어디에 있는가?*')

챔프 로플린이라는 젊은이는 훗날 델타 플랜터스 은행의 부은행장이 되었지. 해들리 스티븐슨은 문 레이크에 빠져 죽었는데, 미망인에게 정부 채권으로 15만 달러를 남겨 주었어. 커트리어 형제도 있었지, 웨슬리와 베이츠. 베이츠는 나의 특별한 애인 중 하나였어! 그는 웨인라이트네 사나운 아들과 싸움을 벌였어. 문 레이크 카지노 홀에서 총싸움이 벌어졌는데, 베이츠는 복부에 총을 맞았지. 멤피스로 가는 구급차 안에서 숨을 거두었단다. 그 사람 미망인도 많이 물려받았어, 땅을 8000에이커 내지 1만 에이커 받았으니까, 그럼 됐지. 그 여자는 남자가 실연당한 데 대한 반발로 결혼한 상대야, 그 남자는 이 여자를 결코 사랑하지 않았어……. 죽는 날 밤까지 내 사진을 지니고 다녔다니까! 그리고 델타 유역의 모든 여자들이 잡으려고 애를 썼던 남자가 있었지! 그 잘생기고 총명했던, 그린 카운티 출신의 피츠휴 집안 아들 말이야!

톰 그 남자는 미망인에게 무얼 남겼나요?

어맨다 그 사람은 결혼 안 했어! 어머나, 넌 마치 나를 사모했던 사람들이 전부 다 세상을 떠난 것처럼 말하는구나.

---

* Mais ou sont les neiges d'antan? 프랑스 시인 프랑수아 비용의 시 「옛 미인들을 노래하는 발라드」의 한 구절.

톰   아직 살아 있다고 말한 건 이 사람이 처음 아니에요?

어맨다   그 피츠휴 청년은 북쪽으로 가서 한 재산 모았어…….
        월 가의 늑대로 알려졌지! 미다스의 손을 가졌단다,
        뭐든 만지기만 하면 황금으로 변했어! 나는 덩컨 K.
        피츠휴 부인이 될 뻔했단다, 알아 둬! 하지만…… 나는
        네 아버지를 선택했지!

로라   (일어서면서) 엄마, 제가 식탁을 치울게요.

어맨다   아니, 애야, 넌 저기 앞쪽으로 가서 타자기 자판표나
        공부해. 아니면 속기 연습을 하든지. 싱싱하고 예쁘게
        있어야지! ……신사 방문객이 오기 시작할 시간이
        거의 다 되었구나. (어맨다, 소녀처럼 부엌 쪽으로 뛰어나
        간다.) 오늘 오후에는 몇 명이나 접대해야 될 것 같니?

(톰이 신문을 팽개치고는 신음 소리를 내면서 벌떡 일어난다.)

로라   (식당에서 혼자) 아무도 안 올 것 같은데요, 엄마.

어맨다   (들떠서 다시 등장하며) 뭐라고? 아무도 안 와? 한 명도
        안 온다고? 농담이겠지!

(로라는 불안스럽게 어머니의 웃음을 따라 웃는다. 반쯤 열린 커튼
사이로 도망치듯 빠져나와 뒤로 커튼을 살며시 닫는다. 한 줄기
밝은 조명이 빛바랜 장막을 뒤로 한 그녀의 얼굴에 비친다. 어맨다가
경쾌하게 말을 이어 가는 동안 희미하게 「유리 동물원」 음악 소리가
들린다.)

신사 방문객이 한 명도 안온다고? 그럴 리가 없지! 홍수가 났거나 토네이도가 온 게 틀림없어!

로라 홍수도, 토네이도도 아니에요, 엄마. 전 엄마가 블루 마운틴에 있던 때만큼 인기가 없는 것뿐이에요……

(톰이 또 한 번 신음 소리를 낸다. 로라가 희미한 사과 조의 미소를 지으며 톰을 바라본다. 목이 약간 멘다.)

엄마는 내가 노처녀가 될까 봐 걱정이신가 봐.

(「유리 동물원」주제 음악과 함께 무대가 어두워진다.)

2장

어두운 무대 위 영사막에 푸른색 장미꽃 영상이 비친다. 차츰 로라의 모습이 또렷해지고 영사막은 사라진다. 음악 소리도 작아진다.

로라는 동물 발 모양의 다리가 달린 작은 탁자 앞에 정교한 상아색 의자를 놓고 앉아 있다. 부드러운 보라색 실내복을 입었고 머리는 이마에서 뒤로 모아 리본으로 묶었다. 그녀는 유리 수집품들을 씻고 광을 내는 중이다. 어맨다가 비상구 계단에 나타난다. 어머니가 올라오는 소리에 로라는 숨을 죽이고, 장식품이 든 그릇을 치우고, 타자기 자판표 앞에 열중한 듯 곧은 자세로 앉아 있다. 계단참으로 올라오는 어맨다의 얼굴에 그녀에게 무슨 일이 벌어졌음이 드러나 있다. 암울하고 절망적이며 어이가 없다는 표정이다. 어맨다는 모조 모피 칼라가 달린 싸구려, 즉 인조 벨벳 종류로 된 외투를 입고 있다. 모자는 오륙 년 된 것인데, 20년대 후반에 쓰던 보기 흉한 종 모양의 모자이다. 그녀는 백동 버클과 이니셜 장식이 달린 커다란 에나멜 핸드백을 움켜쥐고 있다. 이 복장은 어맨다가 미국 혁명 여성회에 갈 때 입곤 하는 정장이다. 어맨다, 들어오기 전 문틈으로 안을 들여다본다. 입술을 꽉 다물고, 눈을 크게 뜨고, 위를 올려다보고는 머리를 흔든다. 그러고는 천천히 문 안으로 들어온다. 로라, 어머니의 표정을 보고 불안한 몸짓으로 입술을 어루만진다.

로라　안녕, 엄마, 저는……. (벽에 붙어 있는 도표를 향해 불안한 몸짓을 한다. 어맨다는 닫힌 문에 기대서서 핍박당한 사람의 시선으로 로라를 바라본다.)

어맨다　속였구나? 속임수지? (천천히 모자와 장갑을 벗으며, 그 부드러우면서도 고통스러운 눈길을 계속한다. 모자와 장갑을 바닥에 떨어뜨린다. 약간은 꾸며서 하는 행동이다.)

로라　(떨면서) 미국 혁명 여성회 모임은 어땠어요?
　　　(어맨다, 천천히 핸드백을 열고 우아한 흰 손수건을 꺼내 부드럽게 흔들더니 입술과 콧구멍에 살며시 가져다 댄다.)
　　　미국 혁명 여성회 모임에 안 갔어요, 엄마?

어맨다　(힘없이, 거의 안 들리게) 그래……. 안 갔어. (그러더니 보다 힘 있게) 미국 혁명 여성회에 갈 기운도 없었지. 실은, 용기가 없었어! 땅속 구멍이라도 찾아 그 속에 영원히 숨고 싶었어! (천천히 벽 쪽으로 다가가 타자기 자판표를 떼어 낸다. 잠시 그것을 앞으로 들고 부드럽고 서글프게 바라보더니…… 입술을 깨물고 두 조각으로 찢어 버린다.)

로라   (힘없이) 왜 그러신 거예요, 엄마?

       (어맨다는 속기표에도 같은 절차를 되풀이한다.)

       엄마, 왜 그러시는…….

어맨다 왜? 왜냐고? 너 몇 살이니, 로라?

로라   엄마, 제 나이를 아시잖아요.

어맨다 난 네가 어른인 줄 알았다. 하지만 내가 잘못 안 것 같
       구나. (천천히 소파에 다가가더니 주저앉아 로라를 뚫어
       지게 본다.)

로라   저를 쏘아보지 마세요, 엄마.

(어맨다, 눈을 감더니 고개를 숙인다. 십 초 정도 침묵이 흐른다.)

어맨다 우리가 무엇을 해야 하지, 우리는 어떻게 되는 걸까?
       미래는 뭐지?

(다시 침묵이 흐른다.)

로라   무슨 일이 있었어요, 엄마?

       (어맨다, 긴 숨을 들이쉬더니 손수건을 다시 꺼내서 가볍게
       두드리는 동작을 반복한다.)

       엄마, 무슨 일이…… 있었어요?

어맨다 곧 괜찮아질 거야. 나는 단지 (망설이다가) 인생에 대해
       서 당혹감을 느꼈을 뿐이야…….

로라   엄마, 무슨 일이 있었는지 말을 해 줘요!

어맨다 너도 알다시피, 나는 오늘 오후 미국 혁명 여성회에

정식으로 가입할 예정이었지.

(화면의 영상, 수없이 많은 타자기 무더기.)

한데 네가 감기에 걸렸다고 선생들에게 전해 주고, 진도는 어떻게 나가고 있는지 물어볼 겸해서 루비캠 실업 대학에 들렀단다.

로라   아…….

어맨다 타자 선생에게 가서 네 엄마라고 소개했어. 그 여자는 네가 누군지 모르더구나. "윙필드라고요? 우리 학교에 그런 학생은 등록하지 않았는데요." 하는 거야.

난 네가 등록을 했고 지난 1월 초부터 계속 학교를 다니고 있다고 장담했어.

그 여선생이 "혹시 며칠 다니다가 자퇴한, 수줍음을 몹시 타는 작은 아가씨를 말씀하시는 건가요?" 하더군.

"아니에요." 난 말했어. "로라는, 내 딸은 지난 육 주 동안 매일 학교에 다녔어요!"

그 선생이 "잠시만요." 하고 출석부를 가져왔는데 분명 네 이름이 인쇄돼 있었어. 한데 전부 결석이더구나. 그들이 네가 자퇴한 걸로 판단한 그날까지 말이야.

나는 그래도 말했어. "아니에요, 뭔가 착오가 있었을 거예요! 기록에 무슨 혼선이 있는 게 분명해요!"

그러자 선생이 말하더군. "아닙니다……. 이제 그 애가 확실히 기억납니다. 손이 너무 떨려서 자판을 제대로 치지 못했어요! 첫 번째 속도 시험이 있던 날, 그 애는 완전히 무너져 버렸답니다……. 복통이 일어나서 화장실에 데려다 줘야 할 정도였습니다! 그날 아침 이후 다시는 나타나지 않았어요. 집으로 전화를 드렸지만 아무도 받지 않더군요."……내가 페이머스 앤 바 백화점에서 이런 물건들을 판촉하면서 일하고 있었을 때였나 보구나……. 오!

(손으로 브래지어를 가리킨다.)

아! 너무 힘이 없어서 서 있을 수가 없을 정도였다! 사람들이 물 한 잔 가져다줄 때까지 앉아 있어야 했어! 50달러나 되는 학비는 물론 우리의 모든 계획들, 너를 향한 나의 희망과 큰 뜻은, 날아가 버렸어, 그냥 그렇게 사라져 버린 거야.

(로라는 긴 숨을 들이쉬더니 어색하게 일어선다. 빅터 축음기로 다가가 태엽을 감는다.)

뭐 하는 거니?

로라 아! (손잡이를 놓더니 자리에 앉는다.)

어맨다 로라, 학교에 가는 척하고 나가선 어디를 갔던 거니?

로라 그냥 산책했어요.

어맨다 그럴 리가 없다.

로라 진짜예요. 그냥 걸었어요.

어맨다 걸었다고? 걸어 다녔다고? 이 겨울에? 얇은 외투를 입고 폐렴에 걸리려고 작정을 한 거니? 어디를 걸어 다닌 건데, 로라?

로라 여기저기요, 대개는 공원이었어요.

어맨다 감기에 걸린 후에도 말이냐?

로라 두 가지 괴로움 중 그래도 그게 나은 편이었어요. 엄마.

(화면의 영상, 공원의 겨울 풍경.)

전 거기로 돌아갈 수 없었어요. 바닥에…… 토하기 까 지…… 한걸요!

어맨다 아침 7시 30분부터 저녁 5시까지 공원을 걸어 다녔다 고 말할 셈이니? 루비캠 실업 대학에 아직 다니고 있 다는 걸 내가 믿도록 하기 위해서 말이야?

로라 들리는 것처럼 그렇게 나쁘지는 않았어요. 몸을 녹이기 위해서 실내에 들어가기도 했고요.

어맨다 실내 어디에?

로라 미술관에도 들어갔고 동물원의 새 사육장에도 갔죠. 매일매일 펭귄을 찾아갔어요! 어떤 때는 점심을 거 르고 영화를 보러 가기도 했어요. 요즘은 오후 시간 대부분을 보물 상자라는, 열대 꽃을 키우는 큰 온실 에서 보냈어요.

어맨다 이 모든 걸 나를 속이기 위해서 했단 말이지, 단지 기만하기 위해서? (로라가 아래를 바라본다.) 왜지?

로라 엄마, 엄마는 실망하면, 미술관의 성모 그림처럼 무시 무시하게 고통스런 표정을 하세요.

어맨다 조용히 해!

로라 전 그걸 견딜 수가 없어요.

(침묵이 흐른다. 속삭이듯 현악기 소리가 들린다. 화면의 자막 '치욕의 빵 껍질.')

어맨다 (절망한 채 커다란 핸드백을 만지작거리면서) 그래, 우리 남은 인생을 뭘 하면서 보낼까? 집에 처박혀 퍼레이드

지나가는 거나 구경할까? 유리 동물을 가지고 즐겁게 놀아 볼까나, 얘야? 아버지가 남겨 놓은, 그 사람에 대한 괴로운 생각이나 나게 하는, 저 낡아 빠진 축음기 판이나 계속해서 틀어 놓을까? 우린 전문직을 가질 수는 없을 거야……. 그것 때문에 과민성 소화 불량이 생기니까 우린 포기한 거지! (진력이 빠진 듯이 웃는다.) 남에게 의존하는 것 말고 우리 삶에 뭐가 더 있니? 직장 가질 준비를 못한 처녀들이 어떻게 되는지 난 잘 알고 있단다. 그런 불쌍한 경우를 남부에서 여럿 봤어. 형부나 새언니가 마지못해 주는 도움에 의지해서 제대로 인정도 못 받는 노처녀들…… 쥐덫 같은 작은 방에 갇혀 다른 친척에게로 가라는 권유나 받으면서 평생 치욕의 빵 껍질이나 먹는, 둥지 없는 작은 새 같은 여자들 말이야!

우리가 구상하고 있는 미래가 그런 거니? 장담하건데 생각할 수 있는 대안은 그것뿐이구나! (멈춘다.) 아주 유쾌한 선택 아니니, 그렇지? (다시 멈춘다.) 물론, 어떤 여자들은 결혼을 하기도 하지.

(로라가 신경과민 증세처럼 손을 비비 꼰다.)

넌 남자애를 좋아해 본 적이 없니?

로라   있어요. 한 번 좋아했었죠. (일어선다.) 조금 전 우연히 그 사람 사진을 보았어요.

어맨다 (관심을 가지면서) 그 사람이 네게 사진을 줬어?

로라   아니요, 학교 연감에서 말이에요.

어맨다 (실망하면서) 아, 고등학교 때의 남학생.

(화면의 영상, 고등학교 시절 은제 컵을 든, 영웅 같은 짐의 모습.)

로라   네, 그 사람 이름은 짐이었어요. (동물 발 모양의 다리가
      달린 탁자에서 두꺼운 연감을 들어 올린다.) 여기 그 사람
      이 「펜잰스의 해적」에 출연한 모습이 있어요.

어맨다 (멍하게) 펜 뭐라고?

로라   졸업반이 공연했던 오페레타예요. 그 친구는 목소리가
      진짜 멋졌고요, 우리는 월, 수, 금요일마다 강당에서
      통로를 사이에 두고 앉았어요. 여기 그 애가 토론 대회
      에서 받은 은 컵을 들고 있네요! 웃는 거 보이세요?

어맨다 (멍하게) 명랑한 성격이었던가 보지.

로라   저를 푸른 장미라고 불렀어요.

(화면의 영상, 푸른 장미들.)

어맨다 왜 널 그런 이름으로 불렀다니?

로라   제가 늑막염에 걸렸을 때요, 학교에 다시 나가니까 그
      애가 저더러 뭐가 문제냐고 묻더라고요. 저는 늑막염
      이라고 말했는데, 그 애는 제가 푸른 장미라고 했다
      고 생각했나 봐요!* 그 다음부터는 항상 저를 그렇게
      불렀어요. 저를 볼 때면 언제나 "안녕, 푸른 장미!" 하고
      소리를 질렀지요. 저는 그 애와 데이트하던 여자를
      좋아하지 않았어요. 에밀리 마이센바흐. 에밀리는 솔

---

* 늑막염(pleurisy)과 푸른 장미(blue rose)의 발음이 유사해서 착각한 것.

단 학교에서 가장 옷 잘 입는 여학생이었죠. 하지만 진지하다는 인상은 못 받았어요……. 개인 소식란에, 둘이 약혼했다고 쓰여 있더군요. 그게 육 년 전이에요! 지금쯤은 분명히 결혼했을 거예요.

어맨다 직업에 어울리지 않는 여자들은 대개 멋진 남자들과 결혼을 하게 되지. (다시 힘이 번쩍 솟아나서 일어선다.) 아가씨, 그게 바로 네가 해야 할 일이야!

(로라는 놀란 듯, 의심에 찬 웃음을 내뱉는다. 그녀는 유리 조각을 향해 재빨리 손을 뻗는다.)

로라 하지만, 엄마…….

어맨다 응? (사진에 다가간다.)

로라 (겁에 질린 듯 사과하는 투로) 저는 절름발이예요!

어맨다 말도 안 돼! 로라, 그런 말은 절대로, 절대로 쓰면 안 된다고 말했지. 이런, 너는 절름발이가 아니야, 단지 작은 결점을 갖고 있을 뿐이지……. 거의 나타나지도 않아! 그런 사소한 단점을 갖고 있을 경우에 사람들은 그걸 보상하기 위해서 다른 것들을 개발하지, 매력이랑…… 생동감…… 그래, 매력을 키운단다! (다시 사진을 향한다.) 네 아버지가 많이 갖고 계셨던 건, 바로 매력이었어!

(음악과 더불어 장면이 점점 어두워진다.)

3장

화면의 자막 '대 실패 이후…….'
톰이 비상계단 층계참에서 이야기한다.

톰   루비캠 실업 대학에서의 대 실패 이후 로라를 위해
      신사 방문객을 구해야겠다는 생각은 어머니의 계산
      속에서 점점 더 중요한 자리를 차지하기 시작했습니다.
      그건 집착이 되었습니다. 집단 무의식의 어떤 원형처럼,
      신사 방문객의 이미지는 우리 작은 아파트에 출몰하곤
      했습니다…….
      (화면의 영상, 꽃을 들고 문 앞에 서 있는 한 청년.)
      이 이미지, 이 유령, 이 희망을 언급하지 않고 저녁
      시간을 보낸 적이 거의 없었습니다……. 그가 언급되지
      않더라도, 그의 존재는 집착하는 어머니의 모습과 겁에
      질려 사과하는 누나의 태도 속에 윙필드가(家)에 내려진

판결처럼 드리워져 있었습니다!

어머니는 말만 하는 것이 아니라 행동하는 여성이었지요. 그녀는 계획된 방향으로 논리적인 발걸음을 옮기기 시작했습니다. 그해 늦겨울과 이른 봄에 엄마는 둥지를 제대로 꾸미고 새를 치장하기 위해서는 여분의 돈이 필요하다는 것을 깨닫고 《가정 주부의 친구》라는 여성 잡지의 구독자를 모집하는 전화 판촉을 열심히 벌였습니다. 그 잡지는 우아한 컵 모양의 가슴과 날씬하고 가느다란 허리, 탐스러운 크림색 허벅지와 가을날의 나무 연기 같은 눈, 음악의 선율처럼 달래 주고 애무하는 손가락들, 에트루리아의 조각처럼 강한 몸매에 기초를 두고 사고하는 여성 문인들의 미화된 연재물을 특색으로 하고 있었습니다.

(화면의 영상, 매력적인 잡지 표지.)

(어맨다는 기다란 연결선이 달린 전화기를 들고 등장한다. 그녀는 어두운 무대에서 집중 조명을 받는다.)

어맨다 아이다 스콧? 나 어맨다 윙필드예요! 지난 월요일 미국 혁명 여성회에 안 왔더군요. 나는 혼자서 부비강염 때문에 고생하나 보다 생각했죠! 코의 염증은 좀 어때요? 아이고, 끔찍해라! 이를 어쩐다! 당신은 순교자*예요,

---

* 독실한 기독교 신자인 어맨다가 일상적으로 쓰는 말 습관.

바로 그래, 순교자라고요!

그런데 말야, 《가정주부의 친구》 구독이 만기가 되려는 걸 지금 우연히 알게 되었어요! 그래요, 다음 달이면 만기가 되네요! 베시 메이 호퍼의 멋진 새 연재물이 기대 속에서 막 시작하려는 찰나에 말이에요. 아, 이봐요, 정말 놓쳐서는 안 되는 거라고!『바람과 함께 사라지다』가 어떻게 모두의 넋을 빼며 독자를 사로잡았는지 기억해요? 그것 안 읽고는 외출도 못 했잖아요. 사람마다 하는 얘기라고는 스칼릿 오하라뿐이었지. 글쎄, 비평가들이 벌써 이 작품을『바람과 함께 사라지다』에 비교하더라고요. 전후 세대의『바람과 함께 사라 지다』라고 한다니까! 뭐라고? 탄다고요? 아, 이런, 타게 놔두지 말아요, 오븐에 가 봐요. 내가 전화기 들고 있을 게! 맙소사! 끊어 버렸네!

(장면이 어두워진다.)

(화면의 자막 "내가 컨티넨탈 구두 회사랑 사랑에 빠진 줄 아세요?")

(조명이 다시 켜지기 전, 톰과 어맨다의 격렬한 목소리가 들린다. 커튼 뒤에서 다투고 있다. 로라가 주먹을 쥔 채 놀라고 겁에 질린 표정으로 그들 앞에 서 있다. 이 장면 내내 밝은 조명이 로라를 둥그렇게 감싼다.)

톰   젠장, 도대체 내가 뭘…….

어맨다 (날카롭게) 그런 말은…….

톰 ……해야 되냐고요!

어맨다 하지 말라고! 내 앞…….

톰 아아!

어맨다 ……에서는 안 돼! 너 정신 나갔니?

톰 나 정신 나갔어요, 맞아요!

어맨다 도대체 너는 뭐가 문제냐? 이…… 덩치만…… 커다란
……**얼간이야!**

톰 보세요! ……내겐 아무것도 없어요, 단 한 가지도
없다고요…….

어맨다 목소리 낮춰!

톰 ……인생에서 **내 것**이라고 부를 수 있는 거라고는. 모든
게 다…….

어맨다 소리 그만 질러!

톰 어제 엄마는 내 책들을 압수했죠. 함부로 그러다니…….

어맨다 그 끔찍한 소설들을 도서관으로 돌려보냈지……. 그래!
그 미치광이 로렌스의 흉측한 책들 말이야.
(톰이 거칠게 웃는다.)
내가 병든 마음의 산물이나 거기에 영합하는 사람들을
통제할 수는 없어…….
(톰은 더욱 거칠게 웃어 댄다.)
**하지만 그런 쓰레기를 내 집 안에 들이는 걸 허락하지는
않아!** 안 돼, 안 돼, 안 돼, 안 된다고, 안 돼!

톰 집, 집이라고요! 누가 집세를 내는데, 누가 그걸 내려고
노예처럼 일하는데…….

어맨다 (상당히 날카로운 비명을 지르면서) 네가 **감히** 그런…….

톰 아니, 안 되지, 난 어떤 말을 해도 안 되지요! 나는 그저 그렇게…….

어맨다 내가 말하는데…….

톰 더 이상 듣고 싶지 않아요!

(커튼을 찢을 듯이 확 열어젖힌다. 무대 뒤쪽은 팽창해 있는 침침한 붉은색 광채로 환하다. 어맨다는 머리에 금속으로 된 컬러를 달고 가냘픈 몸에는 너무 크고 매우 오래된 가운을 입고 있다. 가운은 배신한 윙필드 씨가 남긴 유물이다. 접이식 탁자 위에 아무렇게나 흩어진 원고 옆에 직립형 타자기가 놓여 있다. 아마도 어맨다가 톰의 창작 작업을 방해해서 싸움이 일어난 것 같다. 바닥에는 의자가 뒤집혀 나자빠져 있다. 붉은 빛에 의해 그들이 손짓 발짓하는 그림자가 천장에 비친다.)

어맨다 더 들어야 해, 너…….

톰 더 이상 듣지 않겠어요, 저 나가요!

어맨다 당장 다시 돌아와…….

톰 나가요, 나가, 나간다고요! 왜냐면 난…….

어맨다 이리로 와, 톰 윙필드! 나는 너하고 할 얘기가 끝나지 않았어!

톰 아, 가요…….

로라 (절망적으로) ……톰!

어맨다 너는 들어야 돼, 네놈의 무례함은 더 이상 못 참아! 내 인내심도 한계에 달했어!

(톰이 어맨다 쪽으로 되돌아온다.)

톰   내가 뭐라고 생각하세요? 내 인내심에는 한계가 없는
       줄 알아요, 엄마? 알아요, 알죠. 엄마한테는 내가 하고
       있는 거랑…… 내가 하고 싶은 게…… 서로 다르다는 게
       중요하지 않죠. 엄마는 그렇게 여기지 않죠…….

어맨다 난 네가 부끄러운 짓만 해 오고 있다고 생각한다.
       그래서 네놈이 이렇게 구는 거야. 네가 매일 밤 영화
       보러 간다는 말 안 믿어. 매일 밤 영화를 보러 가는 사
       람은 아무도 없어. 정신이 올바로 박힌 사람은 네가
       그런 척하는 만큼 그렇게 뻔질나게 영화 보러 다니지
       않아. 자정이 다 돼서 영화 보러 가지도 않고, 새벽
       2시에 끝나는 영화도 없지. 비틀거리면서 들어오고.
       미친 사람처럼 혼자 중얼거리면서! 너는 세 시간 자고
       바로 일하러 가지. 아, 네가 거기서 어떤 꼴로 하고 있
       을는지 뻔히 보여. 멍청하게 있든가 약이나 먹고 있
       겠지, 일할 상태가 안 되니까 말이야.

톰   (거칠게) 그래요, 난 일할 상태가 못 돼요!

어맨다 무슨 권리로 네 직업을 위태롭게 만드는 거냐? 우리
       모두의 안전을 위태롭게 하는 거야? 만약 네가 어찌
       되면, 우리는 어떻게 생활을 꾸려 나가라고…….

톰   들어 보세요! 엄마는 내가 창고에 홀딱 반했다고 생각
       하세요? (톰은 어머니의 가냘픈 몸을 향해 사납게 몸을
       숙인다.) 엄마는 내가 컨티넨탈 구두 회사랑 사랑에 빠진
       줄 아세요? 엄마는 내가…… 셀로텍스 실내 장식과……

형광……등 밑에서 오십오 년을 보내고 싶어 할 거라고 생각하세요? 보세요! 난 차라리 누군가가 쇠 지렛대를 들고 내 머리를 박살내 줬으면 좋겠어요……. 아침에 다시 거기로 돌아가느니 말이에요! 나는 가요! 엄마가 그 빌어먹을 "일어나서 빛나라! 일어나서 빛나라!"를 외치면서 들어올 때마다, 나는 "죽은 자들은 얼마나 운이 좋은가?"라고 혼잣말을 해요. 하지만 나는 일어나서, 가요! 월급 65달러를 위해 나는 내가 하고 싶고 되고 싶은 모든 꿈을 줄곧 포기한다고요! 엄마는 내가 나만…… 나 자신만 생각한다고 말하죠. 그래, 들어 보세요, 만약 내가 나 자신을 생각했다면, 엄마, 나는 저 양반이…… **간** 곳에 가 있을 거예요! (아버지의 사진을 가리킨다.) 교통수단이 닿는 한 멀리요! (톰이 어머니 곁을 지나친다. 어머니가 아들의 팔을 잡는다.) 잡지 마요, 엄마!

어맨다 어디 가는 거니?

톰 영화 보러 간다고요!

어맨다 그런 거짓말은 안 믿어!

(톰이 어머니의 가냘픈 체구를 압도하면서 어머니 쪽으로 몸을 굽힌다. 어머니는 숨을 헐떡거리며 뒤로 물러난다.)

톰 난 아편 소굴로 가요! 그래요, 아편 소굴로, 악의 굴이자 범죄자들의 은신처로 말이에요, 엄마. 나는 호건 갱단에 가입했어요. 고용된 킬러라고요. 바이올린 상자에 소형 기관총을 넣어 다니죠! 나는 밸리에서 매음굴을 운영해요! 사람들은 나를 킬러, 킬러 윙필드 라고 불러요, 나는 이중생활을 하고 있다고요. 낮에는 꾸밈없고 정직한 창고 노동자고, 밤에는 지하 세계의 역동적인 황제라고요, 엄마. 도박판이 벌어진 카지노 룰렛 테이블에서 이름을 날리기도 하죠! 한쪽 눈에 안대를 하고 가짜 콧수염을 붙이기도 해요, 때로는 초록색 구레나룻을 붙이기도 하죠. 그럴 때면 사람 들이 날…… 마왕이라고 불러요! 아, 엄마를 잠 못 자게 할 여러 가지 얘기를 해 줄 수 있어요! 내 적들이 이 집을 폭파하려는 계획을 세우고 있어요. 어느 날 밤에 우리를 하늘 높이 날려 버릴 거예요! 나는 기쁘고 너무 행복할 거고, 엄마도 그렇겠죠! 엄마는 빗자루를 타고 열일곱 명의 신사 방문객과 함께 블루 마운틴 위로 날아갈 거예요! 추하고…… 나불거리기나 하는 늙은 마녀 같으니라고……. (톰이 연달아 격하고 둔한 몸짓을 하더니, 외투를 낚아채고 문을 향해 돌진해서 무섭게 문을 열어젖힌다. 여자들이 아연실색해서 그를 바라본다. 톰은 옷을 급히 입으려고 버둥대다가 외투 소매에 팔이 걸린다. 잠시 동안 육중한 옷에 손이 끼인 채로 있다. 그는 성난 신음을 내며 어깨 부분을 찢고 외투를 뜯어 재껴 방 건너편으로 던져 버린다. 그것이 로라의 유리 수집품 선반에 부딪히고, 유리 깨지는 소리가 쨍그랑 하고 난다. 로라는 마치 자신이 다치기라도 한 듯 비명을 지른다.)

(음악)

(화면의 자막 '유리 동물원.')

로라 (날카롭게) 내 유리! 동물원……. (로라, 얼굴을 가리더니
      돌아선다.)

(어맨다는 "추한 마녀" 때문에 여전히 놀라고 정신이 없는 상태라서
유리가 깨진 것을 알아차리지 못하는 것 같다. 이제 그녀는 말할
기운을 회복한다.)

어맨다 (무시무시한 목소리로) 난 네 놈과 말 안 한다……. 네가
        사과할 때까지!

(어맨다는 커튼을 가로질러 들어가서 등 뒤로 다시 커튼을 닫아
버린다. 톰과 로라만 남는다. 로라는 얼굴을 돌린 채 벽난로 선
반에 힘없이 기대 있다. 톰은 한순간 그녀를 멍하게 바라본다.
그러고는 선반으로 다가간다. 어색하게 무릎을 꿇고 땅에 떨어진
유리 조각들을 줍는다. 말을 하려 하나 아무 말도 할 수 없다는 듯
로라를 흘끔 쳐다본다.)

(장면이 어두워지면서 「유리 동물원」 음악이 슬그머니 스며든다.)

4장

아파트의 내부는 어둡다. 골목길에 희미한 불빛이 비친다.
교회에서 5시를 알리는 낮고 깊은 종소리가 들려온다.

톰이 골목길 맨 위쪽에 등장한다. 전능하신 분의 한결같은
힘과 권위에 대조되는 인간의 작은 경련을 나타내기라도 하듯,
톰은 탑에서 엄숙한 종소리가 울릴 때마다 딸랑이 같은 것을
흔들어 댄다. 이런 짓과 불안정한 걸음걸이로 봐서 그가 술을
마신 것이 분명하다. 톰이 화재 비상구 쪽 층계참으로 몇 계
단을 올라가자 집 안의 불이 슬그머니 켜진다. 로라가 잠옷
바람으로 맨 앞쪽 방에 나타난다. 로라는 톰의 침대가 비어
있는 것을 알아차린다. 톰은 호주머니에서 집 열쇠를 찾느라
여러 잡동사니들을 끄집어내는데, 거기에는 극장표 조각 한
움큼과 빈 술병도 끼어 있다. 마침내 그는 열쇠를 찾지만,
열쇠를 끼워 넣으려는 순간 손가락에서 빠져 버린다. 톰은

성냥불을 붙이고 문 아래쪽에 쭈그리고 앉는다.

톰   (씁쓸하게) 틈이 하나 있는데…… 그리로 빠져 버렸네.

(로라가 문을 연다.)

로라   톰! 톰, 뭐 하는 거야?

톰   현관 열쇠를 찾고 있어.

로라   여태 어디 있었어?

톰   극장에 있었어.

로라   이제껏 극장에 있었다고?

톰   프로그램이 정말 길었어. 가르보* 영화에 미키 마우스
      그리고 기행 영화에다가 뉴스 영화 그리고 다음 영화
      예고편까지 말이야. 오르간 독주에다 우유 기금을 위
      한 모금도 있었어……. 동시 상영인데…… 결국은 뚱
      뚱한 아주머니하고 안내원이 심하게 다투면서 끝이 나
      버렸어!

로라   (순진하게) 그게 다 끝나도록 있어야만 했니?

톰   당연하지! 대단한 무대 공연도 있었어. 무대 위의 스
      타는 말볼리오라는 마술사였어. 그 사람은 멋진 마
      술을 여럿 보여 주었는데, 주전자들을 가지고 여기서
      저기로 물을 붓는 그런 거였지. 처음에는 와인으로
      변했다가 맥주가 되더니 위스키로 변하더라고. 마지막

---

* 미국 영화배우 그레타 가르보.

에 위스키로 변했다는 건 내가 잘 알지. 왜냐면 그 사람이 관객 중에서 자기를 도와줄 사람이 필요하다고 해서 두 번 공연 다 내가 올라갔거든. 술은 켄터키 스트레이트 버번이더라고. 너그러운 사람이어서 기념품도 주던데. (톰이 뒷주머니에서 반짝이는 무지갯빛 스카프를 끄집어낸다.) 이걸 줬어. 마술 스카프야. 가져도 돼, 로라. 이걸 카나리아 새장 위에서 흔들면, 금붕어 어항이 나타나. 어항 위에서 흔들면, 금붕어들이 카나리아가 되어 날아간다고……. 가장 멋진 마술 중의 하나는 관 마술이지. 사람을 관 속에다 넣고 못질을 하는데 못을 하나도 빼지 않은 채로 관에서 빠져나오는 거야. (톰, 실내로 들어온다.) 나한테는 도움이 되는 마술이지, 나를 이 비좁은 공간에서 빠져나가게 해 줄 테니까 말이야! (침대에 털썩 주저앉아 신발을 벗기 시작한다.)

로라 톰…… 쉿!

톰 왜 쉿 쉿 하는 거야?

로라 엄마 깨겠어.

톰 좋아, 좋아! "일어나서 빛나라!"라고 한 것에 대해 복수할 수 있겠네. (드러누워서 신음 소리를 낸다.) 못질한 관 속에 들어가는 것은 그렇게 총명하지 않아도 돼. 하지만 어떻게 못 하나 빼지 않고 거기서 빠져 나오겠느냐고?

(마치 대답이라도 하듯이, 싱긋 웃고 있는 아버지의 사진이 밝아진

다. 무대가 어두워진다.)

(곧이어 교회 종소리가 6시를 알린다. 여섯 번째 타종에 어맨다 방의 자명종이 울리기 시작한다. 몇 분 후 어맨다가 "일어나서 빛나라! 일어나서 빛나라, 로라, 네 동생한테 가서 일어나서 빛나라고 해라." 하며 부르는 소리가 들린다.)

톰   (천천히 일어나 앉으며) 일어나기는 하겠지만…… 빛나지
       는 않을 거예요.

(조명이 점차 밝아진다.)

어맨다 로라, 네 동생한테 커피가 준비되었다고 말하렴.

(로라가 앞쪽 방으로 슬쩍 들어온다.)

로라   톰! …… 이제 거의 7시야. 엄마를 초조하게 만들지 마.
       (톰이 로라를 멍청하게 바라본다.)
       (간청하듯이) 톰, 오늘 아침에는 엄마한테 말을 걸어.
       엄마랑 화해해, 사과하고 말을 걸어!
톰   엄마가 안 하실 거야. 말 안 하기로 한 건 엄마였다고.
로라   네가 그냥 죄송하다고 하면 말씀하시기 시작할 거야.
톰   엄마가 말씀을 안 하시는 게…… 그렇게 비극이야?
로라   제발…… 제발!
어맨다 (부엌에서 부른다.) 로라, 내가 너한테 부탁한 거 할

거니? 아니면 내가 옷을 입고 직접 나가야겠니?

로라 가요, 간다고요……. 외투 입는 대로 가요!

(애원하듯이 톰을 바라보며 볼품없는 펠트 모자를 신경질적으로 홱 잡아채듯 가져다 쓴다. 어색하게 외투 쪽으로 달려간다. 외투는 어맨다가 입던 것인데 잘못 수선해서 로라에게는 소매가 너무 짧다.)

버터하고 또 뭐라고 그랬죠?

어맨다 (무대 뒤편으로 들어오면서) 버터면 된다. 외상으로 해놓으라고 해.

로라 엄마, 그런 말하면 인상을 쓸 텐데요.

어맨다 막대기와 돌멩이라면 우리 뼈를 부러뜨릴 수 있지만, 가핑클 씨의 얼굴 표정이 우리를 해치지는 못해! 네 동생한테 커피가 식는다고 전하렴.

로라 (문 앞에서) 내가 부탁한 대로 해, 그럴 거지, 그렇게 할 거지, 톰?

(톰은 시무룩해서 고개를 돌린다.)

어맨다 로라, 가려면 당장 가고 아니면 아예 가지 마!

로라 (서둘러 나가면서) 가요……. 가!

(곧 로라가 비명을 지른다. 톰이 벌떡 일어나서 문 쪽으로 간다. 톰이 문을 연다.)

톰 로라?

로라   나는 괜찮아. 미끄러졌어, 하지만 괜찮아.

어맨다 (근심스러운 듯 로라 뒤를 뚫어지게 보면서) 누구든 저
       비상계단에서 다리가 부러지기라도 하면, 집주인을
       고소해서 동전 한 닢까지 다 긁어내야 해! (문을 닫는다.
       톰과 말을 안 하는 사이라는 걸 기억해 내고 다른 방으로
       가 버린다.)

(톰이 내키지 않는다는 듯이 커피를 마시러 들어오자, 어맨다는 아
들에게서 등을 돌리고 경직된 자세로 건물 사이 통로 쪽 우울한
회색빛 지붕이 보이는 창문을 향해 선다. 나이를 먹었어도 어린아이
같은 어맨다의 얼굴 위로 비치는 빛이 잔인할 정도로 예리해서, 마치
도미에*의 판화처럼 풍자적이다.)

(「아베 마리아」가 부드럽게 들려온다.)

(자신을 외면하는 어머니의 모습을 톰이 쑥스러운 듯 시무룩하게
바라보다가 식탁 앞에 털썩 주저앉는다. 커피는 델 정도로 뜨겁다.
홀짝 마시다 헐떡거리며 컵에다 도로 뱉어 낸다. 톰이 헐떡거리자
어맨다는 숨을 죽이고 반쯤 돌아선다. 어맨다, 자제하면서 다시 창
문을 향해 돌아선다. 톰은 자신의 커피를 불며 옆으로 어머니를
슬쩍 쳐다본다. 어맨다, 헛기침을 한다. 톰, 헛기침을 한다. 톰은 일
어나려 하다가 다시 앉아 머리를 긁더니 다시 헛기침을 한다. 어맨
다, 기침을 한다. 톰은 양손으로 컵을 들어 올려 불어 댄다. 눈으로

---

* 풍자화로 유명한 프랑스 판화가 오노레 도미에.

는 컵 테두리 너머 어머니를 잠시 동안 바라본다. 천천히 컵을 내려 놓더니 어색하게 머뭇거리면서 의자에서 일어난다.)

톰   (거친 목소리로) 엄마, 제가…… 제가 잘못했어요, 엄마.
        (어맨다는 재빨리 숨을 가쁘게 들이쉰다. 그녀의 얼굴이
        괴기스러워진다. 어린아이같이 울음을 터뜨린다.)
        그렇게 말한 거 죄송해요, 제가 했던 말 전부 다요. 그
        러려던 건 아니었어요.

어맨다   (흐느끼며) 희생 봉사했더니 마녀 소리나 듣고 자식들
        에게 지긋지긋한 존재가 되어 버렸구나!

톰   아니에요, 엄마는 그렇지 않아요.

어맨다   걱정이 너무 많아서 잠도 못 잔다. 신경이 날카로워!

톰   (부드럽게) 이해해요.

어맨다   지난 몇 년 간 내내 혼자 싸워 왔다. 하지만 너는 내
        오른팔이야! 무너지면 안 돼, 실패하면 안 돼!

톰   (부드럽게) 노력할게요, 엄마.

어맨다   (열성적으로) 너는 노력하면 성공할 거야! (그 생각에
        숨이 막힌다.) 이런, 너는 타고난 재주가 가득한 애다!
        내 두 자식 모두…… 특별한 애들이야! 내가 안다는 거
        모르겠니? 나는 너무…… 자랑스러워! 행복하고 감사
        하게 느껴, 하지만…… 한 가지만 약속해 다오, 아들아!

톰   뭘요, 엄마?

어맨다   약속해 다오, 아들아, 너는…… 절대로 술주정뱅이가
        되지 않겠다고!

톰   (어머니 쪽으로 돌아서서 미소를 지으며) 절대로 술주정

뱅이는 되지 않을 거예요, 엄마.

어맨다　그게 나를 겁나게 한단다, 네가 술 마실까 봐! 퓨리나 시리얼 한 그릇 먹으렴!

톰　　　커피면 돼요, 엄마.

어맨다　곡물 비스킷은 어떠니?

톰　　　아니요, 아니요, 엄마, 그냥 커피면 돼요.

어맨다　빈속으로 하루 일과를 버틸 수는 없지. 십 분 남았다……. 꿀떡 삼키지 마! 너무 뜨거운 액체를 마시면 위암에 걸려……. 크림을 넣어라.

톰　　　아니, 됐어요.

어맨다　식게 말이야.

톰　　　아뇨! 감사하기는 한데 됐어요. 저는 블랙이 좋아요.

어맨다　안다, 하지만 네 건강에는 좋지 않아. 우리 몸을 위해서 할 수 있는 건 다 해야지. 우리가 살고 있는 이 어려운 시대에 의지할 것은…… 서로뿐이지……. 그래서 그게 그렇게 중요한 거다……. 톰, 나는…… 너랑 뭘 좀 의논하려고 로라를 내보낸 거야. 네가 말을 걸지 않았으면 내가 말을 했을 거야. (자리에 앉는다.)

톰　　　(상냥하게) 뭐예요, 엄마, 의논하시고 싶은 게?

어맨다　로라 말이야!

(톰은 천천히 컵을 내려놓는다.)

(화면의 자막 '로라.' 음악 「유리 동물원」.)

톰   ……아, 로라요……

어맨다   (톰의 옷소매를 잡고) 로라가 어떤지 너 알지. 아주
        조용하지만…… 고요한 물이 깊이 흐르는 법이지! 그
        애도 돌아가는 일은 다 알고 그것들에 대해서……
        곰곰이 생각하는 눈치더라.

        (톰이 올려다본다.)

        며칠 전 집에 들어오니 그 애가 울고 있었어.

톰   뭐 때문에요?

어맨다   너 때문이지.

톰   저요?

어맨다   그 애는 네가 여기서 행복하지 않다고 생각하고 있어.

톰   뭐 때문에 그런 생각을 하게 되었나요?

어맨다   걔가 뭐 때문에 그런 생각을 하느냐고? 그런데 너는 참
        이상하게 구는구나. 내가, 내가 비판하려는 건 아니야,
        그건 이해해라! 네 야망이 창고에 있는 것도 아니고, 이
        넓은 세상의 모든 사람들처럼…… 너도…… 희생하고
        있다는 것 알고 있어. 하지만…… 톰, 톰, 인생은 쉬운
        게 아니야. 스파르타식 인내를…… 요구하지! 내 가슴
        속에는 너한테 설명할 수 없는, 너무나 많은 것들이
        있어. 너한테 말한 적은 없지만 나는…… 네 아버지를
        사랑했다…….

톰   (부드럽게) 그건 알아요, 엄마.

어맨다   그리고 네가…… 네 아버지 하던 짓을 닮아 가는 걸
        볼 때면! 밤늦게까지 들어오지 않고……. 왜, 네가
        끔찍 하게 굴던…… 그날 밤에도 술 마셨잖니! 로라

238

말이 네가 아파트가 싫어서 벗어나려고 밤마다 집을 나선다더구나! 사실이니, 톰?

톰　아니에요. 엄마 마음속에 뭐가 너무 많아서 제게 설명할 수 없다고 하셨죠. 저도 그래요. 제 마음에 뭐가 너무 많아서 엄마한테 설명할 수가 없어요! 그러니까 서로 서로 존중하자고요…….

어맨다　하지만, 왜…… 왜, 톰…… 너는 항상 안절부절못하는 거니? 밤마다 어딜 가는 거야?

톰　전…… 극장에 가요.

어맨다　왜 그렇게 극장에 자주 가니, 톰?

톰　제가 극장에 가는 건…… 모험을 좋아하기 때문이에요. 모험은 일터에서는 마음껏 해 볼 수 없는 거니까, 대신 극장에 가요.

어맨다　하지만 톰, 너는 극장에 정말 너무 많이 간다!

톰　저는 모험을 아주 많이 좋아해요.

(어맨다는 당황한 표정이며, 상처 받은 것처럼 보인다. 언제나처럼 추궁이 다시 시작되자, 톰은 경직되면서 다시 짜증스러워한다. 어맨다는 톰에게 취했던 불만스러운 태도를 다시 취하고 있는 것이다.)

(화면의 영상, 해적 기를 단 범선.)

어맨다　대부분의 젊은이들은 자기 직업에서 모험을 찾지.

톰　그렇다고 대부분의 젊은이들이 창고에 취직해 있지는 않겠지요.

어맨다 세상은 창고나 사무실, 공장에서 일하는 젊은이들로 가득하다.

톰　 그 모두가 직업에서 모험을 찾는다고요?

어맨다 찾기도 하고 모험 없이 살기도 하지! 모든 사람이 모험에 빠져 있지는 않지.

톰　 남자는 본능적으로 연인이고, 사냥꾼이고, 싸움꾼이에요. 창고에서는 이런 본능들 중 어떤 것도 제 기능을 발휘하지 못해요!

어맨다 사람이, 본능적으로라니! 본능이라는 말 나한테는 하지 마라! 본능은 사람이 벗어나야 하는 거야! 동물에게나 속한 거지! 기독교를 믿는 어른은 그런 걸 원하지 않아!

톰　 그럼, 기독교를 믿는 어른은 뭘 원하는데요, 엄마?

어맨다 고귀한 것들이지! 마음과 영혼에 관한 것들 말이야! 동물만이 본능을 만족시켜야 하는 거야! 분명 네 목표는 동물들보다는 높은 곳에 있겠지. 원숭이나……돼지들보다는…….

톰　 높을 것 같지 않은데요.

어맨다 농담하는구나. 하지만 그건 내가 의논하고 싶은 게 아니야.

톰　 (일어서면서) 저 시간 별로 없어요.

어맨다 (톰의 어깨를 밀치면서) 앉아라.

톰　 창고에 지각하길 바라세요, 엄마?

어맨다 오 분 남았잖아. 로라에 대해서 얘기하고 싶구나.

(화면의 자막 '계획과 준비.')

톰 좋아요! 로라가 왜요?

어맨다 우리는 그 애를 위해서 계획을 세우고 준비를 해야만 해. 그 애는 너보다 두 살이 많은데 그동안 아무 일도 안 생겼어. 아무 일도 안 하면서 허송세월하고 있는 거야. 걔가 허송세월하고 있는 게 난 끔찍하게 무서워.

톰 누나는 사람들이 집순이라고 부르는 타입 같아요.

어맨다 그런 타입은 없어. 그리고 있다손 치더라도, 그건 불쌍한 거지! 남편과 함께 자기 가정을 갖는 게 아니라면 말이야.

톰 뭐라고요?

어맨다 내 얼굴 가운데 있는 코를 보듯 분명하게 재앙의 징조를 볼 수 있어! 끔찍하다! 너는 점점 더 네 아버지를 생각나게 해! 그 사람은 설명도 없이 늘 밖에 있곤 했지……. 그러더니 떠나 버렸어! 안녕인 거지! 모든 짐을 내게 지우고 말이다. 네가 상선 연합에서 받은 편지를 봤어. 네가 무슨 꿈을 꾸는지 안다. 내가 여기 눈을 가리고 서 있는 건 아니야. (숨을 돌린다.) 좋아, 그러면. 그렇게 해! 하지만 너를 대신할 누군가가 있기 전에는 안 된다.

톰 무슨 말이에요?

어맨다 로라가 자기를 돌봐 줄 사람을 만나서 결혼하고, 가정을 갖고, 독립하게 되면 말이다……. 그래, 그러면, 너는 네가 원하는 곳으로, 육지건, 바다건, 바람 부는 대로 가고 싶은 대로 가라! 하지만 그때까지는 누나를 돌봐야만 해. 내 얘기를 하는 게 아니야, 나는 늙었고 문제 될 게 없어! 네 누나 얘기를 하는 거야, 걔는 어리고 의지해야 하는 처지니까.

걔를 실업학교에 넣었는데…… 비참한 실패였어! 너무 겁을 먹어서 복통까지 일으켰단 말이다. 교회 청년부에도 데리고 갔지. 또 한 번의 대 실패였다. 누구에게도 말을 걸지 않고, 누구도 걔한테 말을 걸지 않더구나. 이제 걔가 하는 일이라고는 유리 조각들을 가지고 장난하고 낡아 빠진 레코드판을 트는 것뿐이야. 처녀가 뭐 그런 인생을 살아가니?

톰 저더러 어떻게 하라고요?

어맨다 이기심을 버려라! 네가 생각하는 건 너 자신, 자신, 자신뿐이라고!

(톰이 벌떡 일어나서 자기 외투를 가지러 간다. 외투는 보기 흉하고 큼지막하다. 귀마개가 달린 모자를 당겨 쓴다.)

네 머플러는 어디 있니? 울 머플러를 써!

(화가 난 톰은 옷장에서 머플러를 잡아채듯 꺼내 목에다 휙 두르고는 양 끝을 단단하게 잡아당긴다.)

톰! 네게 부탁하려고 생각하고 있었던 건 아직 말도 못했다.

톰 너무 늦었어요…….

어맨다 (그의 팔을 잡는다, 아주 끈덕지게. 그러더니 수줍은 듯) 거기 창고에 말이야, 멋진 청년들은…… 없니?

톰 없어요!

어맨다 틀림없이 있을 텐데…… 어쩌다가…….

톰   엄마……. (몸짓을 한다.)

어맨다 사생활이 깨끗하고…… 술 안 먹는 사람으로 찾아서 네 누나를 위해 불러내 봐!

톰   뭐라고요?

어맨다 네 누나를 위해서! 만나게 해 주게! 서로 알게 말이야!

톰   (문 쪽으로 쿵쿵거리며 가면서) 아이고 맙소사!

어맨다 그래 주겠니?

      (톰이 문을 연다. 어맨다는 간청하듯이)

      그래 줄래?

      (톰은 화재 비상구로 내려가기 시작한다.)

      그래 줄래? 그래 주겠니, 얘야?

톰   (대답을 하면서) 알았어요!

(어맨다가 머뭇거리면서 문을 닫는다. 괴롭지만 조금은 희망을 갖는 표정이다.)

(화면의 영상, 매력적인 잡지 표지.)

(전화통에 매달린 어맨다에게 스포트라이트가 비친다.)

어맨다 엘라 카트라이트? 어맨다 윙필드예요. 요즘 어떠세요? 신장 상태는 좀 어때요?

      (오 초간 침묵.)

      끔찍해라!

(또다시 침묵.)

당신은 순교자예요, 그래요, 당신은. 바로 그래요, 순교자요! 지금 우연히 내 빨간 수첩을 보니까 《가정주부의 친구》 구독이 끝났더군요! 다음 호부터 시작되는 멋진 연재물을 놓치고 싶어 하지 않을 걸 알고 있어요. 베시 메이 호퍼가 「세 사람의 신혼여행」 이후에 쓴 첫 번째 작품이지요. 그거 재미있고 흥미로운 얘기였잖아요? 이번 얘기는 더 멋질 거라고요, 확실해요. 더 세련된 사회를 배경으로 한다고요. 롱아일랜드의 경마 동호회에 관한 거라니까요!

(조명이 어두워진다.)

5장

화면의 자막 '수태고지.'

조명이 천천히 켜지면서 음악이 들려온다.

봄철 어느 날의 초저녁 무렵이다. 윙필드네 아파트에서는 저녁 식사가 막 끝났다. 어맨다와 로라는 연한 색깔의 옷을 입고 어두컴컴한 식당 테이블에서 접시를 치우고 있다. 둘의 움직임은 마치 춤이나 제의처럼 양식화되어 있고, 움직이는 형상은 나방처럼 창백하고 고요하다. 흰 셔츠와 바지를 입은 톰은 테이블에서 일어나 비상계단으로 다가간다.

어맨다 (톰이 옆을 지나치자) 아들아, 내 부탁 하나 들어줄래?
톰   뭔데요?
어맨다 머리 좀 빗어라! 넌 머리만 단정하면 정말 미남이야!

(톰은 석간신문을 들고 소파에 구부리고 앉아 있다. 신문에는 '프랑코* 승리하다.'라는 헤드라인이 크게 박혀 있다.)

네가 아버지에게서 본받았으면 하는 게 딱 하나 있어.

톰　뭔데요?

어맨다　항상 외모를 가꾸었다는 거지. 깔끔하게 보이지 않는 것은 용납을 안 했어.

(톰, 신문을 던져 놓고 비상계단 쪽으로 간다.)

어디 가는 거니?

톰　담배 피우러 나가요.

어맨다　넌 담배를 너무 많이 피워. 하루에 15센트짜리 한 갑이라. 그게 한 달이면 얼마나 되지? 삼십 곱하기 십오면 얼마지, 톰? 얼마나 저축할 수 있을지 계산해 보면 너도 놀랄 거다. 워싱턴 대학교의 회계학 야간 강좌를 다니기에 충분할 거야! 그게 네게 얼마나 멋진 일이겠니, 아들아!

(톰은 그 생각에 조금도 동요하지 않는다.)

톰　저는 차라리 담배를 피우겠어요. (망사문을 쾅 닫으면서 층계참으로 나선다.)

어맨다　(날카롭게) 나도 알아! 그게 비극이지……. (혼자서 고개를 돌려 남편의 사진을 쳐다본다.)

---

* 스페인의 군인이자 정치가. 반정부 쿠테타를 일으켜 스페인 내전에서 승리하고 1939년에 일당 독재 정권을 수립.

(댄스곡 「세상은 일출을 기다리고 있다!」)

톰   (관객에게) 우리 집에서 골목길을 건너면 파라다이스 댄스홀이 있습니다. 봄엔 저녁마다 유리창과 문을 열어 놓으면 문밖에서 음악이 들어오지요. 때로 천장에 매달린 커다란 둥근 유리등만 빼놓고 조명을 모두 꺼 버립니다. 유리등은 천천히 돌면서 정교한 무지개 색깔을 황혼에 스며들게 해요. 그러면 오케스트라는 왈츠나 탱고를 연주하죠. 느리고 관능적인 리듬의 곡 말이에요. 쌍쌍의 남녀가 밖으로 나오곤 합니다, 골목 길의 은밀한 곳으로 말이죠. 그들이 잿더미나 전신주 뒤에 서서 키스하는 것을 볼 수 있어요. 이것은 변화도 모험도 없이 흘러가는 나 같은 인생들에겐 보상이 되 죠. 이해에는 모험과 변화가 임박했어요. 모퉁이 너머 에서 이 모든 젊은이들을 기다리고 있었지요. 베르 히테스가덴 위의 안개 속에도 매달려 있었고 체임 벌린의 우산 사이에도 들어가 있었지요. 스페인에는 게르니카가 있었습니다! 여기에는 오로지 스윙 음악과 술, 댄스홀, 술집, 그리고 영화와 섹스만이 어둠 속에서 샹들리에처럼 매달려 일시적이고 현혹하는 무지개마냥 세상을 휩쓸고 있었지요……* 세계 전체가 폭격을 기 다리고 있었던 거예요!

---

* 당시 유럽은 2차 세계대전이 임박하고 내전이 진행되는 등 큰 변화와 흥분 으로 가득했던 반면, 미국은 침체되어 있었다는 의미.

(어맨다가 사진에서 돌아서서 바깥으로 나온다.)

어맨다 (한숨을 쉬면서) 비상계단 층계참은 현관이라 하기에는
초라하지. (어맨다는 계단에 신문을 펴고 마치 미시시피 집
의 베란다 그네에 앉듯이 우아하게 점잔을 빼면서 앉는다.)
뭘 보고 있는 거니?

톰　　달요.

어맨다 오늘 저녁에 달이 떴니?

톰　　가펑클 씨의 식료품 가게 위로 뜨고 있어요.

어맨다 그렇구나! 자그마한 은빛 슬리퍼 같은 달이구나. 아직
달에다 소원은 안 빌었니?

톰　　음, 흠.

어맨다 무슨 소원을 빌었니?

톰　　비밀이에요.

어맨다 비밀, 하? 그럼 내 것도 말하지 않을 거야. 나도 너처럼
신비스럽게 굴련다.

톰　　엄마 소원이 뭔지 알아맞힐 수 있어요.

어맨다 내 머릿속이 환하게 보이나 보지?

톰　　엄마가 스핑크스는 아니죠.

어맨다 아니지, 난 비밀은 없어. 내가 달에다 무슨 소원을 빌었
는지 말해 주마. 내 소중한 자식들의 성공과 행복을 빌
었지! 달이 뜰 때면 언제나 나는 그 소원을 빌고, 달
이 없을 때도 역시 그 소원을 빈단다.

톰　　엄마는 신사 방문객이 오게 해 달라는 소원을 빌었을
것 같은데요.

어맨다   왜 그런 말을 하니?

톰   저한테 하나 데려오라고 부탁한 거 기억 안 나세요?

어맨다   네가 창고에서 멋진 젊은이를 집으로 데려오면 누나를
          위해 좋을 거라고 제안한 기억이 난다. 한 번 이상 말
          을 꺼낸 것 같은데.

톰   그래요, 여러 번 하셨죠.

어맨다   그래서?

톰   한 사람 오게 될 거예요.

어맨다   뭐라고?

톰   신사 방문객요!

(음악으로 수태고지를 축하한다.*)

(어맨다가 일어선다.)

(화면의 영상, 꽃다발을 든 방문객.)

어맨다   어떤 멋진 젊은이를 집으로 초대했다는 말이니?

톰   네. 저녁 먹으러 오라고 했어요.

어맨다   정말 그랬어?

톰   그랬어요!

어맨다   네가 그랬더니, 그 사람이…… 받아들였어?

톰   그랬어요!

---

* 신사 방문객의 방문 예고를 가브리엘 천사가 성모마리아의 예수 수태를 예
  고한 일에 비유한 것.

어맨다　자, 자…… 그래, 그래! 그거…… 멋지구나!

톰　엄마가 좋아하실 거라 생각했어요.

어맨다　그럼 확정적인 거지?

톰　완전히 결정된 거예요.

어맨다　곧?

톰　아주 금방요.

어맨다　제발 제발 꾸며 대지 말고 사실을 말해 봐라, 응?

톰　어떤 사실을 말하기를 바라시는 거예요?

어맨다　당연히 그 사람이 언제 오는지 알고 싶은 거지.

톰　내일 와요.

어맨다　내일?

톰　네, 내일요.

어맨다　하지만, 톰!

톰　네, 엄마?

어맨다　내일이면 시간이 없잖니!

톰　무슨 시간이요?

어맨다　준비할 시간 말이야! 왜 초대하자마자, 그 사람이 초대를 받아들인 그 순간에 전화하지 않았니? 그랬다면, 모르겠니, 내가 준비를 할 수 있었잖아!

톰　소란 떠실 것 없어요.

어맨다　아, 톰, 톰, 톰, 나는 당연히 소란을 떨어야만 해! 나는 집을 멋있게 만들고 싶거든, 지저분해서는 안 돼! 어설프게 해 놓으면 안 되지. 빨리 생각을 해 봐야겠는데, 안 그러니?

톰　엄마가 왜 생각을 하셔야 하는지 모르겠어요.

어맨다 너는 정말 모르는구나. 신사 방문객을 돼지우리에 모실 수는 없잖니! 결혼식 때 장만한 은제 식기를 닦고, 이니셜을 새겨 넣은 식탁보는 세탁을 해야겠다! 창문을 닦고 새 커튼을 달아야겠어. 옷은 어떻게 하지? 우리도 뭔가 입어야 하지 않겠니, 안 그러니?

톰 엄마, 이 사람은 법석을 떨어야 할 만한 인물은 아니에요!

어맨다 그 사람이 네 누나에게 소개하는 첫 번째 남자라는 걸 너 알고 있는 거니? 불쌍하고 사랑스러운 누이가 단 한 사람의 신사 방문객도 맞이하지 못했다는 것은 끔찍하고, 무섭고, 창피한 일이야! 톰, 안으로 들어오너라. (망사문을 연다.)

톰 뭐 하게요?

어맨다 너한테 뭐 좀 물어보려고.

톰 엄마가 그렇게 법석을 떠시면 약속 취소해 버릴 거예요. 그 사람한테 오지 말라고 할 거라고요!

어맨다 절대로 그래서는 안 돼. 약속을 취소하는 것보다 더 사람 기분을 상하게 하는 건 없지. 내가 억척같이 일을 해야 한다는 뜻이구나! 훌륭할 필요는 없지만, 심사는 통과해야겠지. 안으로 들어와.

(톰, 신음 소리를 내면서 어머니를 따라 들어온다.)

앉아라.

톰 제가 앉았으면 하는 특별한 자리가 있어요?

어맨다 새 소파를 산 건 참말 다행스러운 일이야! 마루용 램프 값을 할부로 지불하고 있으니 보내 달라고 해야겠구나! 그리고 사라사 무명 커버를 씌우면 집안이 화사해지겠지! 물론 도배도 다시 하고…… 그 젊은이 이름이 뭐라고?

톰　그 사람 이름은 오코너예요.

어맨다　그건, 물론, 생선으로 해야 한다는 뜻이고…… 내일은 금요일이니까!* 연어를 구워야겠다, 더키 소스를 쳐서! 그 사람은 무슨 일을 하니? 창고에서 일하니?

톰　물론이에요! 아니면 제가 어떻게…….

어맨다　톰, 그 사람…… 술 마시니?

톰　왜 저한테 그런 걸 물으세요?

어맨다　너희 아버지는 마셨거든!

톰　그 얘기는 시작하지 마세요!

어맨다　그 사람 진짜 마시는구나, 그럼?

톰　제가 아는 한 아니에요!

어맨다　확실하게 해, 분명히 하라고! 절대로 내 딸한테 일어나길 원하지 않는 것이 술 먹는 남자를 만나는 거야!

톰　좀 서두르는 거 아니에요? 오코너 씨는 아직 무대에 등장도 하지 않았다고요!

어맨다　하지만 내일이면 그렇게 되겠지. 네 누이를 만나러, 그런데 내가 그 사람 됨됨이에 대해서 아는 게 뭐니? 아무것도 없어! 주정뱅이의 마누라가 될 바에는 차라리 노처녀가 낫지.

톰　아이고, 맙소사!

---

* 오코너는 가톨릭 신자가 대부분인 아일랜드 성(姓)인데, 가톨릭 신자들은 전통적으로 금요일에 고기를 먹지 않음.

어맨다 조용히 해라!

톰 (몸을 앞으로 숙이며 작은 소리로) 많은 남자들은 결혼 전제 없이 여자를 만난다고요!

어맨다 오, 분별 있게 말해라, 톰……. 그리고 빈정대지 마! (어맨다, 머리빗을 들고 있다.)

톰 뭐하는 거예요?

어맨다 그 뻗친 머리카락 좀 빗어 내리려고! (머리빗을 들고 톰에게 달려든다.) 창고에서 젊은이의 직위는 뭐니?

톰 (험상궂은 모습으로 빗질과 질문에 순응하면서) 그 친구는 발송부 사무원이에요, 엄마.

어맨다 상당히 책임 있는 자리 같은데, 좀 더 적극성을 보이면 너도 차지할 수 있는 자리 말이야. 월급은 얼마나 되니? 짐작할 수 있니?

톰 제가 판단하기에 한 달에 85달러 정도 될 거예요.

어맨다 그래……. 훌륭하지는 않지만…….

톰 저보다 20달러는 더 버는데요.

어맨다 그래, 나도 잘 알아! 하지만 가족이 있는 남자한테는 한 달에 85달러라면 너 혼자 꾸려가는 것보다 나을 게 없어…….

톰 그래요, 하지만 오코너 씨는 가족이 딸린 남자가 아니에요.

어맨다 그렇게 되겠지, 그렇지 않니? 앞으로 언젠가는?

톰 알겠어요. 계획과 준비를 말씀하시는군요.

어맨다 내가 아는 젊은이 중 미래가 현재가 되고, 현재는 과거가 되고, 과거는 계획을 세우지 않는다면 영원한 후회가 된다는 사실을 무시하는 젊은이는 너뿐이야!

톰   그럼 곰곰이 생각해 보고 어떻게 할 수 있을지 알아볼 게요.

어맨다   네 엄마한테 잘난 척하지 마! 이 문제에 대해서 더 말해 봐……. 그 사람을 뭐라고 부르지?

톰   제임스 D. 오코너요. D는 딜레니의 약자예요.

어맨다   부모 둘 다 아일랜드 혈통이구나! 이런! 그런데 술을 안 마신다고?

톰   지금 당장 그 친구에게 전화해서 물어볼까요?

어맨다   그런 걸 알아보는 유일한 방법은 적당한 때에 조심스럽게 물어보는 거다. 내가 블루 마운틴에 살던 처녀 시절엔, 어떤 젊은이가 술을 마신다는 의심이 들 때는 그 남자한테 관심을 두고 있는 처녀가, 그런 처녀가 있다면 말이야, 때때로 교회 목사님께 말씀을 드렸지. 또 처녀의 아버지가 생존해 있으면 대신해서 그 젊은이의 성품에 대해 넌지시 알아보곤 했어. 젊은 처자가 비극적인 실수를 하지 않도록 신중하게 처리하는 방식이 그런 거란다.

톰   그런데 엄마는 어떻게 비극적 실수를 하게 된 거죠?

어맨다   네 아버지의 순진한 모습이 모든 사람을 속아 넘어가게 했지! 그 사람이 미소 지으면…… 세상은 매혹되고 말았단다!

처녀가 잘생긴 외모에 넘어가는 것보다 더 큰 잘못은 없지. 오코너 씨가 미남이 아니길 바란다.

톰   아니요, 잘생기지 않았어요. 주근깨로 뒤덮인데다 코도

납작해요.

어맨다 그래도 아주 못난 것은 아니겠지?

톰 아주 못나지는 않았어요. 그냥 중간 정도로 못생겼다고 할 수 있어요.

어맨다 남자는 성격을 봐야 한다.

톰 제가 늘 하는 말이 그거죠, 엄마.

어맨다 너는 한 번도 그런 말을 한 적이 없어. 그런 생각을 한 적도 없을 거야.

톰 그렇게 의심하지 마세요.

어맨다 적어도 진취적인 유형이었으면 좋겠는데.

톰 자기 발전을 위해 노력하고 있다는 생각이 들어요.

어맨다 어떤 이유에서 그렇게 생각하니?

톰 야간 학교에 다니거든요.

어맨다 (얼굴이 밝아지면서) 멋지구나! 뭘 하는데, 무슨 공부를 하는 거야?

톰 라디오 기술이랑 대중 연설요!

어맨다 그럼 그 사람은 출세하겠다는 비전을 지니고 있겠구나. 대중 연설을 공부하는 젊은이라면 누구든지 언젠가는 행정직을 갖겠다는 목표를 갖고 있지! 그리고 라디오 기술이라고? 미래를 위한 거지! 이 두 가지 사실은 매우 고무적이구나. 어미라면 자기 딸을 찾아오는 젊은이에 대해서 꼭 알아야 할 것들이지. 진지한 관계든 아니든 말이야.

톰 경고 하나 할게요. 그 사람은 로라에 대해서 몰라요. 우리한테 은밀한 딴 속셈이 있다는 걸 발설하지 않았거든요. 그냥 와서 우리와 저녁이나 같이하면 어떻 겠냐고 말했어요. 그 친구는 좋다고 했고 그게 대화의 전부예요.

어맨다 물론 그랬겠지! 너는 과묵하기 짝이 없으니까. 하지만 그 사람이 여기 오면 로라에 대해서 알게 될 거야. 로라가 얼마나 사랑스럽고 상냥하고 예쁜지 보게 되면 저녁 초대를 받은 것에 대해서 행운의 별들에게 감사할 거다.

톰 엄마, 누나에 대해서 너무 기대하면 안 돼요.

어맨다 무슨 말이니?

톰 누나는 우리 가족이고 우리가 사랑하는 사람이니까 엄마랑 저한테는 그렇게 보이겠지만요. 누나가 절름발이란 것도 우리는 더 이상 알아차리지 못하잖아요.

어맨다 절름발이란 말 하지 마라! 절대 그런 말은 쓰면 안 된다고 했잖아!

톰 하지만 현실을 직시하세요, 엄마. 누나는 그래요. 그리고…… 그게 다가 아니에요…….

어맨다 "다가 아니"라니 그게 무슨 말이니?

톰 로라는 다른 여자들이랑 아주 달라요.

어맨다 다르다는 게 전부 다 걔한테 유리한 점이란다.

톰 낯선 사람들…… 처음 보는 사람들의 눈에는…… 꼭 그렇지만은 않아요. 누나는 지나치게 수줍음을 타고 자기만의 세계에서 살아요. 그리고 그런 점들은 우리 식구가 아닌 사람들에게는 약간 괴상하게 보여요.

어맨다 괴상하다는 말은 하지 마.

톰　　사실을 직시하세요. 누나는 그래요.

(댄스홀의 음악은 다소 불길한 음조를 지닌 단조의 탱고로 전환된다.)

어맨다　어떤 점이 괴상하다는 건지…… 물어봐도 되겠니?

톰　　(부드럽게) 누나는 자기만의 세계에 살아요, 작은 유리 장식품들의 세계 말이에요, 엄마…….
　　　　(톰이 일어선다. 어맨다는 빗을 들고 걱정스러운 표정으로 톰을 바라보면서 앉아 있다.)
　　　　누나는 낡은 축음기 레코드판이나 틀고, 그리고 그게 거의 전부예요. (톰은 거울 속의 자기 모습을 흘낏 보고는 문으로 간다.)

어맨다　(날카롭게) 어디 가는 거니?

톰　　영화 보러 가는 거예요. (톰이 망사문을 나선다.)

어맨다　영화 보는 거 아니지. 매일 밤마다 영화를 보러 간다고! (어맨다는 재빨리 망사문까지 따라간다.) 네가 매일 밤 영화관에 간다는 것 나는 안 믿어!
　　　　(톰이 나간다. 어맨다는 잠깐 동안 걱정스럽게 톰의 뒷모습을 바라본다. 그러더니 생동감과 낙관성을 되찾고 문에서 돌아서서 커튼 쪽으로 간다.)
　　　　로라! 로라!

(로라가 부엌에서 대답한다.)

로라　　네, 엄마.

어맨다　그 접시들은 그냥 두고 앞으로 좀 나오너라!

　　　　(로라가 접시 닦는 행주를 들고 나타난다. 어맨다가 명랑하게 말을 건다.)

　　　　로라, 여기 와서 달 보고 소원을 빌어라!

(화면의 영상, 달.)

로라　(들어오면서) 달…… 달요?

어맨다　자그마한 은빛 슬리퍼 같은 달이구나. 네 왼쪽 어깨 너머로 쳐다봐, 로라. 그리고 소원을 빌어!

　　　　(로라는 마치 자다가 불려 나온 것처럼 약간은 어리둥절해 보인다. 어맨다가 로라의 어깨를 잡더니 문 옆에 비스듬히 세운다.)

　　　　자! 어서, 얘야, 소원을 빌어!

로라　무슨 소원을 빌어요. 엄마?

어맨다　(목소리가 떨리고 눈에는 갑자기 눈물이 가득 고인다.) 행복을! 그리고 행운을!

(바이올린 소리가 높아지고 무대는 어두워진다.)

6장

화재 비상구 층계참에 불이 들어온다. 톰은 난간에 기대서서 담배를 피우고 있다.

화면의 영상, 고등학교 시절의 영웅.

톰   그래서 저는 다음 날 저녁 식사에 짐을 데려왔습니다. 고등학교 시절 저는 짐과 조금 알고 지낸 사이입니다. 고등학교 때 짐은 영웅이었습니다. 짐은 아일랜드인의 선한 기질과 활달함을 대단히 많이 지니고 있었고, 잘 닦아 광을 낸 흰 도자기 같은 외모를 갖고 있었습니다. 그 친구는 계속적인 스포트라이트 속에서 움직이는 것 같았습니다. 농구 스타였고 토론 클럽의 주장이었으며 졸업반의 회장이자 남성 합창단 단장에 연례 오페레타에서는 남성 주역을 맡아 노래를 부르기도

했습니다. 언제나 달리거나 깡충깡충 뛰거나 했지 그냥 걷는 법은 없었습니다. 늘 중력의 법칙을 무찌르는 찰나에 있는 것 같았습니다. 청소년 시절을 그토록 빠른 속도로 돌진해 나갔기 때문에 서른 살이 될 즈음에는 순리적으로 봐서 백악관 못지않은 자리에 도달해 있을 것이라고 당연히 기대했습니다. 하지만 솔단 고등학교를 졸업한 이후 짐은 많은 장애와 부딪 쳤음이 분명합니다. 고등학교를 졸업하고 육 년 후, 짐은 저보다 별로 나을 것도 없는 직업을 가지고 있었 습니다.

(화면의 영상, 사무원.)

그는 창고에서 제가 유일하게 친하게 지내는 사람 이었습니다. 저는 그의 영광스러운 과거를 기억해 주 고, 그가 농구 시합에서 승리하고 토론 대회에서 은 컵을 받는 것을 본 사람으로서 그에게 소중한 존재 였습니다. 창고 업무가 느슨해지면 시를 쓰기 위해 칸막이 화장실로 숨어 들어가곤 하는 제 비밀 작업을 그는 알고 있었습니다. 그는 저를 셰익스피어라고 불렀습니다. 창고의 다른 청년들이 저를 의심 어린 적대감으로 바라볼 때 짐은 저에 대해 유머러스한 태도를 취했습니다. 그의 태도는 점차적으로 다른 사람들에게 영향을 미쳐 그들의 적대감도 사라져 가고 사람들은 제게 미소를 짓기 시작했습니다. 마치 사람들이 자기가 가는 길에서 얼마간 떨어져서 괴상한 옷차림으로 종종걸음을 걷는 개를 보고 미소를 짓듯이 말입니다.

솔단 고등학교 시절부터 짐과 로라가 서로를 알고 있었다는 것을 저는 알고 있었습니다. 그리고 저는 로라가 짐의 음성을 칭찬하는 것을 들은 적이 있습니다. 짐이 로라를 기억하고 있는지 그렇지 않은지는 모르겠습니다. 고등학교 시절, 짐이 눈부셨던 것만큼이나 로라는 눈에 띄지 않았습니다. 짐이 로라를 기억한다 해도 제 누이로서는 아닐 것입니다. 제가 그를 저녁에 초대했을 때 그는 씩 웃으면서 "이봐, 셰익스피어, 너한테 가족이 있을 거라곤 생각해 보지 못했어!"라고 하더군요.

제게 가족이 있음을 그가 곧 알게 될 참입니다…….

(화면의 자막 '다가오는 발소리의 악센트.')

(톰을 비추던 조명이 어두워지더니 윙필드 가의 거실을 비춘다. 우아한 레몬색 조명이다. '하늘에서 시가 쏟아져 내려오는' 늦은 봄의 금요일 오후 5시께다.)

(어맨다는 신사 방문객을 맞이하기 위하여 힘들게 일을 해 놓았다. 결과는 놀라울 정도다. 장밋빛 실크 갓을 씌운 마루용 램프가 제자리에 놓여 있고, 색종이 등이 천장의 망가진 조명 시설을 가려 주고 있고, 하얗게 굽이치는 새 커튼이 창문에 달려 있고, 사라사 면 커버가 의자와 소파에 씌워져 있고, 새 소파 쿠션 커버도 보인다. 열린 상자와 얇은 종이들이 마루에 흩어져 있다.)

(로라는 방 복판에 팔을 올린 채 서 있고 어맨다는 로라 앞에 쭈그리고 앉아서 새로 산 드레스의 단을 수선해 주고 있는데, 경건한 제의 같은 분위기를 풍긴다. 드레스는 추억의 색을 띠고 있고 기억에 의존해서 디자인된 것이다. 로라의 머리 모양도 바뀌었다. 보다 부드럽고 그녀에게 더 어울리는 모습이다. 연약하고, 지상의 것이 아닌 것 같은 아름다움이 로라에게서 나타난다. 그녀는 실제적이지도 영속적이지도 않은 빛을 순간적으로 발하는, 빛을 받은 한 개의 반투명 유리 조각 같다.)

어맨다 (짜증을 내며) 왜 떨고 있니?

로라 엄마, 엄마가 저를 너무 불안하게 만들었잖아요!

어맨다 내가 어떻게 너를 불안하게 했는데?

로라 이렇게 야단법석을 떨면서요! 이게 굉장히 대단한 일인 것처럼 만들잖아요.

어맨다 난 너를 이해하지 못하겠어, 로라. 집에 그냥 앉아만 있는 것에 만족할 수는 없잖아. 그런데 너는 내가 너를 위해 뭔가 마련해 주려고 하면 저항하려는 것 같구나. (일어선다.) 자, 이제 네 모습을 봐라. 아니, 잠깐! 잠깐만 기다려……. 내게 생각이 있어!

로라 이젠 또 뭐예요?

(어맨다가 손수건으로 싸 두었던 분첩 두 개를 꺼내 로라의 가슴 팍에 쑤셔 넣는다.)

로라 엄마, 뭐 하시는 거예요?

어맨다   '재미있는 사기꾼'이라고 부르는 거다.

로라   전 그거 안 넣을 거예요.

어맨다   넣어야 해!

로라   제가 왜요?

어맨다   왜냐면, 괴롭지만 솔직히 네 가슴은 절벽이니까.

로라   엄마는 마치 우리가 덫을 놓는 것처럼 그러시네요.

어맨다   예쁜 여자들은 모두가 덫이야, 예쁜 덫이지, 남자들이
       그렇게 기대를 하거든.
       (화면의 자막 '예쁜 덫.')
       자, 이제 자기 모습을 보세요, 아가씨. 앞으로도 지금
       보다 더 아름다울 수는 없을 거예요! (로라를 보고 감
       탄하기 위해서 한 발 물러선다.) 이제 내가 단장을 해야
       겠구나! 네 엄마의 모습에 너도 놀라게 될 거다!

(어맨다가 흥겹게 콧노래를 하면서 커튼을 헤치고 나간다. 로라는
천천히 큰 거울 앞으로 가서 자기 자신을 엄숙하게 바라본다. 바람
이 천천히 우아하게, 희미한 슬픈 한숨 소리를 내면서 하얀 커튼을
안쪽으로 밀어 넣는다.)

어맨다   (무대 뒤에서) 아직 그렇게 어둡지는 않구나.

(로라는 걱정스러운 표정으로 거울 앞에서 천천히 몸을 돌린다.)

(화면의 자막 '저의 누나입니다, 현악기로 그녀를 축하해 주세요!'
음악이 연주된다.)

어맨다 (웃으면서, 여전히 모습은 보이지 않는다.) 내 뭔가 보여 줄게. 대단한 모습을 보여 줄 테다!

로라 그게 뭔데요, 엄마?

어맨다 조금만 참으렴……. 보게 될 테니까! 내가 저 오래된 트렁크에서 끄집어낸 거란다! 어쨌든 스타일은 그렇게 많이 변하지 않았더구나……. (커튼을 열어젖힌다.) 자, 이제 네 엄마를 한번 봐라! (어맨다는 청색 비단 장식 띠를 두른, 얇은 노란색 천으로 만든 소녀 취향의 원피스를 입고 있다. 그리고 노란 수선화를 한 다발 들고 있는데, 젊은 시절의 전설이 거의 되살아난 듯 보인다. 이제 그녀는 열정적으로 이야기를 이어 간다.) 이건 내가 코티용*을 출 때 입었던 드레스야. 선세트 힐에서 두 번이나 케이크워크** 상을 탔고, 어느 봄에는 잭슨에서 열린 주지사의 무도회에도 입고 갔지! 네 엄마가 무도회장에서 어떻게 미끄러지며 다녔는지 볼래, 로라? (스커트를 들고 종종걸음을 치면서 방안을 돌아다닌다.) 신사 방문객들을 위해서 일요일마다 이 옷을 입었지! 네 아버지를 만났던 그날도 이 옷을 입었단다……. 그해 봄 내내 나는 말라리아 열병을 앓았어. 동부 테네시에서 델타로 이사하면서 기후 변화가…… 내 저항력을 약화시켰지. 늘 열이 약간씩 있었어, 심각할 정도는 아니었지만, 그냥 나를 들뜨고 어찔어찔하게 만들 정도였지! 초대가 물밀듯이 쏟아져 들어왔단다,

---

* 네 사람 또는 여덟 사람이 한 조가 되어 추는 프랑스 궁정 무용.
** 2박자의 춤곡으로 미국 남부의 흑인 놀이에서 유래.

델타 전역에서 파티가 열렸으니까! "침대에 누워 있어라." 어머니는 말씀하셨지. "넌 열이 있어!" …… 하지만 난 그렇게 하지 않았어. 키니네*를 먹고 계속 돌아다니고 또 돌아다녔지! 저녁마다 무도회였어! 오후에는 길고 긴 드라이브를 했고! 피크닉은 멋졌지! 너무 멋있었어, 5월의 그 지역은, 산딸기나무가 레이스처럼 늘어져 있고, 문자 그대로 노란 수선화들이 홍수를 이뤘지! 내가 수선화에 미쳤던 때가 그해 봄이었어. 수선화는 완전한 강박증이 되어 버렸단다. 어머니가 말씀하시곤 했지. "애야, 더 이상은 수선화를 놓아둘 곳이 없구나." 그래도 나는 계속 수선화를 가지고 들어왔지. 언제나, 수선화를 보게 되면 언제나 말하곤 했지. "멈춰요, 멈춰, 수선화를 봤다고요!" 난 내가 수선화를 따는 걸 남자들이 돕게 만들었어! 농담거리가 될 정도였지, 어맨다와 노란 수선화가 말이야. 마침내 꽃을 꽂을 꽃병도 동이 났어. 가능한 공간은 노란 수선화로 가득 차 있었거든. 꽃을 꽂을 꽃병이 없다고? 좋았어, 내가 몸소 들고 있겠어요! 그러고 나서 나는…… (초상화 앞에 멈춰 선다. 음악이 연주된다.) 네 아버지를 만났단다! 말라리아 열병과 노란 수선화와 그리고 이 청년…… (장밋빛 전등 스위치를 켠다.) 비가 내리기 전에 사람들이 도착했으면 좋겠는데. (방을 가로질러서 테이블 위 그릇 속에 노란 수

---

* 가시나무 껍질의 알칼로이드로 말라리아 치료제로 쓰임.

선화를 놓는다.) 네 동생에게 잔돈을 여유 있게 줬단다,
오코너 씨와 함께 전세 택시를 타고서 올 수 있도록 말
이야.

로라　(표정이 변하면서) 그 사람 이름이 뭐라고 했어요?

어맨다　오코너란다.

로라　이름이 뭐냐고요?

어맨다　기억이 안 나는구나. 아, 생각난다……. 짐이었어!

(로라, 약간 비틀거리더니 의자를 붙잡는다.)

(화면의 자막 '짐은 안 돼!')

로라　(힘없이) 짐은 안 돼!

어맨다　그래, 그거야, 짐이었어! 짐이란 이름을 가진 사람치고
　　　나쁜 사람 못 봤다!

(음악이 불길하게 바뀐다.)

로라　그 사람 이름이 짐 오코너 확실해요?

어맨다　그래, 왜 그러니?

로라　톰이 고등학교 때 알고 지냈던 사람인가요?

어맨다　그런 말은 안했어. 그냥 창고에서 알게 된 것 같더라.

로라　고등학교 때 우리 둘 다 알고 지내던 짐 오코너란 사람
　　　이 있어요……. (그리고 무척 애를 쓰면서) 톰이 식사에
　　　데려오는 사람이 그 사람이라면…… 양해해 주셔야 해

요, 저는 식사 자리에 끼지 않겠어요.

어맨다 그게 무슨 뚱딴지같은 말이야?

로라 엄마가 전에 한번 저더러 남자애를 좋아한 적이 있느냐고 물었죠? 제가 그 애 사진을 보여 드린 것 기억 안 나세요?

어맨다 연감에서 네가 보여 주었던 남자 말이니?

로라 네, 그 사람.

어맨다 로라, 로라, 너 이 남자를 사랑했니?

로라 모르겠어요, 엄마. 제가 아는 것은 그가 짐이면 저는 식탁에 앉을 수 없다는 거예요!

어맨다 그 사람이 아닐 게다! 전혀 그럴 리가 없지. 그러거나 말거나 너는 식탁에 와야 해. 빠지는 건 안 된다.

로라 그래야만 해요, 엄마.

어맨다 네 어리석음에 장단을 맞출 생각은 없다, 로라. 너와 네 동생 둘 다에게 난 많이도 당해 왔어! 그러니 그냥 앉아서 걔들이 올 때까지 진정하고 있어라. 톰이 자기 열쇠를 잃어버렸으니 오면 들어오게 해 줘야 할 거야.

로라 (겁에 질려서) 아, 엄마, 엄마가 문을 열어 주세요!

어맨다 (경쾌하게) 나는 부엌에 있을 거야, 바쁠 거라고!

로라 아, 엄마, 제발 엄마가 문을 열어 주세요, 저한테 시키지 마시고요!

어맨다 (부엌으로 건너가면서) 난 연어 소스나 만들어야겠구나. 난리다, 난리…… 어리석게도……! 신사 방문객 하나 오는데 이 난리를 치고 있다니!

(문이 획 닫힌다. 로라는 혼자 남는다.)

(화면의 자막 '공포!')

(로라는 낮은 신음을 내고 램프를 끈다. ……소파 가장자리에 경직된 채 앉아 있다. 손가락은 깍지를 낀 채다.)

(화면의 자막 '문 열기!')

(비상구 계단에 나타난 톰과 짐이 층계참으로 올라온다. 로라는 그들이 오는 소리를 듣고 겁에 질린 몸짓을 하며 일어선다. 커튼 쪽으로 물러선다. 현관 초인종이 울린다. 로라는 숨을 죽이고 자기 목을 만진다. 낮은 드럼 소리.)

어맨다 (부르면서) 로라, 얘야! 현관문이다!

(로라, 움직이지 않은 채 문을 응시한다.)

짐　　겨우 비를 피했군.
톰　　으흠. (신경질적으로 다시 초인종을 누른다. 짐은 휘파람을 불면서 담배를 찾는다.)
어맨다 (아주, 아주 명랑하게) 로라, 네 동생이랑 오코너 씨구나. 들어오게 해 주겠지, 얘야?

(로라가 부엌문 쪽으로 간다.)

로라   (숨을 헐떡이며) 엄마…… 엄마가 문에 가 보세요!

(어맨다가 부엌에서 나와 화가 나서 로라를 뚫어지게 본다. 도도하게
문을 가리킨다.)

로라   제발, 제발!
어맨다 (무시무시하게 속삭이면서) 도대체 뭐가 문제냐, 이 바보
      같은 것아?
로라   (절박하게) 제발, 문 여세요, 제발요!
어맨다 네 비위는 맞추지 않겠다고 말했지, 로라. 왜 하필 이
      순간을 골라서 정신을 잃고 난리냐?
로라   제발, 제발, 제발, 엄마가 가세요!
어맨다 네가 문에 나가야 할 거야, 왜냐하면 난 못 하겠거든!
로라   (절망적으로) 나도 못하겠어요!
어맨다 왜?
로라   몸이 좋지 않아요!
어맨다 나도 네 터무니없는 짓에…… 속이 메스껍구나! 왜 너
      랑 네 동생은 정상적인 사람이 될 수 없는 거니? 기
      상천외한 변덕과 짓거리들!
      (톰이 길게 초인종을 울린다.)
      말도 안 되는 일들이 계속되고! 한 가지 이유라도 댈
      수 있니……. (노래하듯 소리를 지른다.) 가요! 잠깐만요!
      ……왜 문을 여는 걸 두려워하는 거냐? 자, 이제 네가
      문을 열어라, 로라!
로라   아, 아, 아……. (그녀는 커튼 사이를 지나 되돌아와 축음기

로 돌진해서 미친 듯이 태엽을 감고 그것을 틀어 댄다.)

어맨다 로라 윙필드, 당장 저 문을 향해서 행진해!

로라 네……. 네, 엄마!

(멀리서 직직거리며 들리는 「다다넬라」* 연주가 분위기를 부드럽게 하고 로라가 그 분위기를 헤쳐 나갈 수 있는 힘을 준다. 로라는 미끄러지듯 현관으로 가서 조심스럽게 문을 당겨 연다. 톰과 방문객인 짐 오코너가 들어온다.)

톰 로라, 이분은 짐이야, 짐, 여긴 우리 누나, 로라예요.

짐 (안으로 발을 들여놓으며) 셰익스피어한테 누나가 있는 줄은 몰랐는데!

로라 (몸이 경직된 채 떨면서 문에서 물러서며) 안, 안녕하세요?

짐 (진심 어린 태도로 손을 내밀면서) 안녕하세요!

(로라는 머뭇거리면서 손을 잡는다.)

짐 손이 차군요, 로라!

로라 네, 저기…… 축음기를 틀고 있었거든요……

짐 틀림없이 클래식 음악을 틀고 있었던 게로군요! 몸을 덥게 하려면 화끈한 스윙 음악을 틀었어야죠!

로라 실례할게요……. 축음기를 아직 끄지 않아서……. (어색하게 돌아서며 앞쪽 방으로 서둘러 간다. 축음기 옆에 잠시

· * 1919년에 나온 미국의 블루스 곡.

멈춘다. 그리고 숨을 들이마시더니 겁에 질린 사슴처럼 커튼을 젖히고 달려간다.)

짐 (웃으면서) 왜 그러지?

톰 아…… 로라요? 로라는…… 무척 수줍음을 타요.

짐 수줍음을 탄다고? 흠, 요새는 수줍어하는 여자를 만나는 게 드문 일인데. 누나가 있다는 말 한 적 없잖아.

톰 글쎄, 이제 알았잖아요. 한 명 있어요. 여기 《포스트 디스패치》가 있어요. 하나 볼래요?

짐 응.

톰 어느 면? 만화?

짐 스포츠! (흘낏 본다.) 올 디지 딘*이 말썽을 피웠구먼.

톰 (관심이 없는 듯) 그래요? (담뱃불을 붙이더니 비상계단 쪽으로 간다.)

짐 너 어디 가는 거야?

톰 테라스로 나가요.

짐 (쫓아가면서) 이것 봐, 셰익스피어……. 내가 널 좀 꼬드겨 봐야겠는데!

톰 뭘 가지고요?

짐 내가 듣고 있는 강의 과정 말이야.

톰 음?

짐 대중 연설이야! 너하고 나는 창고에 있을 타입이 아니지.

톰 고맙군요……. 그거 좋은 소식이네요. 하지만 그게 대

---

* 1930년대에 활약한 미국의 유명한 야구 선수.

중 연설과 무슨 상관이 있죠?

짐 그게 관리직에 어울리게 만들어 준다니까.

톰 어휴.

짐 정말이지 내게 큰 도움이 되었어.

(화면의 영상, 책상에 앉아 있는 회사 중역.)

톰 어떤 면에서?

짐 모든 면에서! 너와 내가 사무실 앞자리에 앉아 있는 사람들과 다른 점이 무엇인지 스스로에게 물어봐. 두뇌? ……아니야! 능력? ……아니야! 그러면 뭘까? 한 가지 작은 것뿐이지…….

톰 그 한 가지 작은 게 뭔데요?

짐 무엇보다도 그것은…… 사회적 몸가짐이지! 사람들과 정정당당하게 맞설 수 있고 어떤 사회적 수준에서도 너 자신을 유지해 갈 수 있는 능력 말이야!

어맨다 (무대 뒤에서) 톰?

톰 네, 엄마?

어맨다 거기 너랑 오코너 씨니?

톰 그래요, 엄마.

어맨다 그래, 그냥 거기서 편하게 쉬고 있어라.

톰 네, 엄마.

어맨다 오코너 씨에게 손을 씻고 싶은지 물어보렴.

짐 어, 아니요……. 아니요……. 고맙습니다……. 창고에서 씻었습니다. 톰…….

톰 응?

짐 멘도사 씨가 너에 대해서 이야기를 하더라.

톰 좋게요?

짐 어떻게 생각해?

톰 글쎄요……

짐 각성하지 않으면 넌 직장을 잃게 될 거야.

톰 나 각성하고 있어요……

짐 그런 표시가 안 보이잖아.

톰 표시는 내면에 있는 거예요.

(화면의 영상, 해적 기를 단 범선 재등장.)

톰 난 변화를 계획하고 있어요. (비상계단 난간에 기대어, 조용하나 흥분된 상태로 이야기한다. 개봉 영화관의 불빛 찬란한 차양과 간판들이 골목 건너편에서 그의 얼굴을 비추고 있다. 그는 여행자처럼 보인다.) 창고나 멘도사 씨, 대중 연설의 야간 강좌와도 상관이 없는 미래에 나 자신을 맡기려고 하는 참이에요.

짐 무슨 허튼소리를 하는 거야?

톰 난 영화에 싫증이 났어요.

짐 영화라고!

톰 그래요, 영화 말이에요! 저걸 봐요……. (그랜드 가 극장 간판에 그려진 놀라운 사람들을 향해 손을 흔들며) 모험을 하는 저 모든 멋진 사람들 말이에요, 돼지처럼 욕심을 내고, 걸신들린 듯이 먹어 치우고 있는! 무슨

일이 벌어지고 있는지 알아요? 사람들은 여행을 하는
대신에 영화를 보러 가고 있어요! 할리우드 배우들은
모든 미국인들을 위해서 온갖 모험을 해야만 해요.
미국의 전 국민은 어두컴컴한 방에 앉아서 그들이
모험을 하고 있는 것을 바라보고 말이죠! 그래, 전쟁
이 날 때까지 그랬어요. 그제야 일반 대중에게도 모
험이 가능하게 되었죠! 게이블*만이 아니라 모든 사
람이 즐길 수 있게 된 거죠! 그때 컴컴한 방에 있던
사람들이 스스로 모험을 하기 위해 컴컴한 방에서 나
왔어요……. 멋지군, 멋져! 이제 우리 차례예요, 남양
제도에 가서, 사파리를 하러 말이에요, 이국정취를
풍기는 거죠, 멀리 떨어진 곳에서요! 하지만 나는
인내심이 없어요. 그때까지 기다릴 수 없어요. 영화에
싫증이 나서 이제 내가 떠나야겠어요!

짐   (못 믿겠다는 듯이) 떠난다고?

톰   그래요.

짐   언제?

톰   곧!

짐   어디로? 어디로 말이야?

(톰이 생각하는 동안, 음악이 질문에 답을 하는 것 같다. 톰은 호주
머니를 뒤진다.)

---

* 미국 영화배우 클라크 게이블.

톰   난 속이 끓기 시작했어요. 내가 꿈꾸는 것같이 보인다는 것 알고 있어요, 하지만 내 속은…… 글쎄, 부글부글 끓고 있다고요! 신발 한 짝을 집어 들 때마다 인생이 얼마나 짧은데 나는 뭘 하고 있나 하는 생각에 몸이 부르르 떨리곤 해요! 그 말이 무슨 뜻이든 간에, 여행자의 발에 신는 게 아니라면 그건 신발을 의미하지 않는다는 걸 알고 있거든요! (자기 주머니를 뒤적이며 무언가를 찾다가 종이쪽을 발견하고 짐에게 내민다.) 봐요…….

짐   뭘?

톰   내가 회원이에요.

짐   (읽는다.) 상선 선원 조합이군.

톰   이번 달 회비를 냈어요, 전기 요금 대신에.

짐   전기가 끊어지면 후회하게 될걸.

톰   난 여기 없을 거예요.

짐   어머니는 어떻게 하고?

톰   난 아버지를 닮았어요. 못된 놈의 못된 자식이지요! 저기 그림 속에서 아버지가 어떻게 웃고 있는지 봤어요? 사라진 지 십육 년째예요!

짐   너 그냥 해 보는 소리지, 이 실없는 인간. 어머니가 이 일에 대해 어떻게 생각하시겠어?

톰   쉬! 엄마가 저기 오시는군! 엄마는 내 계획에 대해서 알지 못해요!

어맨다   (커튼 사이로 나오면서) 다들 어디 있니?

톰   테라스에요, 엄마.

(안으로 들어가기 시작한다. 어맨다가 그들에게 다가선다. 톰은 어머니의 모습에 분명히 충격을 받는다. 짐조차도 몇 번인가 눈을 껌뻑거린다. 짐은 소녀 취향의 남부적 발랄함을 처음 접하는 것이다. 그리고 야간 학교의 대중 연설 강좌를 들었음에도, 예상하지 않았던 사교적 매력의 과시에 약간 어리둥절해진다. 짐이 몇 번 응수하려 하나 어맨다의 명랑한 웃음과 수다에 밀리고 만다. 톰은 당혹해하지만, 짐은 첫 충격이 지나간 후 따뜻하게 반응한다. 그는 미소를 짓다가 낄낄 웃으며, 완전히 어맨다의 편이 된다.)

(화면의 영상, 소녀 시절의 어맨다.)

어맨다 (수줍게 미소를 지으며 소녀풍의 곱슬머리를 흔들면서) 자, 자, 자, 그러니까 이분이 오코너 씨군요. 소개는 전혀 필요 없어요. 당신 얘기는 아들에게서 아주 많이 들었거든요. 마침내 아들한테 말했지요, 톰…… 정말 놀랍구나! ……이 모범이 되는 분을 저녁 식사에 초대하지 그러니? 이런 젊은이라면 창고에 찾아가서 만나고 싶구나! ……아들애가 당신에 대해 한없이 칭찬하는 걸 듣고만 있는 대신에 말이지요. 왜 아들 녀석이 저렇게 무뚝뚝한지 모르겠네요……. 저건 남부적인 행동 방식이 아니에요!
앉읍시다. 그리고…… 여기는 통풍이 좀 될 것 같은데! 톰, 문 좀 열어 놓아라. 조금 전에 기분 좋은 신선한 바람이 불었는데. 어디로 갔지? 음, 벌써 무척 덥군요! 아직 여름도 아닌데 말이에요. 여름이 진짜로 시작되면 우리는 다 타 버릴 것만 같잖아요. 그런데, 우리는 말이죠……. 우리는 저녁을 가볍게 먹으려고 해요. 일 년 중 이맘때는 가벼운 음식이 나은 것 같아요. 가벼운 옷이 낫듯이 말이에요. 더운 날씨는 가벼운 옷이나 가벼운 음식을 요구해요. 우리 피가 겨울철에는 너무 탁해지잖아요, 우리 자신이 적응을 하는 데는 시간이 걸리죠! 계절이 바뀔 때 말이에요……. 올해는 너무 빨리 오네요. 나는 준비가 안 됐어요. 갑자기…… 세상에나! 벌써 여름이라니! 난 트렁크로 달려가서 이 얇은 드레스를 꺼냈죠……. 아주 아주 오래된 거예요! 거의 역사적이라고 할 만한 거죠! 하지만 기분이 좋아요……. 너무 좋고 시원한 거 있죠…….

톰　엄마…….

어맨다　응, 애야?

톰　어떻게 되었나요……. 저녁 식사는요?

어맨다　애야, 누나한테 가서 저녁 준비가 되었는지 물어보렴! 저녁 식사는 누나가 완전히 맡아서 하고 있는 것 너도 알고 있지! 누나한테 배고픈 청년들이 기다리고 있다고 말하렴. (짐에게) 로라는 만났나요?

짐　로라가…….

어맨다　문을 열어 주었어요? 아, 잘되었군요, 벌써 만났다니요! 로라처럼 상냥하고 예쁜 처녀가 집안일에도 열심인 건 드문 일이죠! 하지만 로라는, 천만다행으로, 예쁠 뿐만 아니라 가사에도 열심이에요. 나는 전혀 그렇지 않아요. 나는 조금도 그렇게 하지 못했어요. 나는 에인절 케이크 외에는 아무것도 만들 줄 몰랐어요. 글쎄, 남부에서는 하인을 여럿 뒀거든요. 그런데 사라졌죠, 가 버리고, 없어져 버렸어요. 우아한 삶의 모든 흔적이 말이죠! 완벽하게 사라져 버렸어요! 난 미래가 내게 가져올 것들에 대해서 대비를 하지 못했지요. 나를 찾던 신사 방문객들은 모두 농장주의 아들들이었어요. 그래서 당연히 나는 그런 사람과 결혼해서 많은 하인을 거느리고 넓은 땅에서 가정을 일구어 가리라고 생각했지요. 하지만 남자가 청혼을 하고…… 그리고 여자는 받아들이는 법이지요! 그 오래되고 오래된 속담을 약간 바꾸어 보려고…… 나는 농장 주인과 결혼을 하지 않았어요! 나는 전화국에 근무하던 사람과 결혼했어요! 저기서 당당하게 웃고 있는 저 신사랑 말이죠! (사진을 가리킨다.) 장거리에 매료된 전화국 직원이지요! 현재 저 사람은 여행 중이고 나는 그가 어디 있는지조차도 모른답니다! 한데 내가 왜 내 고생담을 늘어놓고 있는 거지요? 당신 얘기나 해 봐요……. 당신은 힘든 일이 없길 바라는데! 톰?

톰   (돌아오면서) 네, 엄마?

어맨다 저녁 식사 거의 다 되어 가니?

톰   저녁은 식탁에 다 차려진 것 같은데요.

어맨다 어디 보자……. (얌전하게 일어나 커튼 사이를 들여다 본다.) 아, 멋지구나! 그런데 네 누나는 어디 있니?

톰   로라는 몸이 안 좋아서 식탁에는 앉지 않는 게 좋겠다고 말하네요.

어맨다 뭐라고? 말도 안 돼! 로라? 오, 로라?

로라 (무대 뒤에서 약하게) 네, 엄마.

어맨다 너 반드시 식탁에 와 앉아야 한다. 네가 오기 전까지 우리는 자리에 앉지 않을 거다! 오코너 씨, 어서 들어오세요. 저쪽에 앉으세요, 그리고 나는……. 로라? 로라 윙필드! 네가 우리를 기다리게 하는구나! 네가 식탁에 오기 전에는 우리가 식사 기도를 할 수 없잖니!

(부엌문이 살며시 밀려서 열리고 로라가 들어온다. 그녀는 분명 쓰러질 지경인데, 입술을 떨며 눈을 크게 뜨고 뚫어지게 보고 있다. 비틀거리면서 식탁으로 다가온다.)

(화면의 자막 '공포!')

(집 밖에서는 갑자기 여름 폭우가 쏟아진다. 하얀 커튼이 창문 안쪽으로 밀려 들어오고, 푸른색의 깊은 황혼 속에서 슬픈 속삭임이 들려온다.)

(로라가 갑자기 비틀거린다. 그녀는 약한 신음 소리를 내더니 의자를 붙잡는다.)

톰 로라!

어맨다 로라!

(천둥의 꽝음이 들린다.)

(화면의 자막 '아!')

(절망적으로) 이런, 로라, 너 아프구나, 애야! 톰, 누나를 거실로 좀 데려가라, 애야! 거실에 앉아 있어라, 로라……. 소파에서 쉬어. 자! (톰이 누나를 거실 소파로 데려가는 동안 짐을 향해) 뜨거운 스토브 앞에 서 있다가 병이 났나 보네요! 오늘 저녁은 너무 덥다고 말을 해 줬지요, 하지만…….

(톰이 되돌아온다. 로라는 소파에 앉아 있다.)

로라는 이제 괜찮니?

톰 네.

어맨다 저건 뭐니? 빈가? 멋지고 시원한 비가 왔네! (어맨다는 겁먹은 표정으로 짐을 쳐다본다.) 우리, 이제…… 식사 기도를…… 해도 될 것 같은데…….

(톰은 어머니를 멍청하게 쳐다본다.) 톰, 애야, 네가 기도를 하지 그래!

톰 아……. "이 모든 것들과 당신의 모든 자비하심에……." (그들은 머리를 숙이고, 어맨다는 불안한 시선으로 짐을 슬쩍 바라본다. 거실에서는 로라가 소파에 몸을 쭉 펴고 누워서 떨리는 흐느낌을 억누르기 위해 손으로 입술을 꽉 누르고 있다.)

하느님의 거룩하신 이름이 찬양받을지어다…….

(무대가 어두워진다.)

7장

반 시간이 지났다. 커튼으로 가려진 무대 뒤편에서는 저녁 식사가 막 끝나 가고, 로라는 소파 위에 몸을 구부린 채 누워 있다. 두 발은 몸 아래로 구부리고 머리는 연푸른색 베개에 기댄 채, 눈을 크게 뜨고 까닭 모를 경계를 하는 모습이다. 장밋빛 실크갓을 씌운 마루용 새 램프는 로라의 얼굴에 부드럽고 잘 어울리는 빛을 비춰 주며, 평소에는 주목받지 못하던 허약하면서 이 세상의 것 같지 않은 아름다움을 끄집어내고 있다. 바깥에는 지속적인 빗소리의 웅얼거림이 있지만 약해지다가 곧 멈춘다. 달이 구름을 뚫고 나와 바깥 공기는 창백하면서 환하게 밝아진다. 커튼이 올라가자마자, 두 방의 전기가 껌뻑거리더니 꺼져 버린다.

짐   어이, 거기, 전구 씨!

(어맨다가 신경질적으로 웃는다.)

(화면의 자막 '공공 서비스의 중단.')

어맨다 불이 나갔을 때 모세는 어디에 있었지요? 하하. 그
       답을 아세요, 오코너 씨?

짐   아니요, 부인, 답이 뭔가요?

어맨다 어둠 속에 있었지요!
       (짐이 마음에 들어 하면서 웃는다.)
       모두들 가만히 앉아 있어요. 내가 촛불을 켜겠어요.
       식탁 위에 초가 있으니 다행 아닌가요? 성냥은 어디
       있지요? 신사분 중 누가 성냥을 주시겠어요?

짐   여기요.

어맨다 고마워요, 신사 양반.

짐   천만에요, 부인!

어맨다 (촛불을 켜면서) 퓨즈가 나간 것 같군요. 오코너 씨,
       끊어진 퓨즈 볼 줄 아세요? 나는 모르고, 톰은 기계에
       관한 한 완전 문외한이에요.
       (다들 식탁에서 일어나 부엌으로 들어가고, 그쪽에서 그들의
       목소리가 들린다.)
       오, 뭐에 부딪히지 않게 조심해요. 우리는 신사 방문
       객의 목이 부러지는 걸 원치 않거든요. 그럼 환대하는
       게 아니겠지요?

짐   하하! 퓨즈 상자가 어디 있지요?

어맨다 바로 여기 스토브 옆에 있어요. 뭐가 보이나요?

짐   잠깐만요.

어맨다   전기라는 게 참 신비스럽지 않아요? 연에다 열쇠를
        매달았던 게 벤저민 프랭클린 아니었나요? 우리는 참
        신비스러운 우주에 살고 있어요, 안 그래요? 어떤이들
        은 과학이 우리를 위해 모든 신비를 풀어 주었다고
        말하지요. 난 더 많은 신비를 만들어 냈다는 생각이
        들어요! 아직 못 찾았나요?

짐   찾았어요, 부인. 퓨즈는 다 괜찮아 보이는데요.

어맨다   톰!

톰   네, 엄마?

어맨다   며칠 전에 네게 준 전기 고지서 있지. 우리가 경고장
        받았다고 말했던 거 말이야.

(화면의 자막 '하!')

톰   아…… 네.

어맨다   혹시 안 낸 건 아니겠지?

톰   아니, 저는…….

어맨다   안 냈구나! 눈치챘어야 했는데!

짐   셰익스피어는 아마 고지서에다가 시를 썼을 겁니다, 윙
        필드 부인.

어맨다   쟤한테 그걸 맡기지 말았어야 하는데! 이 세상에서는
        태만의 대가가 엄청나지요!

짐   그 시로 상금 10달러를 받게 될지도 모르지요.

어맨다   어쩔 수 없이 우리는 남은 저녁 시간 동안을 에디슨이

마즈다 램프를 만들기 전인 19세기식으로 보내야 할 것 같군요!

짐 촛불은 제가 가장 좋아하는 불빛입니다.

어맨다 당신이 낭만적이란 걸 보여 주네요! 하지만 톰에 대한 변명이 되지는 않아요. 자, 저녁 식사는 마쳤군요. 저녁 식사라도 마칠 수 있게 해 주다니 고맙다고 해야겠네요, 영원한 어둠 속에 처박아 두기 전에 말이에요, 안 그런가요, 오코너 씨?

짐 하하!

어맨다 톰, 부주의에 대한 벌로 너는 나랑 같이 설거지를 해야 한다.

짐 제가 도와드리지요.

어맨다 절대 안 돼요!

짐 저도 뭔가 기여를 해야지요.

어맨다 뭔가 기여를 한다고요? (목소리 톤이 열광적이다.) 당신이요? 이런, 오코너 씨, 아무도, 아무도 몇 년간 이만큼의 즐거움을 준 적이 없었어요……. 당신이 준 것만큼요.

짐 아이고, 이런, 윙필드 부인!

어맨다 과장이 아니에요, 조금도요! 그런데 아가씨가 혼자서 외롭게 있네요. 거실에 가서 친구가 되어 주세요! '하늘의 안식 교회' 제단에 놓였던 이 오래된 아름다운 촛대를 줄게요. 교회가 불타 버렸을 때 조금 녹아서 모양이 망가졌어요. 어느 날 봄에 번개가 내리쳤거든요. 집시 존스가 그때 부흥회를 열고 있었는데, 감독 교회 신도 들이 카드놀이 판을 벌여서 교회가 파괴되었다는 듯 말을 하더라고요.

짐   하하.

어맨다   댁은 아가씨에게 가서 와인이라도 좀 권해 보는 게 어때요? 그게 그 애한테 좋을 것 같은데요! 한 번에 두 개 다 들고 갈 수 있겠어요?

짐   물론이죠. 저는 슈퍼맨이에요!

어맨다   자, 토머스, 이 앞치마를 둘러라!

(짐이 한 손에는 불이 켜진 촛대를 들고, 다른 손에는 와인글라스를 들고 식당으로 들어온다. 부엌문이 휙 하고 닫히자, 어맨다의 명랑한 웃음도 들리지 않는다. 깜빡이는 불빛이 커튼 쪽으로 가까이 온다. 로라는 짐이 들어오자 불안해하며 몸을 세워 앉는다. 그녀는 낯선 사람과 둘만 있어야 한다는 견디기 힘든 긴장감에 거의 말을 할 수 없는 상태다.)

(화면의 자막 '당신은 나를 전혀 기억하지 못하리라고 생각해요!')

(짐의 따뜻한 태도에 로라는 마비 상태에 빠질 것 같은 수줍음을 극복하지만, 그러기 전 처음 로라의 목소리는 가늘고 숨이 차올라 마치 가파른 계단을 막 뛰어 올라온 것 같다. 짐의 태도에는 부드러운 유머가 담겨 있다. 분명히 대단한 사건은 아니지만, 로라에게는 자신만의 삶에 있어서 남모르는 클라이맥스가 된다.)

짐   여, 안녕, 로라.

로라   (힘없이) 안녕하세요.

(로라는 헛기침을 한다.)

짐   기분이 어때요? 나아졌어요?

로라   네, 네, 고마워요.

짐   이게 로라 양 거예요. 민들레 술이지요. (지나치게 정중
        한 태도로 로라에게 유리잔을 내민다.)

로라   고마워요.

짐   마셔 봐요……. 하지만 취하지는 마세요!
        (호탕하게 웃는다. 로라는 확신 없는 태도로 잔을 받고 수줍
        게 웃는다.)
        어디다 초를 놓을까요?

로라   아, 아, 어디든지요…….

짐   여기 마루는 어때요? 반대 없으시죠?

로라   없어요.

짐   촛농이 떨어지니까 아래에다 신문지를 깔아 놓을게요.
        나는 바닥에 앉는 걸 좋아해요. 그래도 괜찮겠죠?

로라   아, 괜찮아요.

짐   쿠션 좀 주겠어요?

로라   네?

짐   쿠션이요!

로라   아……. (로라는 재빨리 쿠션 하나를 건네준다.)

짐   당신은요? 당신은 바닥에 앉는 걸 좋아하지 않나요?

로라   아, 좋아해요.

짐   그런데 왜 그렇게 하지 않죠?

로라   나도…… 그럴게요.

짐   쿠션을 쓰세요!

(로라는 그렇게 한다. 그녀는 촛대를 사이에 두고 다른 편 바
닥 위에 앉는다. 짐은 다리를 꼰 채로 로라를 보며 상냥하
게 미소를 짓는다.) 그쪽에 앉아 있으니까 당신을 잘 볼
수가 없네요.

로라   나는…… 잘 볼 수 있는데.

짐   알아요, 하지만 공평하지가 않잖아요, 나만 주목을
받으니 말이죠.

(로라가 쿠션을 더 가까이 옮겨 온다.)

좋아요! 이제 로라를 볼 수 있어요! 편하지요?

로라   네.

짐   나도 그래요. 소처럼 편하답니다! 껌 씹을래요?

로라   아뇨, 고마워요.

짐   나는 씹어야겠어요, 허락하신다면. (그는 생각에 잠긴
채 포장을 벗긴 껌을 집어 든다.) 최초로 껌 한 조각을
발명한 사람이 벌어들였을 재산을 생각해 봐요. 놀랍
지요, 네? 리글리* 빌딩은 시카고의 구경거리 중 하
나예요……. 진보의 세기라는 박람회에 갔을 때 보았
어요. 진보의 세기에 갔었나요?

로라   아니요, 안 갔어요.

짐   그게, 정말 대단한 박람회였어요. 내가 가장 감동한

---

* 미국의 껌 회사.

것은 과학관이었어요. 미국의 미래가 어떻게 될지에 대해 알려 주는데, 현재보다 훨씬 멋질 거라는 거죠! (잠시 침묵. 짐이 로라를 보고 미소 짓는다.) 당신이 수줍음을 탄다고 동생이 그러더군요. 그런가요, 로라?

로라　나는…… 잘 모르겠어요.

짐　나는 로라가 예스러운 아가씨라는 생각이 들어요. 글쎄, 그건 참 좋은 타입이죠. 내가 너무 개인적인 이야기를 한다고 생각하지는 않으셨으면 해요, 그렇게 생각하시나요?

로라　(허둥지둥하며 당황해서) 껌 하나 씹을게요……. 괜찮으시다면 말이에요. (헛기침을 하면서) 오코너 씨…… 노래를 계속하고 계시나요?

짐　노래요? 내가요?

로라　그래요, 얼마나 아름다운 목소리를 가지고 있었는지 기억하고 있어요.

짐　내가 노래하는 건 언제 들었는데요?

(로라는 대답을 하지 않는다. 침묵이 이어지는 가운데 무대 밖에서 남자의 노랫소리가 들린다.)

음성　(무대 밖에서)
　　　오, 불어라, 그대, 바람아, 헤이, 호,
　　　난 방랑의 길을 떠나리라!
　　　나는 내 사랑에게로 간다,
　　　권투 장갑을 낀 채로……

1만 마일이나 떨어진 먼 곳으로!

짐   내가 노래하는 걸 당신이 들었다고 했나요?

로라   아, 네! 아주 자주요……. 당신이 나를 기억하리라고
는…… 전혀 생각하지 않아요.

짐   (의심스럽다는 듯이 웃으면서) 전에 로라 양을 본 적이
있는 것 같아요. 문을 열자마자 그런 생각이 들었어요.
이름을 기억할 수 있을 것 같았지요. 하지만 부르려고
했던 말은 이름이 아니었어요! 그래서 말을 하려다가
그만뒀어요.

로라   그게…… 푸른 장미 아니었나요?

짐   (벌떡 일어나 웃으면서) 푸른 장미요! 이런, 그래요…….
푸른 장미예요! 로라 양이 문을 열었을 때 내 혀끝
에서 맴돌던 말이 그것이었어요! 기억이란 게 무슨 장
난을 치는지가 재미있지 않나요? 나는 당신을 고등
학교나 뭐 그런 것들과 연결 지어 생각해 보지 않았
어요. 하지만 거기였군요. 고등학교였다고요. 나는 로
라가 셰익스피어의 누나라는 것도 몰랐어요! 이런, 미
안합니다.

로라   난 당신에게 그런 기대를 하지 않았어요. 당신은……
나를 잘 알지 못했으니까요!

짐   하지만 우리는 서로 말을 튼 사이였지요, 네?

로라   그래요, 우리는…… 서로 이야기를 나누곤 했지요.

짐   언제 나를 알아보았나요?

로라   아, 당장이요!

짐　현관문으로 들어오자마자요?

로라　이름을 들었을 때 당신일 수도 있다고 생각했어요. 톰이 고등학교 때 오코너 씨랑 안면이 있었다는 걸 알고 있었거든요. 그래서 당신이 저 문으로 들어올 때…… 음, 그때 나는…… 확실히 알게 되었어요.

짐　그런데 왜 그때 뭐라고 말을 하지 않았어요?

로라　(숨을 헐떡이며) 뭐라고 말해야 할지 몰랐어요, 너무…… 놀랐거든요!

짐　세상에나! 말이죠, 이건 정말 재미있군요!

로라　그래요! 그래요, 그렇죠, 하지만…….

짐　같이 어떤 수업을 듣지 않았던가요?

로라　네, 그랬지요.

짐　무슨 수업이었죠?

로라　그건…… 노래 부르는…… 합창 시간이었어요!

짐　아하!

로라　강당에서 당신과 통로를 두고 마주 앉아 있었어요.

짐　아하.

로라　월요일, 수요일, 그리고 금요일마다요.

짐　이제 기억이 나요……. 로라는 언제나 늦게 들어왔지요.

로라　너무 힘들었어요, 위층으로 올라가는 게 말이에요. 다리에 부목을 댔는데…… 너무 시끄럽게 쿵쿵 소리를 냈어요!

짐　난 쿵쿵거리는 소리 전혀 못 들었는데요.

로라　(그 기억에 움찔 놀라며) 나한테는 그게 마치…… 천둥소리같이 들렸어요!

짐   이런, 이런, 이런, 나는 전혀 알아차리지 못했어요.

로라   그런데 내가 들어가기 전에 모두 앉아 있더라고요. 그
        모든 사람들 앞을 걸어가야만 했어요. 내 자리는 뒷줄
        이었거든요. 모두 쳐다보는데 쿵쿵거리면서 통로 끝까
        지 가야 했다고요!

짐   의식하지 말았어야 했는데.

로라   알아요, 하지만 난 그랬어요. 항상 노래가 시작되고
        나면 안심이 되었지요.

짐   아, 그래요. 이제야 당신을 기억하겠어요! 내가 당신을
        푸른 장미라고 부르곤 했지요. 내가 어떻게 해서 당신
        을 그렇게 부르게 되었죠?

로라   내가 늑막염으로 학교에 얼마간 나오지 못했어요. 돌
        아오니까 당신이 무슨 일이 있었냐고 묻더군요. 나는
        늑막염이었다고 말했는데…… 당신은 내가 푸른 장미라
        고 말하는 걸로 생각했던 거지요. 그 후로는 나를 항상
        그렇게 불렀어요!

짐   싫어하지 않았길 바라는데요.

로라   아, 아니요……. 난 좋아했어요. 나는 많은…… 사람들
        과 알고 지내지를 못했잖아요…….

짐   로라 양은 혼자 있기를 고집했던 걸로 기억이 되네요.

로라   나는…… 나는…… 친구를 사귀는…… 운이 없었어요.

짐   왜 없었는지 모르겠군요.

로라   글쎄, 나는…… 시작이 나빴어요.

짐   그 말은…….

로라   네, 그게 나하고는 잘 안 되었어요.

짐   그렇게 놔둬서는 안 되는데!

로라   알아요, 하지만 그랬어요, 그리고⋯⋯.

짐   로라 양은 수줍음을 탔지요!

로라   그러지 않으려고 했지만 도무지 할 수 없었어요⋯⋯.

짐   극복 말인가요?

로라   네, 나는⋯⋯ 나는 극복할 수가 없었어요!

짐   수줍음은 자신이 조금씩 극복해야 하는 거지요.

로라   (슬퍼하며) 네⋯⋯. 내 생각에는 그게요⋯⋯.

짐   시간이 걸리지요!

로라   그래요⋯⋯.

짐   사람들을 일단 알게 되면 그렇게 두렵지 않아요. 그걸
        기억해야만 해요! 그리고 누구나 문제를 갖고 있어요,
        로라 양뿐만 아니라 실제로 모든 사람들이 문제를
        가지고 있지요. 당신은 유독 자기만 문제를 갖고 있다
        고 생각하죠, 실망한 사람은 자기뿐이라고 여기면서
        말이죠. 하지만 주위를 돌아보면 로라 양만큼 실망한
        사람을 많이 보게 될 거예요. 예를 들어, 고등학교 시
        절 나는, 육 년이 지난 지금쯤에는 현재보다 훨씬 나은
        모습이길 바랐죠. 「횃불」에 실린, 나에 대한 찬사를
        기억해요?

로라   그럼요! (일어서서 탁자 쪽으로 걸어간다.)

짐   어디로 진출하든지 꼭 성공할 거라고 했지요.
        (로라는 고등학교 연감을 갖고 돌아온다.)
        이런, 맙소사! 「횃불」이군요!

(짐, 책을 경건하게 받는다. 둘은 서로가 놀라워하면서 책 너머로 미소를 나눈다. 로라는 짐 옆에 쭈그리고 앉고, 둘은 책장을 넘기기 시작한다. 로라의 수줍음은 짐의 따뜻함 안에서 사라진다.)

로라   여기 「펜잰스의 해적」에 나왔던 거요!

짐   (그리운 듯이) 그 오페레타에서 바리톤 주역으로 노래를 불렀지요!

로라   (황홀해하며) 너무나…… 아름답게요!

짐   (이의를 제기하듯) 에이…….

로라   그래요, 그래요……. 아름답게요……. 아름답게 말이죠!

짐   내 노래를 들었어요?

로라   세 번 다요!

짐   설마요!

로라   그랬어요!

짐   세 번 다요?

로라   (아래를 내려다보면서) 네.

짐   왜요?

로라   프로그램에 사인을 해 달라고…… 부탁하고 싶었어요.

(연감에서 프로그램을 꺼내서 짐에게 보여 준다.)

짐   왜 내게 부탁하지 않았어요?

로라   당신은 항상 친구들에게 둘러싸여 있어서 내게는 기회가 없었어요.

짐   그냥 부탁하면…….

로라 나를 어떻게 생각할지…….

짐 내가 로라를…… 어떻게 생각할 거 같았어요?

로라 아…….

짐 (생각에 잠기는 듯한 기색을 띄며) 그때는 여자들에게 둘러싸여 지냈지요.

로라 인기가 굉장했어요!

짐 그래요…… .

로라 당신은 무척이나…… 친근한 태도로…….

짐 난 고등학교 때 버릇이 없었어요.

로라 모두…… 오코너 씨를 좋아했어요!

짐 로라를 포함해서요?

로라 나도……. 네, 나도…… 역시 그랬지요……. (책으로 무릎 위를 살며시 덮는다.)

짐 자, 자, 자! 그 프로그램을 내게 줘요, 로라.
   (로라가 그에게 프로그램을 건네준다. 그는 거기다 멋들어 지게 사인을 한다.)
   자, 여기요……. 늦어도 아예 안 하는 것보다야 낫지요!

로라 아, 난…… 정말…… 놀라워요!

짐 지금은 내 사인이 별로 가치가 없어요. 하지만 언젠 가는…… 아마도…… 가치가 올라갈 거예요! 실망하 는 것과 낙담하는 것은 별개의 일이죠. 나는 실망하긴 했지만 낙담하진 않았어요. 난 스물셋이에요. 당신은 나이가 몇이지요?

로라 난 유월이면 스물넷이 돼요.

짐 그건 많은 나이가 아니에요!

로라   그래요, 하지만…….

짐   고등학교는 끝마쳤나요?

로라   (힘들어하면서) 돌아가지 않았어요.

짐   중퇴했다는 말인가요?

로라   학기말 시험 성적이 좋지 않았거든요. (일어나서 책과 프로그램을 탁자 위에다 가져다 둔다. 목소리가 긴장된다.) 에밀리 마이센바흐는…… 어떻게 지내고 있나요?

짐   아, 그 독일 것!

로라   왜 그 여자를 그렇게 부르세요?

짐   그 여자가 그랬으니까요.

로라   여전히 그 여자랑…… 사귀는 게 아닌가요?

짐   전혀 안 만나요.

로라   '개인 동정'란에 둘이…… 약혼했다고 써 있었어요.

짐   알아요, 하지만 나는 그런…… 허위 선전에 흔들리지는 않아요!

로라   그건 사실이…… 아니었나요?

짐   그저 에밀리의 희망 사항이었지요!

로라   아…….

(화면의 자막 '고등학교 이후 무엇을 했나요?')

(짐은 담배에 불을 붙이고 여유롭게 팔베개를 하고는 로라를 향해서 따뜻함과 매력이 더해진 미소를 지어 보이며 그녀의 마음속 제단에 촛불을 밝혀 준다. 로라는 탁자 옆에서 유리 동물원 수집품 중 한 조각을 집어 들고는 마음의 흥분을 감추기 위해 손 안에서 이리저리

굴려 댄다.)

짐   (생각에 잠긴 듯 담배 연기를 몇 모금 뿜어 대더니) 로라는
        고등학교 이후 무엇을 했나요?
        (그녀는 그의 말을 듣지 못한 듯하다.)
        네?
        (로라가 올려다본다.) 고등학교 이후 무엇을 했냐고 물었
        는데요, 로라?
로라   별로 한 거 없어요.
짐   육 년이란 긴 세월 동안 무엇이든 했겠지요.
로라   그래요.
짐   그래, 그러면 어떤 걸 했나요?
로라   실업 대학에서 비즈니스 과정을 택했어요…….
짐   잘 해냈나요?
로라   글쎄, 잘되지…… 않았어요……. 그게…… 그만둬야 했
        어요, 그것 때문에 소화 불량이…… 생겼거든요…….

(짐이 부드럽게 웃는다.)

짐   지금은 뭘 하고 있나요?
로라   별로…… 하는 일 없어요. 아, 제발 아무것도 안 하면서
        앉아만 있다고는 생각지는 마세요! 유리 수집품은 많
        은 시간을 필요로 해요. 유리는 아주 잘 관리해 줘야
        하거든요.
짐   유리에 대해서…… 뭐라고 했나요?

로라   수집품이라고 했어요……. 수집품을 갖고 있어요…….

(헛기침을 하면서 매우 수줍어하며 몸을 다시 돌린다.)

짐   (급작스럽게) 내가 로라의 문제를 뭐라고 판단하는지
      아세요? 열등감이에요! 그게 뭔지 알아요? 자기 자
      신을 낮게 평가하는 걸 가리키는 말이에요! 나도 그걸
      갖고 있었기 때문에 이해해요. 물론 내 경우는 로라
      처럼 그렇게 심하지는 않았지만 말이죠. 대중 연설을
      배우고, 목소리 훈련을 하고, 과학에 소질이 있다는
      걸 알게 되기 전까지는 나도 그랬어요. 그러기 전에는
      결코 내가 어떤 면으로도 뛰어나다고 생각하지 못했
      거든요! 그런데 친구 녀석이 나더러 과학을 정식으로
      공부한 적은 없는데도 직업 의사들보다 사람들을 더
      잘 분석한다고 그러더라고요. 그게 꼭 맞는 말이라고
      주장하는 건 아니지만, 나는 사람 심리를 추측할 수
      있어요, 로라! (씹던 껌을 꺼낸다.) 실례해요, 로라. 나
      는 항상 맛이 빠지면 뱉어 버리죠. 이 종이로 껌을 싸
      둘게요. 그게 신발에 붙으면 어떤지 아니까요. (껌을
      종이에 싸서 호주머니에 넣는다.) 그래요……. 그게 로라
      의 주된 문제점이라고 판단돼요. 인간으로서 자기 자
      신에 대한 자신감 결핍 말이에요. 로라는 자신에 대
      해 가져야 마땅한 자신감을 가지고 있지 않아요. 그
      사실은 로라가 말한 몇 가지와 내가 관찰한 바에 근거
      한 겁니다. 예를 들어 고등학교 때 그토록 끔찍했다고

말했던 쿵쿵 소리 말이죠. 교실 안으로 걸어 들어가는 게 두렵기까지 했다고 말했지요. 로라가 뭘 했는지 알아요? 쿵쿵 소리 때문에 학교를 중퇴하고 교육을 포기했어요. 내가 아는 한 그런 소리는 실제로 있지도 않았다고요! 약간의 신체적 결함, 그게 로라가 갖고 있는 거예요. 거의 눈에 띄지도 않아요! 상상에 의해서 수천 배나 확대된 거지요! 내가 간곡히 충고 하나 하고 싶은데 뭔지 아세요? 자기 자신이 어떤 면에 있어서는 뛰어나다고 생각하라는 거예요.

로라   어떤 면에서 그렇게 생각할 수 있을까요?

짐   이런, 이것 봐요, 로라! 자기 주위를 조금만 살펴봐요. 뭐가 보이나요? 보통 사람으로 가득 찬 세상이죠! 모든 사람들은 태어나고 다들 죽을 겁니다! 그들 중 누가 로라가 가진 장점의 십 분의 일이라도 가지고 있나요! 혹은 내 장점이나 또는 그 누구의 장점의 십 분의 일이라도 말이죠. 그런 식으로 계속 간다면…… 그런 거죠! 누구나 한 가지 점에는 뛰어나지요. 어떤 사람은 여러 가지 점에서 그렇고요! (그는 무의식적으로 거울 속의 자신을 흘깃 바라본다.) 로라가 할 일은 자신이 어떤 점에서 그런지를 발견하는 겁니다! 나를 예로 들어 봅시다. (거울을 보고 넥타이를 고친다.) 나는 우연히도 전기 역학에 관심을 갖게 되었어요. 야간 학교에서 라디오 엔지니어링 과정을 배우고 있어요, 로라. 창고에서는 꽤나 중요한 일을 하고 있으면서도 말이지요. 나는 그 강좌를 듣고 대중 연설을 공부하고 있어요.

로라   아아.

짐   왜냐하면 텔레비전의 미래를 믿으니까요! (등을 로라 쪽으로 돌린다.) 나는 그것과 더불어 같이 발전해 가고 싶어요. 그래서 기초에서부터 참여할 계획이에요. 실은 벌써 적절한 관계들은 구축해 놓았고 이제 남은 것은 사업 자체가 진행되어 가는 거죠! 전속력으로…… (눈이 반짝거린다.) 지식…… 쫙! 돈…… 쫙! ……권력! 그것이 민주주의가 기초를 두고 있는 주기랍니다!

      (짐의 태도는 설득력이 있다고 할 만큼 활력으로 가득하다. 로라는 그를 빤히 쳐다보는데 너무 경탄해서 수줍음까지도 사라진 지경이다. 짐이 갑자기 미소를 짓는다.)

      내가 스스로를 과대평가한다고 생각하는 것 같네요!

로라   아아……니에요, 나는…….

짐   그럼 당신은 어떠세요? 다른 어떤 것보다 관심을 더 두고 있는 뭔가가 있나요?

로라   저기, 내가…… 말했듯이…… 가지고 있어요……. 유리 수집품을요…….

(부엌에서 소녀의 것 같은 요란한 웃음소리가 들려온다.)

짐   무슨 말을 하는지 확실히 모르겠군요. 유리 뭐라고요?

로라   유리로 된 작은 물건들이에요. 주로 장식품들이죠! 대부분의 것들은 유리로 만든 작은 동물들이에요, 세상에서 제일 작은 동물들 말이에요. 어머니는 유리 동물원이라고 불러요! 보고 싶다면 여기 견본이 있어요. 거의 십삼 년이나 된 거예요.

(음악 「유리 동물원」.)

(짐이 자기 손을 내민다.)

아, 조심해요……. 숨만 쉬어도, 부서질 거예요.

짐   만지지 않는 게 좋겠어요. 물건을 만지는 데 꽤 서툴거든요.

로라   만져 봐요, 오코너 씨를 믿고 맡기는 거예요! (짐의 손바닥에 조각을 올려놓는다.) 자, 이제…… 살짝 쥐고 있어요! 불빛 위로 들어 보세요, 그 애는 불빛을 좋아해요! 불빛이 어떻게 그 애를 통과하는지 보이시죠?

짐   정말 빛이 나는군요!

로라   편애를 해서는 안 되지만, 내가 제일 좋아하는 애예요.

짐   이건 어떤 종류의 동물이죠?

로라   앞이마에 있는 외뿔을 보지 못했나요?

짐   유니콘이군요, 그렇죠?

로라   네에에!

짐   유니콘이라…… 현세에서는 멸종되지 않았나요?

로라   알고 있어요!

짐   불쌍한 꼬마 녀석, 분명 외로울 텐데.

로라   (미소를 지으면서) 그럴지라도, 불평은 안 한답니다. 쟤는 선반 위에서 뿔이 없는 다른 말들과 함께 지내는데, 모두들 잘 어울려요.

짐   어떻게 아세요?

로라   (가볍게) 싸우는 소리를 전혀 듣지 못했거든요!

짐 (빙긋 웃으며) 싸우지 않는다고요, 네? 글쎄, 상당히 좋은 징조로군요! 얘는 어디다 놓아야 하나요?

로라 탁자 위에 올려놓으세요. 다들 가끔은 경관을 바꿔 주는 걸 좋아한답니다!

짐 자, 자, 자, 자……. (유리 조각품을 탁자 위에 내려놓고, 팔을 위로 뻗어 기지개를 켠다.) 내가 팔을 뻗을 때 내 그림자가 얼마나 큰지 봐요!

로라 아, 네, 그래요……. 천정을 가로질러서 뻗어 가네요!

짐 (문 쪽으로 건너가면서) 비가 그친 것 같은데요. (짐이 비상계단 쪽 문을 열자, 배경음악이 댄스 가락으로 바뀐다.) 음악은 어디서 들려오는 거죠?

로라 골목 건너편의 파라다이스 댄스홀에서요.

짐 춤을 추면 어떨까요, 윙필드 양?

로라 아, 나는…….

짐 혹시 춤출 상대가 꽉 찼나요? 어디 한번 봅시다. (가공의 카드를 켠다.) 이런, 춤 순서가 다 차 있군요! 몇 명을 지워야 하겠는데요.

(왈츠 음악 「라 골론드리나」.)

아아, 왈츠라! (혼자서 휩쓸듯 몇 번 회전을 하고는 로라를 향해 팔을 내민다.)

로라 (숨 막혀 하면서) 나는…… 춤 출 줄 몰라요!

짐 또 그러는군요, 그 열등감 말이에요!

로라 난 평생 한 번도 춤을 춰 본 적이 없어요!

짐　　　자, 해 봅시다!

로라　　아, 하지만 나는 그쪽 발을 밟을 거예요!

짐　　　난 유리로 만든 게 아니라고요.

로라　　어떻게…… 어떻게…… 어떻게 시작하는 거죠?

짐　　　그냥 나한테 맡겨요. 팔만 약간 내밀어요.

로라　　이렇게요?

짐　　　(그녀를 자기 품에 안으면서) 약간 더 높이요. 좋아요. 자, 너무 긴장하지 말고요, 그게 제일 중요해요……. 긴장을 푸는 거요.

로라　　(숨이 넘어갈듯 웃으면서) 그러기가 어려워요.

짐　　　좋아요.

로라　　오코너 씨가 나를 움직이지 못할 것 같아요.

짐　　　어째서 내가 못할 거라 단정하죠? (그녀를 빙 돌린다.)

로라　　어머나, 네, 할 수 있군요!

짐　　　저절로 움직이는 대로 놔두세요, 이제, 로라, 그냥 움직이는 대로 놔둬요.

로라　　나는…….

짐　　　어서요!

로라　　……노력하고 있어요!

짐　　　너무 뻣뻣하지 않게요……. 편안해야 된다니까요!

로라　　알아요. 하지만 나는…….

짐　　　척추에 힘을 빼세요! 그래, 이제, 훨씬 나아졌네요.

로라　　그래요?

짐　　　훨씬, 훨씬 나아졌어요! (짐, 어색한 왈츠를 추면서 로라를 데리고 방을 돈다.)

로라   아, 이런!

짐   하하!

로라   어, 어머나!

짐   하! 하하!

(갑자기 탁자에 부딪치자, 유리 조각품이 마루로 떨어진다. 짐이 춤을 멈춘다.)

       우리가 뭐에 부딪힌 거죠?

로라   탁자에요.

짐   뭐가 떨어졌나요? 내 생각에는······.

로라   그래요.

짐   뿔 달린 작은 유리 말은 아니었으면 좋겠는데요!

로라   그거예요. (그것을 줍기 위해 몸을 굽힌다.)

짐   어, 어, 어. 부서졌나요?

로라   이제는 다른 말들과 똑같아졌어요.

짐   잃어버렸군요, 자기의······.

로라   뿔을요!
        상관없어요. 아마도 축복이 변장한 건지도 몰라요.

짐   날 절대로 용서하지 않겠군요. 로라가 가장 아끼는 유리 조각품이 틀림없잖아요.

로라   내겐 가장 좋아하는 거랄 게 별로 없어요. 이건 비극은 아니에요, 흠집이 생긴 정도죠. 유리는 너무 쉽게 부서져요. 아무리 조심하더라도. 지나가는 자동차에 선반이 흔들거리기만 해도 물건들이 떨어지죠.

짐   그래도 내가 원인이 되다니 정말 미안해요.

로라   (미소를 지으면서) 그냥 그 애가 수술한 거라고 생각할
        래요. 그 애가 좀 덜…… 괴상하게 보이기 위해서 뿔을
        제거했다고 말이지요!

(둘 다 웃는다.)

        이제 걔는 다른 말들이랑 더 편하게 있을 수 있을
        거예요. 뿔이 없는 애들이랑 말이지요……

짐   하하, 재미있군요! (갑자기 심각해진다.) 유머 감각이
        있다니 반갑네요. 저기 말이에요……. 로라는…… 그
        게…… 아주 달라요! 내가 아는 어느 누구와도 놀랄
        정도로 다르답니다! (짐의 목소리는 부드러워지고, 진실한
        감정이 생겨 주저거리게 된다.) 이런 말을 하는 게 기분이
        언짢으세요?
        (로라는 부끄러워서 말을 할 수 없을 정도다.)
        좋은 의미로 말한 겁니다…….
        (로라는 외면하면서 수줍게 고개를 끄덕인다.)
        로라는 내게 이런 기분을 들게 해요……. 어떻게 말해
        야 할지 모르겠네요! 평소에는 내가 표현을 잘하는
        편인데, 하지만…… 이건 어떻게 말해야 할지 모르겠
        군요!

(로라는 자신의 목을 만지며 헛기침을 한다. ……부서진 유니콘을 손
안에서 돌려 본다. 짐의 목소리가 더욱 부드러워진다.)

누구든 로라에게 아름답다는 말을 한 적이 있나요?

(잠시 침묵이 흐르고 음악 소리가 들린다. 로라는 놀라움에 천천히 고개를 들고, 머리를 흔든다.)

그래, 로라는 그렇다니까요! 다른 누구와도 아주 다른 식으로요. 다르기 때문에 더욱 멋있기도 하고요.

(짐의 목소리가 낮아지면서 허스키해진다. 로라는 자신이 느끼는 신기한 감정에 거의 기절할 지경이 되어 얼굴을 돌린다.)

로라가 내 누이였으면 좋겠어요. 스스로에게 자신감을 갖도록 가르치고 싶어요. 독특한 사람들은 일반인들과 같지 않지요. 하지만 독특하다는 것이 부끄러워할 일은 아니에요. 왜냐하면 일반인이란 게 그렇게 대단한 사람들도 아니거든요. 그들은 천 명에 백을 곱한 거고, 로라는 하나에 하나를 곱한 한 사람뿐이지요! 그들은 온 지구를 돌아다닙니다. 당신은 그저 여기 머물러 있지요. 그 사람들은…… 잡초처럼 흔하지만, 당신은…… 글쎄, 당신은…… 푸른 장미인 거죠!

(화면의 영상, 푸른 장미들.)

(음악이 바뀐다.)

로라   하지만 푸른색은 맞지 않아요, 장미에게는요…….

짐   로라에게는 맞아요! 당신은…… 아름다우니까요!

로라   제가 어떤 면에서 아름다운가요?

짐   모든 면에서죠……. 나를 믿어요! 그대의 눈…… 그대의 머리카락이…… 아름다워요! 당신의 손이 아름답습니다! (로라의 손을 잡는다.) 당신은 내가 저녁 식사에 초대를 받았고 친절하게 굴어야 하기 때문에 이런 말을 만들어 낸다고 생각하겠죠. 아, 나는 그렇게 할 수도 있었어요! 당신에게 꾸며서 행동할 수 있어요, 로라, 그리고 진정성 없는 말을 많이 늘어놓을 수도 있어요. 하지만 지금 나는 다릅니다. 나는 진지하게 말하고 있는 거예요. 나는 당신이 사람들과 있을 때 열등감으로 불안해한다는 것을 알게 되었어요. 누군가가 당신의 자신감을 키워 줘서, 수줍어하고 외면하고…… 얼굴을 붉히는 대신 자긍심을 갖게 해 줘야 합니다. 누군가가…… 그대에게 키스를…… 해야만, 해야만 해요, 로라!

(음악이 떠들썩하게 커져 가면서 짐의 손이 천천히 로라의 팔에서 어깨로 미끄러지듯 올라간다. 짐, 갑자기 로라의 몸을 돌려서 입술에 키스한다. 짐이 로라를 놓아주자, 로라는 당황한 듯한 밝은 얼굴로 소파에 주저앉는다. 짐은 뒤로 물러서서 주머니를 뒤져 담배를 찾는다.)

(화면의 영상 '기념품.')

실수투성이군!

(로라의 시선을 피하며 담배에 불을 붙인다. 부엌에서 어맨다가 소녀같이 깔깔 웃는 소리가 들린다. 로라는 천천히 손을 들어서 편친다. 손에는 아직도 부서진 작은 유리 동물이 있다. 로라는 그것을 부드럽고 어리벙벙한 표정으로 바라본다.)

실수투성이야! 그러면 안 되는 건데…… 어처구니없는 실수로군. 담배 안 피우죠, 그렇죠?

(로라, 질문을 듣지 못한 채 웃으며 그를 올려다본다. 짐은 로라 옆에 다소 조심스러워하며 앉는다. 로라는 말없이 짐을 바라본다. ……기다리고 있다. 짐은 예의 있게 기침을 하더니 옆으로 조금 떨어져 앉는다. 짐은 이 상황을 생각해 보고 당황해하면서 로라의 기분을 어렴풋하게나마 짐작해 보는 중이다. 부드럽게 말을 건다.)

혹시…… 박하…… 좋아하세요?

(짐의 말을 못 들은 듯하지만 그럼에도 로라의 얼굴은 더 밝아진다.)

박하사탕요, 생명의 은인이란 상표는 어때요? 내 주머니는 잡화점이랍니다……. 내가 어디를 가든지 말이죠……. (그는 박하사탕 하나를 입에다 털어 넣는다. 그리고 꿀꺽 삼킨 다음 솔직히 털어놓기로 결심한다. 천천히 조심스럽게 말한다.) 로라, 저 말이죠, 내게 로라 같은 누이가 있었다면 나도 톰같이 했을 거예요. 친구들을 데리고 와서는…… 로라를 소개시켰을 거예요. 어울리는 타입의 청년들…… 누이를 알아줄…… 타입 말이지요. 다만…… 글쎄…… 톰이 나에 대해 잘못 판단한 거지요. 이런 말을 할 필요가 없을지도 몰라요. 나를 여기 초대한 데에는 그런 생각이 없었을지도 모르지요. 하지만 만약 그렇다면 어쩌죠? 그게 절대 잘못된 것은 아니에요. 유일한 문제는 내가…… 적절한 행동을 할 수 있는…… 상황에 있지 않다는 거지요. 나는 당신의 번호를 받아 적고 전화하겠다고 말할 수 없어요. 다음 주에 전화해서…… 데이트 신청을 할 수 없어요. 상황을 설명하는 게 좋겠다는 생각이 들었어요, 당신이 오해를 했거나 내가 당신 기분을 상하게 했을 수도 있기 때문에요…….

(침묵이 흐른다. 천천히, 아주 천천히 로라의 표정이 변하고, 그녀의 시선이 남자에게서 자신의 손바닥에 있는 유리 동물 쪽으로 옮겨진다. 어맨다는 부엌에서 다시 한 번 명랑한 웃음을 터뜨린다.)

로라 (힘없이) ……다시 찾아오지…… 않는다고요?

짐 그래요, 로라, 그럴 수가 없어요. (그는 소파에서 일어선다.) 방금 설명한 것처럼 나는 매인 몸이에요. 로라, 나는…… 한 여자를 계속 만나고 있어요! 베티라는 이름의 여자와 항상 데이트를 하고 있어요. 베티는 당신처럼 가정적인 여자이고, 가톨릭이면서 아일랜드계예요. 그리고 여러 가지 면에서 나와 잘 어울리지요. 지난여름 어느 달밤에 머제스틱이라는 이름의 배를 타고 강을 따라 올턴까지 가는 보트 여행에서 그 여자를 만났어요. 글쎄…… 시작부터 그건 바로…… 사랑이었답니다!

(화면의 자막 '사랑!')

(로라, 몸을 약간 앞으로 기울이더니 소파의 팔걸이를 꽉 붙잡는다. 짐은 편안해진 자기 자신에게 몰두한 나머지 그것을 알아차리지 못한다.)

사랑에 빠진다는 것이 나를 새사람으로 만들었어요!

(로라는 경직된 몸을 앞으로 숙이고 소파의 팔걸이를 꽉 잡은 채, 눈에 보일 정도로 자기 안의 폭풍우와 싸우고 있다. 하지만 짐은 알아차리지 못한다. 로라는 멀리 떨어져 있는 것이다.)

사랑의 힘이라는 것은 정말 엄청나요! 사랑은…… 온 세계를 바꿔 주는 무언가랍니다, 로라!

(폭풍우가 약간 가라앉고 로라는 뒤로 몸을 기댄다. 짐은 다시 로라를 주목한다.)

베티는 자기 이모가 병이 나셨다는 전보를 받고 센트

레일리아에 갈 수밖에 없었거든요. 그래서 톰이……
저녁 식사에 나를 초대했을 때…… 나는 당연히 그
냥 초대를 받아들였던 거지요, 당신이…… 그가……
내가…… (어색하게 말을 멈춘다.) 허…… 나는 실수투성
이에요!

(짐, 소파에 털썩 주저앉는다. 로라 얼굴의 제단에 켜졌던 신성한
촛불은 꺼져 버렸다. 끝없는 고독의 표정이 남아 있을 뿐이다. 짐은
불안한 듯 그녀를 흘끗 쳐다본다.)

당신이 뭐라고…… 말이라도 하면 좋겠어요.

(로라는 떨리는 입술을 깨물더니 용감하게 미소를 짓는다. 로라는
다시 손을 펴서 깨진 유리 동물을 보여 준다. 그리고 부드럽게
짐의 손을 잡더니 자신의 손과 같은 높이로 들어 올린다. 유니콘을
조심스럽게 짐의 손바닥에 올려놓고 그의 손가락을 밀어 동물을 꼭
쥐게 한다.)

무엇 때문에…… 이렇게 하는 거죠? 내가 이걸 가졌
으면 하나요? 로라?

(로라가 고개를 끄덕인다.)

왜요?
로라   그냥…… 기념품이에요…….

(비틀거리면서 일어선 로라는 축음기 옆으로 가서 쭈그리고 앉아 태엽을 감는다.)

(화면의 자막 '사태가 이렇게 끔찍하게 될 줄이야!' 또는 이미지로 '신사 방문객이…… 명랑하게 작별의 손을 흔든다.')

(이때 어맨다가 명랑하게 거실로 급히 들어온다. 과일 펀치를 담은 구식 세공 유리 주전자와 마카롱 과자를 담은 접시를 들고 있다. 금테를 두른 접시에는 양귀비꽃이 그려져 있다.)

어맨다   자, 자, 자! 소나기가 오고 나니 공기가 쾌적하지 않나
          요? 당신네 젊은이들을 위해서 내가 마실 것을 좀
          만들었어요.
          (어맨다, 짐을 향해 명랑하게 돌아선다.) 짐, 레모네이드에
          대한 노래 아세요?
          "레모네이드, 레모네이드
          그늘에서 만들었고 주걱으로 휘저은—
          어떤 노처녀에게도 딱 맞지요!"

짐   (불안해하면서) 하하! 아니요……. 들어 본 적 없는데요.

어맨다   이런, 로라! 심각해 보이는구나!

짐   우리 심각한 대화를 하는 중이었어요.

어맨다   좋았어! 이제 서로 더 잘 알게 되었군요!

짐   (불확실하게) 하하! 그러네요.

어맨다   당신네 젊은이들은 우리 세대보다 훨씬 진지한 것
          같아요. 나는 소녀 시절에 명랑하기만 했는데.

짐   전혀 변하지 않으신 것 같아요, 윙필드 부인.

어맨다 오늘 밤, 나는 다시 젊어졌어요! 즐거운 상황이니까요,
       오코너 씨! (요란하게 웃으며 고개를 뒤로 젖히다가 레모네
       이드를 흘린다.) 오오! 내가 나한테 세례를 주었네요.

짐   여기…… 제가…….

어맨다 (주전자를 내려놓더니) 자, 됐어요. 우리 집에 마라스
       키노 체리가 있더라고요. 모두 집어넣었어요, 주스랑
       전부 다!

짐   그런 수고 안 하셔도 되는데요, 윙필드 부인.

어맨다 수고, 수고라고요? 이런, 즐겁기만 했어요! 내가 부엌
       에서 떠드는 소리 못 들었나요? 귀가 화끈거렸을 텐데
       요! 그렇게 오랫동안 당신을 혼자만 알고 지내다니
       내가 완전히 당한 셈이라고 톰에게 말했답니다. 걔는
       오코너 씨를 훨씬, 훨씬 일찍 데려왔어야 했어요! 자,
       이제 길을 아셨으니까 자주 찾아오길 바랄게요! 어쩌
       다가 말고 언제나 말이에요. 아, 우린 함께 즐거운 시
       간을 많이 갖게 될 거예요! 그런 때가 오는 게 눈에
       선하네요! 음, 저 공기를 마셔 봐요! 너무 신선하지
       요, 그리고 달은 너무 아름다워요! 나는 슬쩍 빠질
       게요……. 젊은 사람들이…… 심각한 대화를 할 때는
       어디에 가 있어야 하는지 난 알고 있지요!

짐   아, 가지 마세요, 윙필드 부인. 사실은 제가 가야만
       한답니다.

어맨다 지금, 간다고요? 농담이시겠지! 저런, 지금은 초저녁인
       데요, 오코너 씨!

짐   상황이 그렇게 되었습니다.

어맨다 당신은 젊은 근로자이고, 근로 시간을 지켜야 된다는 뜻이군요. 오늘 밤은 일찍 보내 드리리다. 하지만 다음번에는 더 늦게까지 있겠다는 조건에서 그러는 거랍니다. 어느 날 저녁이 가장 편해요? 근로자들에게는 토요일 밤이 제일 좋지 않나요?

짐   저에게는 지켜야 할 시간표가 두 개 있답니다, 윙필드 부인. 하나는 아침이고 하나는 밤이랍니다!

어맨다 이런, 야심이 많으시군! 밤에도 일하시나요?

짐   아니요, 부인, 일하는 게 아니라…… 베티 때문입니다!

(짐은 천천히 가로질러 가서 자기 모자를 집어 든다. 파라다이스 댄스홀의 악단이 부드러운 왈츠를 연주한다.)

어맨다 베티? 베티요? 베티가…… 누군가요!

(하늘에서는 불길하게 부서지는 소리가 난다.)

짐   아, 그냥 여자예요. 제가 계속 만나고 있는 여자요!

(짐, 매력적으로 미소를 짓는다. 하늘이 무너진다.)

(화면의 자막 '하늘이 무너진다.')

어맨다 (길게 숨을 내쉰다.) 아하……. 진지한 로맨스인가요,

오코너 씨?

짐   6월 둘째 주 일요일에 결혼합니다.

어맨다   오호……. 잘되었군요! 톰은 오코너 씨가 약혼했다는
        말을 안했답니다.

짐   창고에서는 아직 비밀이 새어 나가지 않았거든요.
        사람들이 어떤지 아시잖아요. 로미오라는 둥 하면서
        어쩌고저쩌고 떠들어 대잖아요. (짐, 타원형 거울 앞에
        멈춰 서서 모자를 쓴다. 의도적으로 멋진 효과를 주기 위해
        조심스럽게 모자 가장자리와 꼭대기를 만져 모양을 낸다.)
        굉장히 멋진 저녁이었어요, 윙필드 부인. 사람들이
        얘기하는 남부의 친절한 대접이라는 게 이런 것인가
        봅니다.

어맨다   정말 별것도 아니었어요.

짐   서둘러 나가는 것처럼 보이지 않았으면 합니다. 하지만
        베티에게 워배시 정거장으로 데리러 간다고 약속을
        했거든요, 그리고 제 고물 자동차가 도착할 즈음이면
        베티가 탄 기차도 들어올 겁니다. 어떤 여자들은 기다
        리게 하면 무척 화를 내곤 하거든요.

어맨다   그래요, 알고 있어요……. 여자들의 횡포 말이지요!
        (손을 내민다.) 잘 가요, 오코너 씨. 행운을 빌어요…….
        그리고 행복과…… 성공을 빌어요! 세 가지 다요, 그리
        고 로라도 그럴 거고요! 안 그러니, 로라?

로라   그래요!

짐   (로라의 손을 잡고는) 안녕, 로라. 그 기념품은 반드시 소
        중하게 간직할게요. 내 충고 잊지 말아요. (짐, 목소리를

높여서 기분 좋은 듯 소리를 지른다.) 안녕, 셰익스피어! 다시 한번, 고맙습니다, 숙녀분들. 안녕히 계세요!

(짐, 씩 웃더니 경쾌하게 빠져나간다. 어맨다는 여전히 용감하게 인상을 찌푸린 채로, 신사 방문객이 나간 문을 닫는다. 혼란스러운 표정으로 방을 향해 돌아선다. 모녀는 차마 서로 얼굴을 보지 못한다. 로라는 빅트롤라 축음기 옆에 쭈그리고 앉는다.)

어맨다 (힘없이) 일이 이렇게 끔찍한 결과를 낳다니. 나라면 축음기를 틀 생각은 못하겠다. 자, 자…… 자! 우리 신사 방문객이 약혼을 하셨다! (목소리를 높인다.) 톰!

톰 (부엌에서) 네, 엄마?

어맨다 잠깐 이리 들어와 봐, 무지하게 재미있는 거 얘기해 줄게.

톰 (마카롱 과자와 레모네이드 잔을 들고 들어오면서) 신사 방문객은 벌써 가 버렸나요?

어맨다 신사 방문객은 일찍 퇴장하셨다. 너 어쩌면 그렇게 멋지게 우리를 골려 먹을 수가 있니?

톰 무슨 말씀이세요?

어맨다 그 친구가 약혼했다는 말 안 했잖아.

톰 짐이요? 약혼이라뇨?

어맨다 방금 우리에게 그렇게 알려 주더구나.

톰 어처구니가 없네요! 모르고 있었어요.

어맨다 그거 정말 이상하구나.

톰 뭐가 이상해요?

어맨다 그 사람이 창고에서 너랑 가장 친한 친구라고 하지
       않았니?

톰   그래요, 하지만 내가 어떻게 알았겠어요?

어맨다 가장 친한 친구가 결혼할 거라는 것도 모르고 있다니
       터무니없구나.

톰   창고는 제가 일하는 곳이지 사람들에 대해서 이것저것
       알아내는 곳이 아니라고요!

어맨다 너는 어디에서도 아는 게 없어! 너는 꿈속에 살고
       있어. 환상을 제조해 낸다고!

       (톰이 문 쪽으로 건너간다.)

       어디 가는 거니?

톰   영화 보러 가요.

어맨다 그거 좋구나, 우리를 그렇게 바보로 만들어 놓았으니.
       그 노력, 준비, 그리고 모든 비용들! 마루의 새 램프,
       깔개, 로라의 옷들! 다 무엇을 위한 거였니? 어떤 여자
       의 약혼자를 대접하기 위해서지! 영화 보러 가려면
       가! 우리 생각은 하지도 마라, 버림 받은 엄마나 절
       름발이에다 결혼도 못하고 직장도 없는 누이는 생각도
       하지 말라고. 그 어떤 것도 네 이기적인 쾌락을 방해
       하지 못하게 해! 그냥 가라, 가, 가라고……. 영화 보러
       가 버리라고!

톰   좋아요, 그럴게요! 엄마가 나더러 이기적이라고 소리치
       면 칠수록 나는 더 빨리 가 버릴 거예요, 그리고 영화
       보러 가지 않을 거예요!

어맨다 가, 그럼! 달나라로 가 버리라고……. 이 이기적인 몽

상가야!

(톰은 유리잔을 바닥에 던져 박살을 낸다. 그는 비상구로 뛰쳐나가 문을 쾅 닫아 버린다. 로라는 깜짝 놀라서 비명을 지른다. 댄스홀의 음악 소리가 점점 더 커진다. 톰은 난간을 꽉 붙잡은 채로 비상구에 서 있다. 태풍을 몰고 오는 구름 사이로 달이 빠져나와 그의 얼굴을 비춘다.)

(화면의 자막 '그러면 안녕…….')

(톰은 집 안에서 동작이 벌어지는 그때 마지막 대사를 하게 된다. 마치 방음 유리창을 통해서 보듯이, 우리는 소파 위에 웅크리고 앉아 있는 로라에게 어맨다가 위로의 말을 건네는 것을 보게 된다. 이제 어머니의 말소리가 들리지 않으면서, 우스꽝스러움은 사라지고 어맨다는 위엄과 비극적인 아름다움을 지니게 된다. 로라의 얼굴은 머리카락에 가려져 있는데, 이야기가 끝날 즈음에서야 로라는 얼굴을 들어 어머니에게 미소를 보낸다. 로라를 위로할 때, 어맨다의 느리고 우아한 몸동작이 마치 춤을 추는 것 같다. 말을 마치면서 그녀는 잠깐 남편의 사진을 바라본다. ……그리고 휘장 사이로 들어간다. 톰의 대사가 끝날 때, 로라는 촛불을 불어서 끄고, 극은 끝이 난다.)

톰   저는 달나라로 가지는 않았습니다, 훨씬 더 먼 곳으로 갔지요……. 왜냐하면 시간이 흐른다는 게 가장 먼 곳 으로 가는 것이니까요. 얼마 지나지 않아 저는 신발 상자 뚜껑에 시를 썼다는 이유로 해고당했습니다. 저는 세인트루이스를 떠났습니다. 마지막으로 비상구 계단을 내려온 후로는, 공간 속에서 잃어버린 것을 행동으로 찾으려고 애쓰면서, 아버지의 족적을 따라 갔습니다. 여행을 아주 많이 다녔습니다. 도시들은 죽은 낙엽처럼 제 주위를 스쳐 지나갔습니다. 밝은 색을 띠다 가지에서 뜯겨 나가는 나무 이파리들처럼 말입니다. 저는 멈추려고 했지만, 무언가에 쫓기고 있었습니다. 그것은 항상 모르는 사이에 제게 다가와서 저를 완전히 기습하곤 했지요. 아마도 그건 익숙한 음악의 한 소절일지도 모릅니다. 아마도 그건 단지 하나의 투명한 유리 조각일 수도 있고요. 아마도 저는 한밤에 어떤 낯선 도시의 거리를 걷고 있었을지도 모르지요. 친구들을 만나기 전에 말입니다. 전 향수를 팔고 있는 가게의 불 켜진 창문 곁을 지나갑니다. 유리창은 색색의 유리 조각으로, 산산이 부서진 무지개 조각같이 미묘한 색깔들의 자그마한 투명 병들로 가득 차 있습니다. 그때 갑자기 제 누이가 와서 제 어깨를 만집니다. 저는 돌아서서 누이의 눈 속을 들여다봅니다. 오, 로라, 로라, 나는 누나를 내 뒤에 버려두려고 했어, 하지만 난 생각했던 것보다 더 신의가 있나 봐! 나는 담배를 집으려 하고 길을 건너고 극장이나 술집으로 달려가거나, 술을 사기도 하지. 가까이에 있는 낯선 사람에게 말을 걸기도 해……. 누나의 촛불을 불어서 끌 수 있다면 무슨 짓이든지 말이야.

(로라, 촛불 위로 몸을 숙인다.)

왜냐하면 요즘은 세상을 전깃불로 밝히거든. 촛불을
꺼요, 로라······. 그러면 안녕······.

(로라가 촛불을 불어서 끈다.)

(막)

작품 해설*

    1911년 테네시 윌리엄스의 출생 배경은 그가 평생 겪게 되는 갈등을 축약해서 보여 준다. 그는 미시시피에서 아버지 코르넬리우스 커핀 윌리엄스와 어머니 에드위나 데이킨 사이에서 토머스 러니어 윌리엄스라는 이름으로 태어났다. 아버지는 신발을 팔러 다니는 외판원이었고 어머니는 목사의 딸이었다. 아버지는 활발한 성격으로 음주와 여행, 포커를 즐기는 사람이었던 반면, 어머니는 아름답지만 히스테리 일보 직전의 예민한 사람이었다. 테네시 윌리엄스의 모계에는 정신 질환 병력을 가진 사람들이 많았다. 그의 누나 로즈도 결국 정신 분열이 발병하여 전두엽 절제술을 받고 평생 금치산자로 살았다. 그래도 다행히 윌리엄스와 누나 로즈의 우애는 변치 않았으며, 윌리엄스는 죽기까지 누나를 다정하게 돌보았다. 그

---

* 작품 해설과 작가 연보는 2007년에 필자의 번역으로 출판된 『욕망이라는 이름의 전차』의 해당 부분을 일부 수정하여 싣는다.

는 부모에게서 호남형의 외모와 청교도적 기질을 모두 물려받았다. 너무나 대조적인 부모, 현실에 적응하지 못하는 누이는 그의 극에서 등장인물로 재창조되고 갈등의 축이 된다.

부친이 일 때문에 늘 집을 떠나 있었던 까닭에 윌리엄스는 목사였던 외조부의 목사관에서 성장했다. 그러나 그가 여덟 살 되던 해인 1918년 부친이 한 신발 회사의 세인트루이스 지점장이 되어 온 가족이 도시로 이주하게 되면서 남부의 온화한 날씨 속 평온한 생활은 끝이 난다. 예민한 소년이었던 윌리엄스에게 큰 충격으로 다가온 도시 빈민가로의 이주는 지울 수 없는 상처가 되었다. 남부 사투리를 쓰던 남매는 그곳 아이들의 놀림감이 되었으며, 푸른 숲과 풀밭 대신 꼬불꼬불 펼쳐진 삭막한 뒷골목은 윌리엄스에게 박탈감만을 주었다. 부친은 변화에 적응하지 못하는, 소심하기 짝이 없던 그를 '미스 낸시'라고 놀리며 질책하곤 했다. 도시 생활이 버거웠던 소년 윌리엄스의 도피처는 독서와 글쓰기였다. 연극을 접하기 전 윌리엄스는 시, 수필, 단편 소설을 쓰면서 위안을 얻었다.

청년 시절에는 이 대학 저 대학을 전전하며, 현실을 도피한 채 문학에 전념한다. 1929년 윌리엄스는 미주리 대학교에 입학했다. 하지만 그가 3학년 때 ROTC 시험에 실패하자 화가 난 부친은 아들을 대학에서 중퇴시켰다. 대공황이 미국을 휩쓸던 그 시절, 윌리엄스는 큰 물품 창고의 발송 담당 직원으로 근무하며 문학에 대한 꿈을 접지 못하고 밤과 주말에 시나 단편소설을 쓰면서 하루하루를 견딘다. 이 추억은 「유리 동물원」 속 톰이라는 인물의 이야기로 되살아난다. 결국 건강을 해치게 된 윌리엄스는 직장을 그만두고 멤피스에 살고 있던 조부모를 방문하는데, 그곳에서 비로소 자신의 재능을 발견하게 된다. 샤피로라는 이웃과 함께 공동 작업으로 「카이로, 상하이, 봄베이」라는 소극을 완성하고 공연하면서, 비로소 자신이 희곡에 재능이 있음을 알게 된 것이다. 1936년 워싱턴 대학에 등록한 윌리엄스는 문학 작업에 더욱 몰두하여 작품을 몇 편 발표하고 공연하게 된다. 다시 학교를 옮긴 윌리엄스는 1938년 아이오와 대학을 졸업하고 학사 학위를 받았다. 그는 대학을 졸업한 후 자신의 동성애적 성향을 확인하고 이후 동성애자로 살아간다. 1939년 그는 테네시 윌리엄스로 개명했는데, 그 배경에는 테네시 주에서 인디언과 대적한 무사들의 활약에 대한 공감대가 존재한다. 야만인들과 맞서 싸우는 것처럼 치열하게 작가의 삶을 살겠다는 각오로 개명한 것이라고 한다.

뉴욕으로 이주한 윌리엄스에게 기회가 찾아온다. 1940년 윌리엄스는 존 개스너의 연극 워크숍에서 육 개월간 극작 훈련을 받게 되었다. 그 후에도 식당 출납원 등 이 직장 저 직장을 전전하던 윌리엄스는 그림책 작가 오드리 우드의 도움을 받아 MGM사의 시나리오 작가로 계약을 맺고 1943년 「신사 방문객」을 탈고한다. 영화사에서 거절당한 이 작품은 후에 「유리 동물원」으로 개작되어 연극사에 길이 남을 전설이 된다. 미주리 대학교 중퇴 후 물류 창고에서 일하며 글을 쓴 자전적 경험을 담은 이 회상극은 고통스러운 추억에 어쩔 수 없이 묻어나는 그리움과 아련함을 서정적인 문체로 담아낸 작품이다. 1947년 『욕망이라는 이름의 전차』가 세상에 나오면서 윌리엄스는 유진 오닐의 뒤를 이어 미국의 대표 극작가

반열에 올랐다. 그는 엘리아 카잔 감독과도 교분을 쌓았는데, 감독이 설립한 액터스 스튜디오를 통해서 윌리엄스의 작품에 어울리는 배우들이 배출되었다. 스타니 슬랍스키의 연기술을 도입, 인물과 배우의 일체감을 강조하는 '메소드 연기술'을 교육했던 이 스튜디오는 말런 브랜도, 몽고메리 클리프트, 폴 뉴먼 등을 탄생시켰다.

윌리엄스의 전성기는 이미 시작되었다. 작가는 이 년마다 대표작을 쏟아 내면서 명성을 굳혔다. 「여름과 연기」, 「장미 문신」, 「뜨거운 양철 지붕 위의 고양이」, 「하강하는 오르페우스」, 「이구아나의 밤」 등이 이때 나온 걸작들이다. 그의 연극은 사실주의에 기초하면서도 풍부한 상징과 시적 이미지로 가득하다. 작가는 언어뿐만 아니라 무대 장치, 소품, 인물의 의상, 조명 등을 통해서 관객의 공감각에 호소하는 무대를 만들어 냈다. 그 세계는 냉정하고 경쟁적이고 낙오자를 짓밟는 곳이며, 예민한 인물들은 억압적인 현실에서 도피하기 위해 여러 방편을 모색한다. 그 도피는 종종 환상을 향한 것이기에 그의 극에는 현실을 넘어선 세계에 대한 추구가 함께 존재한다. 도피가 불가능하다면 「뜨거운 양철 지붕 위의 고양이」 속 매기처럼 그 자리에서 펄쩍펄쩍 뛸 수밖에 없는 것이다.

윌리엄스의 극에서 현실은 그렇게 녹록한 곳이 아니다. 윌리엄스가 어린 시절을 보낸 남부는 작품 안에서 향수의 공간이지만 현실로부터 유리된, 그리고 이미 이상향의 향기를 잃어버리고 쇠락한 곳으로 그려진다. 성(性)과 폭력 그리고 술에 대한 탐닉은 예민한 인물도 거칠고 현실적인 인물도 피할 수 없는 덫이다. 예민한 인물들은 그러한 탐닉으로 현실에서의 좌절을 달래고, 현실적인 인물들은 그것들을 통해 더 큰 승리를 과시한다.

윌리엄스의 희곡들은 브로드웨이 영화로도 관객들과 만났다. 갈등하고 고뇌하며 탐닉하고 절규하는 인물들은 말런 브랜도, 비비안 리, 엘리자베스 테일러, 폴 뉴먼, 캐서린 헵번 등에 의해 스크린에서 되살아났다. 이 영화들을 통해서 윌리엄스의 작품들은 미국인의 초상을 보여 주는 문화 주류로 자리매김하게 되었다.

하지만 전성기는 영원히 지속될 수 없기에 전성기라고 하는 것이다. 1960년대는 흑인 해방, 여성 해방, 베트남 전쟁과 함께 사회적 이슈를 담은 글들과 전위적 예술가들이 각광받는 시대였다. 술과 마약에 탐닉하던 윌리엄스는 작품을 꾸준히 발표하기는 했으나 이미 연극계의 주류에서 멀어져 있었으며, 인간관계에서도 고립되고 말았다. 사라져 가는 낭만에 대한 윌리엄스의 엘레지는 「이구아나의 밤」을 끝으로 더 이상 대중과 평단의 관심을 받지 못하게 되었다. 그렇지만 윌리엄스는 「우유 열차는 더 이상 여기 서지 않는다」, 「슬랩스틱 비극」, 「두 인물 연극」, 「머틀의 일곱 단계 하강」, 「도쿄 호텔의 바에서」 등으로 계속해서 관객을 찾았다. 비록 1960년대 이후의 작품들은 전성기 때의 주제와 인물을 재생산한 것이라는 평을 받지만, 신작에 대한 혹평에도 윌리엄스의 문화적 영향력이 감소하지는 않았다. 그의 전작들도 연이어 영화화되거나 텔레비전 드라마로 변신해 대중과 함께 했다. 윌리엄스의 희곡들이 미국 문화의 중요한 콘텐츠로 자리

잡게 된 것이다.

1963년에 오랜 연인이었던 프랭크 멀로가 사망하자 그의 고독은 깊어졌다. 문학도 글쓰기도 결코 포기하지 않았던 윌리엄스는 술, 마약, 정신병과 함께해 온 자신의 문제 많은 사생활을 과감하게 드러내는 『자서전』을 1975년에 발표하여 세상을 깜짝 놀라게 했다. 어머니가 사망한지 삼 년 후인 1983년 윌리엄스는 호텔방에서 병마개가 목에 걸려 사망한다. 그는 떠돌이 외판원처럼 혼자, 뉴욕의 한 호텔 방에서 그렇게 세상을 등졌다.

「뜨거운 양철 지붕 위의 고양이」

1955년 3월에 초연된 「뜨거운 양철 지붕 위의 고양이」는 1956년 11월까지 694회나 장기 공연되었으며, 윌리엄스에게는 생애 두 번째 퓰리처상과 세 번째 뉴욕 극비평가상을 안겨 주었다. 이 3막극은 폴리트 할아버지가 소유한 미시시피 강 연안 델타 지대의 거대한 목화 농장을 누가 상속할 것인가를 둘러싼 가족 간의 갈등을 그리고 있다. 열 살에 학교를 중퇴하고 떠돌이 생활을 하던 폴리트는 잭 스트로와 피터 오첼로라는 동성 연인이 소유한 목화 농장에 일꾼으로 들어가 탁월한 능력과 노력으로 관리자에 발탁되었고, 결국에는 2만 8000에이커에 달하는 거대한 농장의 주인이 되었다. 극은 폴리트 할아버지의 예순다섯 번째 생일을 배경으로 한다. 그는 암으로 시한부 선고를 받은 상태지만 정작 본인과 부인

아이다는 그 사실을 모르고 있다. 변호사인 큰아들 구퍼와 그의 아내 메이는 부모가 유독 총애하는 작은아들 브릭에게 농장이 넘어가는 것을 막기 위해서 여러 작전을 준비한다. 이미 오남매를 두고 여섯 번째 아이를 기다리고 있는 구퍼 내외는 자녀가 없는 브릭 내외의 문제점을 사사건건 부각시킨다. 거대한 농장이 형네로 넘어갈 위기를 감지한 브릭의 아내 매기는 잠자리를 거부하는 남편을 침대로 끌어들여 임신을 하려 하지만, 알코올 중독에 동성애 성향을 가진 브릭은 냉담하기 그지없다. 그래서 매기는 뜨거운 양철 지붕 위의 고양이처럼 펄쩍펄쩍 뛸 수밖에 없는 것이다.

극의 배경은 어느 여름날 저녁, 폴리트가(家) 2층에 있는 브릭 내외의 침실이다. 휴식 시간 십오 분을 제외하고는 공연 시간과 극 중 시간이 같이 흘러간다. 작가 자신은 이 극이 아리스토텔레스의 3일치를 이루는 고전적 깔끔함을 지니고 있는 것을 자랑스럽게 여겼으나, 그것은 단점이 될 수도 있다. 한 장소에서 짧은 시간 동안 벌어지는 가족의 갈등이라는 단순한 상황과 줄거리가 극을 지루하게 만들 수도 있는 것이다. 이 극의 주제와 갈등은 전작 『욕망이라는 이름의 전차』에서도 보았던 다양한 욕망의 대결, 땅에 헌신하던 구 남부와 물질주의적인 신 남부의 갈등, 동성애로 인한 가정의 위기, 구퍼가 대변하는 냉혹한 현실과 브릭이 술에 의지해 도피하는 환상의 충돌 등으로 윌리엄스 희곡의 독자들에게는 익숙한 것이다. 작가는 그간 미국 연극에서 볼 수 없었던 새로운 인물들을 창조해 냄으로써 이 극을 상투성에서 구해 낸다. 그리고 매기와 폴리트 할아버지에게 매우

긴 대사들을 부여해 그들이 살아온 삶의 궤적, 가치관, 욕망 등을 드러냄으로써 극 중 상황의 폭을 넓히고 갈등에 깊이를 더한다.

1막은 매기에게 속한다. 대사의 절반 이상이 매기의 독백이다. 브릭에게 하는 말이기는 하지만 브릭은 매기의 말에 제대로 된 답변을 하지 않기에, 매기의 대사는 독백이 되어 버린다. 1막에서 매기가 왜 뜨거운 양철 지붕 위의 고양이가 될 수밖에 없었는지가 서서히 밝혀진다. 매기는 남부의 가난한 집안 출신이다. 빈곤을 뼈저리게 경험한 매기는 본인의 타고난 미모와 삶에 대한 의지로 브릭과의 결혼을 쟁취하고 신분 상승을 이룬다. 매기에게는 누가 거대한 농장을 상속받느냐 하는 것이 목숨을 건 문제다. 또다시 빈곤의 나락으로 떨어질 수는 없기 때문이다. 브릭은 부모가 가장 사랑하는 아들이지만 사사건건 부모의 눈 밖에 날 짓만 골라 하며 매기의 애를 태운다. 지난밤에는 엉뚱하게 운동장에서 장애물을 뛰어넘다가 다쳐서 목발 신세를 지고 있다. 설상가상으로 어떤 남자라도 탐을 낼 매기를 거들떠보지도 않는다. 그 이유는 매기가 브릭의 가장 친한 친구이자 풋볼 동료였던 스키퍼에게 두 남자 사이의 동성애 가능성을 언급한 후 결국 스키퍼가 그 충격으로 생을 포기하고 말았기 때문이다. 1막은 대답 없는 브릭을 어떻게든 흔들고 설득해 보려는 매기의 끈질긴 시도를 그리고 있다. 1막의 성공 여부는 매기가 자신의 상황을 얼마나 매력적이면서 설득력 있게 그려 내느냐에 달려있다. 목발을 짚은 채 매기의 장광설을 냉소적으로 무시하는 브릭은 욕망이 들끓는 현실 세계에서 벗어나 술과 함께

하는 자신만의 세계로 도피해 있다. 외모와 재능과 재산, 거기다 아름다운 아내까지 갖춘 브릭이 왜 생을 포기하고 술에 탐닉하는지는 2막 아버지와의 대화에서 밝혀진다.

1막이 매기의 것이라면, 2막은 폴리트 할아버지에게 속한다. 가족들은 할아버지의 생일을 축하하기 위해서 브릭의 방에 모두 모여 케이크에 초를 켜고 노래를 부른다. 하지만 그는 가족들의 생일 축하가 역겹기만 하다. 상속을 노리고 자신이 죽기만 기다리는 가족들의 생일 축하가 위선으로 느껴지기 때문이다. 결국 폴리트 할아버지와 브릭만 남겨 둔 채 가족들은 자리를 뜨고, 부자는 서로가 외면하고 싶은 진실들을 토로하게 된다. 둘의 대화를 통해 브릭이 술에 빠지게 된 까닭이 바로 주변 사람과 자기 자신의 '허위의식'을 견디기 어려웠기 때문이라는 것이 밝혀진다. 즉, 브릭은 스키퍼와의 우정을 동성애로 보는 사회의 허위의식이 역겨워 술을 마시기 시작했다고 주장한다. 죽음의 강을 건너왔다고 생각하는 폴리트 할아버지는 아들을 질책하는 한편으로 생에 대한 강한 열정을 드러낸다. 2막에서 그는 생애 마지막 불꽃을 태운다. 여전히 남아 있는 여성에 대한 욕망, 평생을 바쳐서 일궈 낸 땅에 대한 갈망, 유럽 문명의 타락한 이면을 짚어 내는 통찰력, 큰아들 내외의 탐욕에 대한 성찰, 알코올 의존증으로 망가져 가는 브릭에 대한 연민, 그의 동성애적 성향을 질타하지 않는 관용, 그러면서도 선뜻 브릭에게 재산을 상속할 수 없는 사업가로서의 판단 등에서 폴리트 할아버지가 몰락한 남부의 마지막 희망임이 부각된다. 하지만 농장의 앞날은 암울하기만 하다. 큰아들 구퍼는 탐욕스러운 냉혈한인데다 작은아들인 브릭은 알코올 의존자인 것이다. 폴리트 할아버지는 사랑하는 작은아들을 현실 세계로 끌어들이기 위해 동성애 문제를 집요하게 파고들면서 끝까지 밀어붙인다. 할아버지는 브릭 스스로가 동성애를 인정하지 않는 허위의식을 가진 것이 아니냐고 지적한다. 계속해서 자신의 몰락을 매기를 비롯한 남의 책임으로 돌려 온 브릭은 결국 아버지의 추궁 끝에 스키퍼의 사랑을 받아들이지 못한 자기 자신의 허위의식과 마주하게 된다. 아버지의 추궁을 견디다 못한 브릭은 아버지가 시한부 인생임을 폭로하게 된다. 2막은 서로 사랑하지만 사랑을 제대로 표현하지 못하는 부자를 통해 허위가 만연한 인간사회에서 진정한 대화가 얼마나 어려운지를 보여 준다. 폴리트 할아버지는 사랑하는 아들이라고 할지라도 그 허위의 밑바닥까지 추적하는 양심과 의지력을 통해서 거인으로 우뚝 선다. 반면 그런 거인에게 희생당하는 사람들도 생기게 마련이다. 그는 자신과 맞지 않는 사람들에게는 냉정하고 잔인한 면을 보이며 그들을 가차 없이 질타한다. 큰아들 구퍼 내외와 투커 목사, 그리고 아내 아이다가 그들이다. 폴리트의 가장 큰 희생양은 아이다 할머니라고 할 수 있다. 품격이나 교양과는 거리가 멀고, 남편의 큰 그릇을 제대로 이해하지 못하는 아이다 할머니는 남편을 변함없이 사랑하지만 결코 남편의 존중을 받지 못한다. 늘 자식들 앞에서 면박을 당하는 아이다 할머니는 폴리트 할아버지의 그늘이다.

3막은 판본이 여럿이다. 1955년 출판 당시 작가는 '고양이 No.1'과 '브로드웨이 판'이라는 제목을 붙인 두 개의 판을 선보였다. '고양이 No.1'의 3막에는 자신이 시한부 인생임을 알게 된 폴리트 할아버지가 등장하지 않고, 구퍼가 아버지의 부재를 기꺼이 즐기면서 가족, 의사, 목사를 앞에 두고 어머니에게 아버지의 심각한 병세를 알리며 자신이 농장을 승계할 것임을 시사한다. 구퍼 부부는 노골적으로 욕심을 드러내지만, 브릭은 여전히 술에 취한 채 현실의 모든 것에 대해 냉소로 일관한다. 위기에 처한 매기는 국면 전환을 위해 임신했다고 거짓말을 하고, 그 거짓말을 진실로 바꾸기 위해 브릭에게 마지막으로 잠자리를 요구한다. 과연 브릭이 그 요구를 들어줄 것인지는 미지수다. '브로드웨이 판'의 3막에서 작가는 엘리아 카잔 감독의 요청에 따라 '고양이 No.1'에서는 부재한 폴리트 할아버지를 재등장시키며, 냉소적인 브릭이 아버지와의 대화 후 변화를 보이는 것으로 바꾸고 매기를 보다 공감 가 는 인물로 변화시켰다. 우리 번역의 원본은 1974년에 다시 나온 개정판인데, '고양이 No.1'과 '브로드웨이 판'을 절묘하게 결합한 것이다. 폴리트 할아버지는 3막에 재등장해 코끼리에 대한 야한 농담을 늘어놓으며 죽음을 기꺼이 받아들이겠다는 태도를 보인다. 매기는 거짓으로 가족들에게 임신했음을 공표하고, 폴리트는 다음 날 아침에 변호사를 부르겠다는 말로 농장을 브릭에게 물려줄 것을 시사한다. 하지만 브릭의 냉소적인 태도는 변하지 않으며, 매기의 끈질긴 구애에도 그녀가 임신에 성공할지는 의문으로 남은 채 작품이 끝난다.

이 극이 테네시 윌리엄스 작품 중 「유리 동물원」, 『욕망이라는 이름의 전차』와 함께 최고의 세 작품으로 꼽히는 것은 역시 인물들의 힘 때문이다. 작품이 질타하고 있는 '허위 의식'으로부터 자유로운, 독특한 인물들을 통해 이 극은 통속극의 한계를 넘어선다. 『욕망이라는 이름의 전차』의 스탠리 코왈스키를 연상시키는, 쾌락에 대한 심미안과 더불어 강철 같은 의지와 냉혹한 정직성을 가진 폴리트 할아버지는 블랑시 드보아가 끝내 이루지 못한 남부의 영광을 재현해 냈다. 죽음을 목전에 두고도 농담을 늘어놓는 그는 영웅의 풍모를 보인다. 작가는 이 극을 매우 사랑하고 자랑스럽게 여겼다고 하는데, 그 이유 중의 하나는 거칠지만 유창한 언변을 지닌 폴리트라는 인물에 있다. 매기 또한 자신의 욕망에 대해 일말의 가식도 없이 투명하고 정직하며 그것을 집요하게 추적하는 모습에서 「유리 동물원」의 어맨다, 『욕망이라는 이름의 전차』의 블랑시를 잇는 강하고 매력적인 남부 여인의 풍모를 보여 준다. 대농장 상속을 노리며 남편의 씨를 받기 위해 몸부림치는, 외로운 관능의 여인 매기는 많은 여배우들의 도전 과제가 되기도 했다. 아이다 할머니 역시 어쩔 수 없는 무식함과 품격 없음까지 가족에 대한 사랑과 헌신으로 보완하는 인간의 폭을 보여 준다. 특히 남편의 시한부 운명을 알게 된 3막의 영웅은 아이다 할머니다. 그녀는 탐욕스러운 아들 앞에서 죽어 가는 남편을 끝까지 지켜 주려 애쓰며 비장미까지 획득한다.

작가는 욕망 앞에서 완전히 벌거벗은 인물들의 처절한 싸움에 서정적인 무대를 제공함으로써 그들의 욕망을 부드럽게 감싸 안는다. 베란다 문을 통해 보이는 맑은 여름 하늘은 극이 진행될수록 어스름이 짙어 간다. 윌리엄스는 동성 연인이 살았던 브릭의 침실이 세상을 떠난 사랑이 여전히 맴돌며

시적인 분위기를 제공하는 장소가 되기를 바랐다. 더블 침대를 비롯해 술 장과 축음기, TV가 딸린 캐비닛으로 욕망을 적나라하게 구현했다면, 천장 대신 그 방을 덮고 있는 하늘을 통해 서정성과 영원성을 암시하고자 했다. 작품을 통해 영원한 하늘 아래서 유한할 수밖에 없는 인간의 질편한 욕망 놀음은 연민을 얻으며, 욕망을 넘어서는 인간사의 보다 넓은 그림을 제공한다.

「유리 동물원」

윌리엄스는 1944년에 초연된 「유리 동물원」으로 생애 첫 뉴욕 극비평가상을 수상하면서 미국 연극계에 이름을 알린다. 「유리 속 소녀의 초상(Portrait of a Girl in Glass)」이라는 단편소설에 기초한 시나리오 「신사 방문객」을 개작한 이 단막극은 윌리엄스의 작품 중 가장 자전적인 극이기도 하다. 일곱 개의 장으로 구성된 이 극에는 작가 자신의 가족사가 담겨 있다. 세인트루이스 어느 편모 가정의 이야기를 담은 이 자전적인 극에서 우리는 작가와 그 가족들의 모습을 찾을 수 있다. 해설자를 겸하는 윙필드 가의 아들 톰에게서는 윌리엄스 자신, 아만다에게서는 작가의 어머니, 로라에게서는 누이 로즈의 모습이 나타난다. 집을 나가 버린 아버지의 모습은 외판원이었던 작가의 아버지를 투영한다. 하지만 이 극은 작가의 자전적 경험을 뛰어넘어, 보다 큰 그림을 그린다. 미국 남부와 중서부, 농업 사회와 산업 사회, 환상과 현실 사이에서 갈등하고 방황하는 인물들과 함께 유리 동물원처럼 아름답지만 부서지기 쉬운 환상의 세계를 음미하며 세월과 추억, 가족의 의미까지 곱씹는 이 극은 사회가 급변하는 가운데 많은 이들이 소외되어 버린 현대 미국의 우화가 되었다.

이 극은 수년이 지난 후 상선 선원이 된 톰이 1930년대 초라한 뒷골목 아파트에서 살던 자기 가족의 모습을 회고하는 회상극이다. 톰이 도입부 해설에서 밝히는 것처럼 이 회상극은 모든 추억이 그러하듯 아름답고 감상적으로 그려졌으며, 작가는 공연 또한 그렇게 되기를 바랐다. 이 극의 플롯은 다리를 절고 자폐 증세를 보이는 로라가 과연 신사 방문객을 만나 사랑을 이룰 수 있을까 하는 것에 초점을 두고 전개된다. 단순한 플롯을 풍요롭게 하는 것은 역시 인물들이다. 어머니 어맨다 윙필드는 남부 블루 마운틴의 대농장에서 구애하던 많은 남자들을 뿌리치고 어느 전화국 직원을 선택하지만, 그는 가장으로서의 책임을 다하지 못하고 집을 나가 버린다. 가족을 버리고 떠난 남편은 거실 한 귀퉁이에 사진으로만 존재한다. 대도시의 좁은 아파트에서 생활고에 시달리는 어맨다는 남부에서의 아름다운 젊은 날을 잊지 못한다. 어맨다는 『욕망이란 이름의 전차』에 나오는 블랑시 두보아를 비롯해 윌리엄스의 작품 속 쇠락한 여성 인물들의 원형과도 같은 존재다. 그녀는 젊은 날에 입던 드레스를 어울리지 않게 꺼내 입고서는 과거 수선화 꽃다발을 들고 와 구애하던 열일곱 명의 남자들을 장황하게 추억해서 자녀들을 당황하게 만든다. 그녀의 개인사를 통해서 남부의 화려했던 과거와 몰락이 재조명된다. 대지주의 딸이 전화국 직원인 남자와 결혼해 버림받는 상황은 농업에 기반을 둔 옛 남부가 산업 사회에 의해 침몰하고 있음을 상징적으로 나타낸다. 공장에 다니는 아들, 고등학교를 중퇴한 딸과 함께 살고 있는 어맨다는 과거의 영광을 묻어 두고 여성지 구독을 판촉하거나 백화점에서 보정 속옷을 팔며 생계를 이어간다. 그녀의 꿈은 딸 로라에게 신사 방문객이 찾아오는 것이다.

로라는 불구에 대한 자의식 때문에 고등학교를 중퇴하고 낡은 축음기와 크리스털 유리 동물들에 빠져 하루하루를 보낸다. '푸른 장미'라는 별명이 시사하듯 로라는 현실에 적응하지 못하지만 나름의 독특한 아름다움을 지니고 있다. 그녀가 가장 사랑하는 유리 동물인 유니콘처럼 다른 사람들과 다르지만 그래서 더 소중한 존재로 그려진다. 어머니는 로라를 타자 학원에 등록시켜 현실 세계로 내보내려 하지만 극도로 수줍음을 타는 로라는 학원을 중도에 포기해 버린다. 로라에게 현실의 문을 열어 주는 것은 남동생 톰이다. 톰 자신도 현실적인 인물은 아니다. 그 역시 예술가의 자질을 발휘하지 못하고 생계를 책임져야 하는 현실의 고통을 잊기 위해서 환상을 제공하는 영화관으로 도피하곤 한다. 공장의 구두 상자에 시를 쓰곤 하던 톰에게 현실은 마치 관과도 같았으며, 그는 마술사가 관에서 탈출하듯이 가족과 공장이라는 현실에서 탈출할 것을 꿈꾼다. 어맨다는 몽상가 톰을 강하게 질책하고, 결국 톰은 누나 로라를 위해서 공장에서 한 남자를 데리고 온다.

어맨다가 그토록 고대했던 신사 방문객은 로라가 짝사랑하던 그녀의 고등학교 동창 짐이었다. 짐은 고등학생 때 다

방면에서 뛰어난 스타였지만, 지금은 톰과 같은 공장에서 톰보다 별로 나을 것도 없는 일을 하고 있다. "현실 세계에서 온 사자"라고 묘사되는 짐조차도 척박한 현실을 견뎌 내기 위해서 언젠가는 성공할 것이라는 환상을 지니고 있다. 하지만 대공황 속에서 성공에 대한 짐의 꿈은 실현되지 못하고 환상으로 그칠 가능성이 농후하다. 로라와 짐은 고등학교 시절을 회고하며 짧지만 달콤한 시간을 보내고, 분위기에 취한 짐은 로라에게 입을 맞춘다. 하지만 짐은 곧 자신이 약혼했음을 밝히며 약혼녀를 만나기 위해 자리를 뜬다. 고대했던 신사 방문객의 약혼 사실을 알게 된 어맨다는 그를 데려온 톰에게 분노하고, 톰은 결국 가출을 감행한다. 잠시 마음의 문을 열었던 로라 또한 다시 유리 동물의 세계로 도피한다. 심혈을 기울여 신사 방문객을 맞을 준비를 했던 어맨다는 커다란 충격을 받지만, 상처 입은 딸을 위로하기 위해서 자신을 추스른다. 자신이 가진 모든 꿈이 무너졌음에도 딸을 위해 어머니로서 최선을 다하는 어맨다는 몰락한 여성의 강인함을 보여 주며, 이 작품에 희망을 부여한다. 작품의 끝은 세월이 흐르고 아무리 멀리 달아나도 결코 과거를 잊을 수 없다는 톰의 독백으로 마무리된다. 어디를 가든지 고통스러웠던 과거의 파편은 유리 동물들처럼 영롱하게 빛나는, 슬프지만 아름다운 추억이 되어 따라온다. 바로 이 극이 그 추억인 것이다.

이 극에는 여러 상징들이 사용된다. 제목인 '유리 동물원'은 현실에 적응하지 못하는 로라가 만들어 낸 환상의 세계를 상징한다. 아름답지만 부서지기 쉽고 생명력이 없는 이 세계는 그 유한성 때문에 더 아름답다. 유리 동물 중 로라가 가장 사랑하는 것은 뿔이 하나 달린 말, 유니콘이다. 전설 속의 동물로 보통 말들과 구별되는 일각수는 보통 사람과 다르기에 더 아름다운 로라를 상징한다. 늑막염의 영어 발음을 잘못 알아들은 데서 유래한 '푸른 장미'라는 로라의 별명도 같은 의미를 지닌다. 하지만 작품의 후반, 짐의 실수로 뿔이 부러진 유니콘은 보통 말과 같은 모양이 되어 버린다. 로라는 보통 말이 되어 버린 유니콘을 짐의 손아귀에 쥐여 세상으로 내보내고, 자신은 여전히 유니콘처럼 환상 속에 남게 된다. 이 작품에는 또한 기독교적인 상징도 여러 번 등장한다. 가장 분명한 것은 5장의 영사막에 비치는 '수태고지'라는 말이다. 이는 천사 가브리엘이 마리아에게 예수의 잉태를 알렸던 것을 뜻하는데, 신사 방문객의 방문은 수태고지와 비견되며 윙필드 가족이 갖고 있는 간절한 바람을 부각한다. 어맨다가 자식들을 깨우기 위해 부르는 「일어나서 빛나라」라는 노래 또한 기독교적인 의미를 지닌다고 볼 수 있다. 7장에서 로라는 짐의 친절에 감동을 받게 되고, 톰은 그녀의 제단에 놓인 촛불에 불이 밝혀졌다고 말하지만, 짐이 떠나자 제단의 촛불은 꺼졌다고 덧붙인다. 즉, 구원의 빛이 사라진 것이다. 톰이 즐겨 찾는 영화관이나 윙필드가의 옆에 위치한 파라다이스 댄스홀 등도 고통스러운 현실로부터 도피하고자 하는 환상의 세계를 상징한다.

이 극에는 많은 자막과 슬라이드 영상을 비추는 영사막이 등장한다. 이는 사실주의극의 관습을 지양하고 시적인 상상력을 발휘할 수 있는 "유연성 있는 새로운 연극"을 지향한 작가의 연극관이 발현된 것이라고 볼 수 있다. 작가는 장면의 이해를 돕고 핵심적 내용을 공지해 주는 자막과 슬라이드가 정서적 호소력까지 지닐 것이라고 믿었다. 하지만 슬라이드의 경우, 많은 연출가들이 정서적 몰입을 방해한다고 판단해서 사용하지 않고 있다. 이런 영사막 기법은 한편으로 영화를 사랑한 작가의 관심을 드러내기도 한다. 작가는 또한 사실을 넘어선 경험의 '내적 진실'을 전달하기 위해서 추억을 풍요롭게 하는 음악과 조명에도 섬세한 관심을 기울였다. 작은 유리 동물같이 빛나는 작품이 되길 원했던 작가의 바람대로 초연 후 육십 년이 지난 오늘날까지 이 극은 독자와 관객에게 추억의 의미를 전달하며 빛나고 있다.

2010년 1월
김소임

작가 연보

1911년 미시시피 주 콜럼버스에서 출생. 본명은 토머스 러니어 윌리엄스.

1918년 7월에 남부에서 세인트루이스로 이주.

1929년 미주리 대학교 입학(신문학 전공).

1935년 소극 「카이로, 상하이, 봄베이!(Cairo, Shanghai, Bombay!)」 멤피스에서 공연.

1936년 세인트루이스 소재 워싱턴 대학교에 등록.

1937년 세인트루이스에서 첫 장막극 『태양을 향해 촛불을(Candles to the Sun)』 및 「도망자(Fugitive Kind)」 공연. 9월에 아이오와 대학교로 전학.

1938년 아이오와 대학교에서 학사 학위 취득. 1940년까지 미국 여러 곳과 멕시코 등지를 떠돌며 작품 활동.

1939년 테네시 윌리엄스라는 필명을 처음 사용.

1940년 뉴욕으로 이주. 존 개스너의 극작가 워크숍에 등록.

엘리베이터 안내원 등 여러 직업 전전.

1943년 MGM사와 시나리오 작가로 계약. 「신사 방문객 (The Gentleman Caller)」 시나리오를 MGM에 보내나 거절당함.

1944년 「신사 방문객」을 개작한 「유리 동물원(The Glass Menagerie)」 시카고 초연.

1945년 「유리 동물원」 브로드웨이 공연. 뉴욕 극비평가상 수상.

1947년 여름, 연인이자 동료인 프랭크 멀로를 만나게 됨. 같은 해 겨울 『욕망이라는 이름의 전차(A Streetcar Named Desire)』 엘리아 카잔 연출로 브로드웨이 초연. 이후 엘리아 카잔 감독과의 공동 작업이 수년간 지속됨. 두 번째 뉴욕 극비평가상 수상 및 퓰리처상 수상.

1948년 「여름과 연기(Summer and Smoke)」 브로드웨이 초연.

1949년 『한쪽 팔과 다른 이야기들(One Arm and Other Stories)』 출판.

1950년 『스톤 부인의 로마의 봄(The Roman Spring of Mrs. Stone)』 출판. 「유리 동물원」 영화화.

1951년 「장미 문신(The Rose Tattoo)」 브로드웨이 초연. 『욕망이라는 이름의 전차』 영화화.

1953년 「카미노레알(Camino Real)」 브로드웨이 초연.

1955년 「뜨거운 양철 지붕 위의 고양이(Cat on a Hot Tin Roof)」 브로드웨이 초연. 두 번째 퓰리처상 수상 및 세 번째 뉴욕 극비평가상 수상. 「장미 문신」 영화화.

1956년   「베이비 돌(Baby Doll)」 영화화. 첫 시집 『도시의 겨울에(In the Winter of Cities)』 출판.

1957년   「하강하는 오르페우스(Orpheus Descending)」 브로드웨이 초연. 정신 분석 받음. 부친 사망.

1958년   「정원이 있는 지역(Garden District)」 오프브로드웨이 초연. 「뜨거운 양철 지붕 위의 고양이」 영화화.

1959년   「지난여름 갑자기(Suddenly Last Summer)」 영화화. 「젊음의 달콤한 새(Sweet Bird of Youth)」 브로드웨이 초연.

1960년   「적응 기간(Period of Adjustment)」 브로드웨이 초연.

1961년   「이구아나의 밤(The Night of the Iguana)」 브로드웨이 초연. 「여름과 연기」 영화화.

1962년   「젊음의 달콤한 새」와 「적응 기간」 영화화.

1963년   「우유 열차는 더 이상 여기 서지 않는다(The Milk Train Doesn't Stop Here Anymore)」 브로드웨이 초연. 프랭크 멀로 사망.

1964년   「이구아나의 밤」 영화화.

1966년   「슬랩스틱 비극(Slapstick Tragedy)」 브로드웨이 초연. 중·단편 소설 모음집 『기사의 원정(The Knightly Quest)』 출판.

1967년   「두 인물 연극(The Two Character Play)」 런던 초연.

1968년	「머틀의 일곱 단계 하강(The Seven Descents of Myrtle)」 브로드웨이 초연. 「우유 열차는 더 이상 여기 서지 않는다」가 「붐!(Boom!)」이라는 제목으로 영화화.
1969년	「도쿄 호텔의 바에서(In the Bar of a Tokyo Hotel)」 브로드웨이 초연. 가톨릭으로 개종. 미주리 대학교 명예박사 학위 취득.
1972년	「소형 선박에 대한 경고(Small Craft Warnings)」 오프브로드웨이 초연. 하트포드 대학교 명예박사 학위 취득. 미국 예술문학아카데미로부터 금메달 획득.
1973년	「비명(Out Cry)」 브로드웨이 초연.
1975년	『붉은 악마 배터리 사인(The Red Devil Battery Sign)』, 『자서전(Memoirs)』 출판.
1976년	「이게 (여흥이죠)(This is (An Entertainment))」 샌프란시스코 초연. 「여름과 연기」를 개작한 「나이팅게일의 엉뚱한 점(Eccentricities of a Nightingale)」 뉴욕 초연. 시집 『자웅동체, 내 사랑(Androgyne, Mon Amour)』 출판.
1977년	「비외 카레(Vieux Carre)」 브로드웨이 초연.
1979년	지미 카터 대통령으로부터 케네디 센터 주최 평생 공로상 수상.
1980년	브로드웨이극으로는 마지막으로 「여름 호텔을 위한 의상(Clothes for a Summer Hotel)」 공연.
1981년	「구름 낀 것과 맑은 것(Something Cloudy, Som-

-ething Clear)」 오프브로드웨이 공연. 모친 사망.

1983년   뉴욕의 한 호텔 방에서 병마개가 목에 걸려 사망.

1984년   『욕망이라는 이름의 전차』 텔레비전 드라마로 제작.

1985년   『단편집(Collected Stories)』 출판.

1987년   「유리 동물원」 텔레비전 드라마로 제작.

1989년   「젊음의 달콤한 새」 텔레비전 드라마로 제작.

1993년   「지난여름 갑자기」 텔레비전 드라마로 제작.

1995년   『욕망이라는 이름의 전차』 텔레비전 드라마로 다시
          제작.

2002년   『시 모음집(Collected Poems)』 출판.

세계문학전집 **238**

뜨거운 양철 지붕 위의 고양이 ·
유리 동물원

1판 1쇄 펴냄 2010년 1월 22일
1판 23쇄 펴냄 2024년 3월 15일

지은이 테네시 윌리엄스
옮긴이 김소임
발행인 박근섭, 박상준
펴낸곳 (주)민음사

출판등록 1966. 5. 19. (제 16-490호)
서울특별시 강남구 도산대로1길 62(신사동) 강남출판문화센터 5층 (우편번호 06027)
대표전화 02-515-2000 팩시밀리 02-515-2007
www.minumsa.com

한국어 판 © (주)민음사, 2010. Printed in Seoul, Korea

ISBN 978-89-374-6238-2 04800
ISBN 978-89-374-6000-5 (세트)

세계문학전집 목록

세계문학전집은 계속 간행됩니다.